Hermann Hesse Unterm Rad

◆

수레바퀴 아래서

수레바퀴 아래서

헤르만 헤세 소설
박종대 옮김

Hermann Hesse
Unterm Rad

사□계절

◆
차
례

!

일러두기

1. 이 책은 독일 주어캄프 출판사(Suhrkamp Verlag)에서 1981년에 출간한 『수레바퀴 아래서』(Unterm Rad)를 우리말로 옮긴 것입니다.

2. 각주는 독자의 이해를 돕기 위해 덧붙인 옮긴이의 말입니다.

1장

　도매 대리점을 하는 요제프 기벤라트 씨는 특별한 장점이
나 개성이 없는 사람이었다. 남들처럼 어깨가 넓은 건장한 체
구에 돈을 진심으로 숭배했고, 장사 수완도 웬만했다. 게다가
정원이 딸린 작은 집과 공동묘지에는 가족묘도 있었다. 교회
계율에는 약간 계몽적이고 형식적인 태도를 취했고, 신과 세
속적 권력에는 적당한 존경심을 보였으며, 확고한 법칙처럼
통용되는 시민적 예의범절에는 맹목적인 복종심을 나타냈다.
가끔 술을 마시긴 했지만 결코 취하는 법이 없었고, 장사를 하
면서 은근슬쩍 속임수를 쓰긴 했지만 통상적으로 허용된 범위
를 넘지는 않았다. 가난한 사람들을 향해서는 못 배워 처먹은
가난뱅이라 손가락질했고, 부자들을 향해서는 본데없이 잘난
척만 하는 인간들이라 욕했다. 기벤라트 씨는 시민협회 회원이

었고, 매주 금요일 〈독수리 주점〉에서 열리는 구주희*에 참여
했다. 그 밖에 빵 굽는 날이나, 갓 도축한 고기로 수프와 스튜
를 만들어 먹는 날에도 빠지지 않았다. 일할 때는 값싼 엽궐
련을 피웠고, 식사 후나 일요일에는 비싼 담배를 입에 물었다.

내면도 속물적인 사람이었다. 따뜻한 감성은 벌써 오래전에
먼지처럼 사라졌고, 지금 남아 있는 것이라고는 전통적이고
무뚝뚝한 가족 관계와 외아들에 대한 자부심, 이따금 가난한
사람들에게 베푸는 적선뿐이었다. 지적 능력과 관련해서도,
어느 정도 재능은 있지만 한계가 분명한 약삭빠름과 계산 능
력의 수준을 넘어서지 못했다. 글이라고 읽는 것은 신문밖에
없었고, 예술이라고 즐기는 것은 해마다 시민협회에서 개최하
는 아마추어 연극과 서커스 공연이 전부였다.

아마 기벤라트 씨가 이웃의 아무개하고 이름과 집을 바꾼
다 해도 세상은 달라지는 것이 없을 것이다. 또한 그의 영혼
깊은 곳에 자리 잡은 속성, 모든 뛰어난 힘과 인간을 향한 끊
임없는 불신, 모든 비일상적이고 자유롭고 섬세한 정신적인
것을 향한, 질투에서 비롯된 본능적인 적대감도 이 도시의 모
든 가장들과 공유하고 있었다.

기벤라트 씨 이야기는 이 정도로 하자. 이런 천박한 삶과

---

* 九柱戱, 아홉 개의 핀을 세워 놓고 공을 굴려 쓰러뜨리는 독일의 전통 놀이. 볼링
이 여기에서 나왔다.

그 삶의 무의식적인 비극을 계속 묘사하는 것은 골수 풍자가나 배겨 낼 수 있을 테니까. 어쨌든 이 남자에게는 아들이 하나 있었는데, 이제 그 아들 이야기를 해 보겠다.

한스 기벤라트는 누가 봐도 뛰어난 아이였다. 얼마나 섬세하고 남다른지는 다른 아이들 틈에서 행동하는 것만 봐도 금방 알 수 있었다. 이제껏 슈바르츠발트*의 이 외진 도시에는 이런 인물이 없었다. 그러니까 좁디좁은 이 지역 너머로 눈길을 돌리거나 영향을 끼친 사람이 하나도 없었다는 말이다. 이런 곳에서 어떻게 그런 진지한 눈빛과 영리한 머리, 세련된 걸음걸이의 소년이 나왔는지는 알다가도 모를 일이었다. 혹시 어머니한테서 물려받은 것일까? 몇 년 전 세상을 떠난 한스의 어머니는 생전에 줄곧 병을 앓으면서 슬픔 가득한 표정을 짓고 있었던 것 말고는 다른 특별한 점이 없는 사람이었다. 아버지는 아예 고려 대상이 아니었다. 그렇다면 팔구백 년의 역사에서 성실한 시민만 수없이 키워 냈을 뿐, 재능 있는 인물이나 천재는 한 명도 배출하지 못한 이 오래된 도시에서 한스 같은 아이가 나온 것은 정말 하늘에서 신비스런 불꽃이 내려온 것이나 다름없었다.

현대적인 교육을 받은 관찰자라면 병약한 어머니와 그 가

---

* Schwarzwald, 독일 서남부 지역에 있는 거대하고 아름다운 숲. '검은 숲'이라는 뜻인데, 햇빛이 새어 들어올 수 없을 만큼 나무가 울창하다고 해서 붙은 이름이다.

족의 오랜 역사를 떠올리며 몰락의 초기 증세로 지성의 과잉을 입에 올렸을지 모른다. 그러나 다행히 이 도시에는 그런 관찰자가 없었다. 다만 관료와 교사들 가운데 조금 젊고 눈치 빠른 사람들만 잡지 기사를 통해 그런 '현대인'의 존재를 어렴풋이 알고 있을 뿐이었다. 이 도시민들은 자라투스트라 이야기를 몰라도 교양 있는 척하며 그럭저럭 살 수 있는 사람들이었다. 결혼 생활은 견고하고 행복했으며, 그들의 삶에는 치유 불가능할 정도로 케케묵은 습성이 짙게 배어 있었다. 지난 20년 사이 수공업자에서 공장주로 변신한 사람들을 비롯해 이 도시에서 배 두드리며 잘사는 사람들은 관료를 만나면 모자를 벗고 인사하면서 되도록 알고 지내려고 노력했다. 하지만 정작 자기들끼리 있을 때는 쥐뿔도 없는 가난뱅이니 서기 종놈이니 하고 불렀다. 그런데도 이상한 것은 자식들만큼은 가능한 한 대학을 마친 뒤 관료를 시키려고 한다는 사실이었다. 그 이상의 소망은 없었다. 그러나 안타깝게도 그것은 이룰 수 없는 아름다운 꿈으로만 남아 있었다. 그들의 자식은 대부분 라틴어 학교조차 유급을 반복하며 아주 힘들게 졸업했기 때문이다.

한스 기벤라트의 재능에 대해서는 어느 누구도 의심하지 않았다. 교장선생과 교사들뿐 아니라 이웃과 성직자, 학생들 모두 한스가 비상한 머리를 타고난 특별한 아이라는 사실을 인정했다. 이로써 한스의 미래는 이미 정해져 있었다. 슈바벤 지방에서는 부모가 부자가 아닐 경우 머리 좋은 소년들이 갈 길은 오직 하나였다. 각 도시에서 내로라하는 수재들은 주(州)에서 실시하는 시험을 거쳐 신학교에 입학했고, 거기서 다시 튀빙겐 수도원에 들어간 뒤 나중에 설교단에 설지 대학 강단에 설지 결정했다. 해마다 사오십 명의 소년들이 이 평탄하고 안정된 길을 걸었다. 견진성사를 받은 지 얼마 안 된 이 아이들은 공부에 지쳐 몹시 여윈 모습으로 다양한 인문학적 지식을 국비로 섭렵했으며, 그런 과정을 팔구 년 거친 뒤 그들의 인생에서 좀 더 긴 두 번째 여정으로 발을 내디뎠다. 국가에서 받은 혜택에 보답할 시간이었다.

해마다 치러지는 주 시험이 바로 몇 주 뒤에 있었다. 국가가 주의 수재들을 선발하는 이 시험은 '헤카톰베'*라고 하는데, 수도 중심부에서 시험이 치러지는 동안 각 도시와 마을에서는 수많은 가족들의 한숨과 기도, 염원이 수도를 향해 날아갔다.

한스 기벤라트는 이 소도시에서 그 치열한 경쟁에 내보내기로 한 유일한 후보였다. 아주 영광스러운 일이지만 결코 공짜로 얻어진 것은 아니었다. 매일 오후 4시까지 정규 수업을 마치고 나면 교장선생에게 따로 그리스어 수업을 받았고, 6시

* Hekatombe, 원래는 고대 그리스 시대에 신들에게 제물로 바치는 소 100마리를 가리키는데, 여기서는 수많은 희생자가 나올 정도로 어려운 시험이라는 뜻을 담고 있다.

쯤에는 도시의 주임 목사가 직접 라틴어와 종교 과목을 복습해 주었으며, 일주일에 두 번은 저녁 식사 후 한 시간씩 수학 선생에게 개인 과외를 받았다. 그리스어 과목에서는 불규칙변화 동사 외에 불변화사로 표현할 수 있는 문장 결합의 다양성을 익히는 데 치중했고, 라틴어 수업에서는 명확하고 간결한 문체로 표현하는 법을 익힐 뿐 아니라 무엇보다 섬세한 운율에 집중했다. 수학에서는 복잡한 비례 계산법에 주안점을 두었다. 수학 선생은 비례 계산법이 나중에 대학 수업과 인생에 별 쓸모가 없는 것 같지만 겉으로만 그렇게 보일 뿐이라고 누누이 강조했다. 현실에서 비례 계산법은 무척 중요했다. 그것도 여러 주요 과목들보다 더 중요했다. 비례 계산법은 논리적인 능력을 키워 줄 뿐 아니라 명확하고 객관적이고 효과적인 사고의 토대가 되기 때문이다.

과중한 공부로 정신적 부담이 생기지 않도록, 그리고 지성만 과도하게 연마하는 바람에 정서가 메마르지 않도록 한스는 매일 아침 학과 시작 한 시간 전에 견진성사 수업을 받았다. 브렌츠 교리 문답을 열성적으로 암기, 암송시켜 아이들의 영혼에 종교적 삶의 생기 넘치는 숨결을 불어넣어 주려는 수업이었다. 그러나 안타깝게도 한스는 정신에 생기를 불어넣어 주는 이 시간을 제대로 활용하지 않음으로써 스스로 축복의 기회를 박탈해 버렸다. 교리 문답서 속에 그리스어와 라틴어 단어나 연습 문제를 적은 쪽지를 몰래 숨겨 두고 거의 수업 시간 내내 세속적인 학문에만 매진한 것이다. 물론 이런 행동을 하면서 아무렇지도 않을 정도로 양심이 무디지는 않았기에 줄곧 스멀거리는 불안감과 두려움으로 괴로워했다. 그래서 주임 목사가 다가오거나 자기 이름이 불릴 때마다 불에 덴 것처럼 깜짝 놀랐고, 질문에 대답할 때면 이마에 땀이 맺히고 심장이 콩닥거렸다. 그러나 한스의 대답은 발음을 포함해 흠잡을 데 없이 완벽해서 목사도 고개를 끄덕이지 않을 수 없었다.

하루 종일 이 수업 저 수업을 쫓아다니느라 생긴 과제들, 그러니까 쓰고 외우고 복습하고 예습할 과제들은 일과가 끝난 뒤 밤늦은 시각에 가정의 친밀한 등불 밑에서 처리했다. 담임선생은 평화로운 가정의 울타리에 둘러싸여 조용히 공부하는 시간이 정말 탁월한 효과가 있다고 장담했는데, 집에서 하는 공부는 화요일과 토요일에는 보통 밤 10시까지 이어졌지만 그 밖의 다른 날에는 11시나 12시, 어떤 때는 자정을 훌쩍 넘기기도 했다. 아버지는 등불의 기름이 많이 닳는 것이 조금 불만이기는 해도 아들이 공부하는 모습을 자랑스럽고 흐뭇하게 바라보았다. 좀 한가할 때나 우리 삶의 일곱 번째 날인 일요일에는 학교에서 읽지 못한 작가들의 책을 읽거나 문법을 복습했다.

선생들은 이렇게 말했다.

"적당히 해. 무리해선 안 돼! 일주일에 두 번은 산책을 해. 그게 여러모로 좋아. 날이 좋으면 책을 들고 밖으로 나가 봐.

맑은 공기 속에서 공부하는 게 얼마나 즐겁고 쉬운 일인지 알게 될 거야. 고개는 항상 치켜들고!"

그 뒤로 한스는 가능한 한 고개를 꼿꼿이 세웠고, 산책도 배움의 시간으로 활용했으며, 밤을 새운 것 같은 얼굴과 피곤해서 눈 주변이 거뭇거뭇해진 모습으로 혼자서 조용히 이리저리 돌아다녔다.

"교장선생님 생각은 어떻습니까? 기벤라트가 시험에 붙을 것 같습니까?"

담임선생이 교장선생에게 물었다.

"물론이죠. 분명히 해낼 겁니다. 정말 영리한 아이에요. 한번 보시오. 지성이 걸어 다니는 것 같지 않소?"

마지막 여드레 동안 지성의 숨결은 한스의 몸에 더욱 뚜렷이 투영된 듯했다. 예쁘장하고 부드러운 소년의 얼굴에서 깊고 불안한 눈이 희미한 광채를 내며 타올랐고, 미끈한 이마 위에는 정신의 품위를 드러내는 고운 주름이 미세하게 움찔거렸으며, 그러잖아도 마르고 야윈 두 팔과 두 손은 보티첼리가 떠오르는 지친 우아함으로 축 늘어져 있었다.

시험 날이 다가왔다. 아침 일찍 아버지와 함께 슈투트가르트로 가서 주 시험을 치러야 했다. 한스가 신학교의 좁은 문을 통과할 자격이 있는지 보여 줄 기회였다. 한스는 인사를 하러 교장선생을 찾아갔다.

"오늘 저녁에는 공부를 해선 안 된다. 나한테 약속해라."

공포의 대상이던 교장선생이 마지막으로 헤어질 때 평소답지 않게 부드러운 목소리로 말했다.

"내일은 무조건 맑은 정신으로 시험장에 들어가야 한다. 한시간쯤 산책한 다음 늦지 않게 잠자리에 들도록 해라. 젊은 사람들은 잠을 충분히 자야 해."

따끔한 충고만 잔뜩 들을 줄 알았는데 이렇게 따뜻한 말을 듣자 한스는 얼떨떨했다. 이윽고 안도의 한숨을 내쉬며 교정을 나섰다. 커다란 피나무들이 늦은 오후의 뜨거운 햇살 속에서 파리하게 반짝거렸고, 장터에서는 커다란 분수 두 개가 보석 같은 빛을 뿜으며 물줄기를 차르르 쏟아 내고 있었다. 불규칙한 지붕 선들 위로 인근의 검푸른 전나무 숲이 빠끔 고개를 내밀었다. 소년은 이 모든 풍경을 곁에 두고도 오랫동안 보지 않고 살아온 듯한 기분이 들었다. 모든 것이 놀라울 정도로 아름답고 매력적이었다. 머리가 아팠지만 오늘은 공부할 필요가 없었다.

한스는 시장 광장을 느릿느릿 걷다가 오래된 시청 건물과 시장 골목, 대장간을 지나 낡은 다리에 이르렀다. 다리에서 한동안 어슬렁거리다가 이윽고 폭이 넓은 난간에 걸터앉았다. 몇 주, 아니 몇 달 동안 하루에 네 번씩 이곳을 지나다니면서도 다리에 붙은 작은 고딕식 교회와 강, 수문(水門), 둑, 방앗간, 물놀이객들을 위한 풀밭, 버드나무가 늘어선 물가, 강변에 나란히 서 있는 작은 제혁 공장들에는 눈길 한 번 주지 않

은 듯했다. 강물은 호수처럼 깊고 푸르고 잔잔했으며, 버드나
무 가지들은 우아하게 포물선을 그리며 물 위에 드리워져 있
었다.

　문득 한스는 예전에 여기서 한나절 또는 온종일을 보냈던
기억이 떠올랐다. 얼마나 자주 헤엄을 치고 잠수를 하고 노
를 젓고 낚시를 했던가! 아, 낚시! 이제는 낚시하는 법조차 까
맣게 잊은 듯했다. 작년에 주 시험을 준비해야 한다는 이유
로 낚시를 못 하게 되었을 때 얼마나 서럽게 울었던가! 낚시
는 기나긴 학창 시절 동안 가장 아름다운 일이었다. 버드나무
아래 옅은 그늘에 서서 근처 물방앗간 둑에서 흘러내리는 물
소리를 들으며 깊고 고요한 강물에 낚싯대를 드리웠었지! 아,
수면에서 펼쳐지던 찬란한 빛의 유희, 부드럽게 일렁이는 낚
싯대, 물고기가 미끼를 물고 잡아당길 때의 짜릿한 흥분, 버둥
거리는 물고기의 서늘하고 통통한 몸통을 손으로 잡았을 때
의 야릇한 기쁨!

　한스는 가끔 윤기 흐르는 잉어나 황어, 돌잉어, 맛 좋은 붕
어, 색이 아름다운 작은 연준모치를 잡았다. 흘러가는 푸른 강
물을 한참 바라보며 생각에 잠겨 있던 소년의 가슴에 문득 슬
픔이 밀려왔다. 소년 시절의 아름답고 자유롭고 야성적인 즐
거움이 오래전에 지나가 버린 것 같았다. 소년은 자기도 모
르게 주머니에서 빵 한 조각을 꺼내 크고 작은 덩어리로 돌
돌 뭉쳐 강물에 던지고는 빵이 물에 가라앉고 물고기들이 달

16

려드는 모습을 유심히 지켜보았다. 처음에는 쪼그만 녀석들이 달려와 작은 빵 덩어리를 게걸스럽게 먹어 치우거나, 굶주린 주둥이로 큰 덩어리를 지그재그로 몰고 다니면서 조금씩 뜯어 먹었다. 얼마 뒤에는 좀 더 큰 황어들이 천천히 조심스럽게 다가왔다. 등이 검고 넓어서 강바닥과 잘 구분되지 않는 이 녀석들은 빵 덩어리 주위를 빙빙 돌더니 한순간에 둥그런 주둥이 속으로 쏙 집어넣었다.

굼뜨게 흘러가는 강물에서 텁텁한 냄새가 올라왔다. 흰 구름 몇 점이 푸른 강물 위에 흐릿하게 떠 있고, 물방앗간에서는 원형 톱 돌아가는 소리가 들려왔으며, 두 개의 둑에서 흘러나온 물은 서늘하게 가르랑 소리를 내며 합쳐졌다. 소년은 얼마 전 일요일에 있었던 견진성사가 떠올랐다. 엄숙한 감동이 울려 퍼지는 그 시간에도 속으로는 그리스어 동사를 암기하고 있었다. 최근에는 그렇게 속으로 딴생각을 하는 일이 많았다. 학교에서도 해당 수업에 집중하지 않고 늘 다른 과목을 복습하거나 예습했다. 모든 것이 주 시험에 맞춰져 있었기 때문이다.

한스는 멍하니 자리에서 일어나 어디로 가야 할지 몰라 잠시 망설였다. 그때였다. 억센 손이 어깨를 잡는 순간 한스는 화들짝 놀랐다. 곧 다정한 남자 목소리가 들렸다.

"잘 있었니, 한스? 나하고 좀 걸을까?"

구두 기능장 플라이크 씨였다. 예전에는 가끔 저녁 시간을 함께 보내기도 했지만, 지금은 못 본 지 오래되었다. 한스는 함께 걸으며 이 독실한 경건주의자의 말을 별로 주의 깊게 듣지 않았다. 플라이크 아저씨는 시험에 대해 이야기했다. 한스의 행운을 빌며 용기를 북돋워 주었다. 그런데 정작 하고 싶었던 말은 따로 있었다. 시험이란 외형적이고 우연적인 일에 지나지 않는다. 시험에 떨어졌다고 절대 창피해할 필요가 없다. 그런 일은 최고 수재에게도 일어날 수 있다. 만일 한스에게도 그런 일이 일어난다면, 신이 한 사람 한 사람에게 특별한 섭리를 준비해 두고 있으며 언젠가는 각자에게 맞는 다른 길로 인도하실 거라는 점을 명심하라고 했다.

한스는 마음 한구석에서 이 남자에게 양심의 가책을 느꼈다. 속으로는 확고하고 인상적인 이 남자의 성품을 존경했지만, 남들이 종교에 푹 빠진 이런 경건주의자들을 놀릴 때면 그게 온당치 못한 일이라는 걸 알면서도 함께 웃었다. 게다가 자신의 비겁한 행동도 부끄러웠다. 언제부터인가 구두장이 아저씨의 날카로운 질문이 겁이 날 정도로 싫어서 일부러 아저씨를 피했던 것이다. 그 무렵 한스는 교사들의 자랑거리가 되면서 약간 교만해져 있었고, 플라이크는 그렇게 변한 한스를 이상한 눈으로 바라보며 소년의 자만심을 꺾어 주려고 했다. 그런 일이 거듭되면서 소년의 마음도 이 선의의 인도자에게서 서서히 멀어져 갔다. 그때 한스는 반항기의 절정에 달해 있었고, 자신의 자의식을 불쾌하게 건드리는 모든 일에 예민하게 반응했다. 지금 한스는 구두장이 아저씨와 나란히 걸으며 이 남자가 얼마나 걱정스럽고 선한 눈길로 자기를 내려다보고 있는지 알지 못했다.

크로넨가세 골목에서 두 사람은 주임 목사를 만났다. 구두장이는 적당히 예의만 차려 차갑게 인사하고는 서둘러 혼자 가 버렸다. 시대의 새 유행을 따르는 이 목사가 부활도 믿지 않는다는 소문이 있었기 때문이다. 이제는 목사가 소년을 데리고 걷기 시작했다.

"어떻게 지내니? 이제 시험이 다가와 기쁘겠구나."

"네, 좋습니다."

"정신 바짝 차려! 우리 모두 너한테 희망을 걸고 있다는 사실을 잊어선 안 돼. 특히 라틴어에서 좋은 성적을 거두면 좋겠구나."

"하지만 제가 혹시 떨어지면……."

한스의 목소리가 기어들어 갔다.

목사가 깜짝 놀라며 걸음을 멈추었다.

"떨어진다고? 그런 일은 없어! 불가능한 일이야! 그런 생각조차 해선 안 돼!"

"전 그냥, 잘못하면 떨어질 수도……."

"그렇지 않아, 한스. 절대 그런 일은 없어! 그러니 마음 놓아. 집에 가거든 아버지께 안부 전해 드려라. 힘내!"

한스는 목사의 뒷모습을 바라보다가 구두장이 아저씨가 떠난 곳으로 눈을 돌렸다. 구두장이 아저씨는 뭐라고 했던가? 마음이 올바른 곳에 있고 신에 대한 경외심만 있으면 라틴어 따위는 그리 대수로운 문제가 아니라고 했다. 남의 일이라고 말을 그렇게 쉽게 하는 모양이었다. 그런데 방금 목사는 뭐라고 했던가? 시험에 떨어지면 목사 앞에 나타날 생각은 하지 말아야 할 것 같았다.

소년은 우울한 기분으로 집에 돌아와 경사진 작은 정원에 들어갔다. 정원에는 오랫동안 사용하지 않아 다 쓰러져 가는 작은 별채가 하나 있었다. 한스는 판자로 토끼집을 만들어 별채에서 3년 동안 토끼를 키웠다. 그런데 작년 가을 아버지가 토끼를 치워 버렸다. 시험 때문이었다. 그 뒤로 한스는 공부 말고 다른 일에 눈 돌릴 시간이 없었다.

정원에 들어온 것도 얼마나 오랜만인지 몰랐다. 텅 빈 별채는 허물어질 듯 낡았고, 벽 모서리에 내려앉은 석순*도 푹석 무너졌으며, 나무로 만든 작은 물레바퀴**는 구부러지고 부서져 수도관 옆에 널브러져 있었다. 한스는 이것들을 만들었을 때가 떠올랐다. 그 순간이 얼마나 설레었는지도 기억났다. 벌써 2년 전의 일이었다. 영원처럼 긴 시간이 흐른 것 같았다. 한스는 물레바퀴를 집어 들고 이리저리 비틀어 완전히 박살

* 천장에서 석회석이 물방울처럼 떨어져 죽순 모양으로 굳은 돌기둥.
** 물레방아에 붙어 있는 바퀴. 물의 힘으로 돌면서 방아를 움직이게 한다.

낸 다음 울타리 너머로 던져 버렸다. 이따위 것들은 모두 버려야 했다. 오래전에 다 끝나고 지난 것들이었다. 문득 학교 친구 아우구스트가 떠올랐다. 물레바퀴를 만들고 토끼집을 고칠 때 도와준 친구였다. 둘은 오후 내내 여기서 놀았고, 고무 새총을 쏘았고, 고양이들을 뒤쫓고 텐트를 쳤으며, 간식으로 홍당무를 날로 먹었다. 그러다 시간이 흘러 한스는 앞날을 위해 공부에 매진해야 했고, 아우구스트는 1년 전 학교를 그만두고 기계 수습공이 되었다. 그 뒤로는 녀석의 얼굴을 두 번밖에 보지 못했다. 아우구스트도 시간이 없었던 것이다.

구름 그림자가 서둘러 골짜기 너머로 달려갔고, 해는 벌써 산자락 근처에 닿아 있었다. 한순간 소년은 이대로 바닥에 쓰러져 울부짖고 싶은 느낌에 사로잡혔다. 하지만 대신 헛간에서 손도끼를 가져와 연약한 두 팔로 허공을 향해 마구 휘젓다가 토끼집을 산산조각 내 버렸다. 판자 조각이 사방으로 튀었고, 못들이 삐걱거리며 구부러졌다. 작년 여름 토끼가 먹다 만 먹이도 썩은 채 드러났다. 한스는 이 모든 것을 인정사정없이 베어 버렸다. 그렇게 하면 토끼들과 아우구스트, 어린 시절에 대한 모든 그리움을 한꺼번에 없앨 수 있을 것처럼.

"야, 야, 지금 뭐 하니?" 아버지가 창가에서 소리쳤다. "거기서 뭐 하는 거냐고?"

"땔감 만들어요."

한스는 이 말만 툭 내뱉고 손도끼를 휙 던져 버렸다. 그러고는 마당을 지나 골목길로 달려가 강기슭을 따라 상류 쪽으로 올라갔다. 양조장 근처 강가에는 뗏목 두 개가 묶여 있었다. 예전에 한스는 이런 걸 타고 몇 시간씩 강 아래로 내려갔다. 따뜻한 여름 오후, 뗏목에 찰랑찰랑 부딪히는 물소리를 들으며 떠내려가다 보면 마음이 들뜨는 것과 동시에 졸음이 몰려오곤 했다. 한스는 느슨하게 묶인 채 물 위에서 춤을 추는 뗏목 위로 펄쩍 뛰어올랐다. 그러고는 벌렁 드러누워 상상을 하기 시작했다. 뗏목이 강을 타고 내려간다. 어떤 때는 빠르게, 어떤 때는 망설이듯 천천히 초원과 밭, 마을, 서늘한 숲가를 지나고 다리와 열린 수문을 통과한다. 이렇게 누워 있으니 모든 게 다시 예전으로 돌아간 느낌이었다. 카프베르크에서 토끼에게 줄 풀을 베고, 제혁 공장 앞 강기슭에서 낚시를 하고, 두통이나 걱정 같은 것도 아직 모르던 시절이었다.

한스는 지치고 언짢은 기분으로 저녁 식사를 하러 집으로 갔다. 아버지는 아들의 시험 때문에 슈투트가르트로 갈 생각에 무척 들떠 있었다. 그래서 책은 다 쌌는지, 검은색 양복은 챙겼는지, 가면서 문법 공부를 할 마음은 없는지, 기분은 괜찮은지 열 번도 넘게 물었다. 한스는 짧고 퉁명스레 대답했고, 밥도 거의 먹지 않고 곧 취침 인사를 했다.

"그래, 잘 자라, 한스. 푹 자 둬! 내일 아침 여섯 시에 깨우마. 사전은 잊지 않았지?"

"네, 챙겼어요. 안녕히 주무세요!"

한스는 자기 방에서 한참 동안 불도 켜지 않고 우두커니 앉아 있었다. 이 자그마한 방은 지금껏 시험이 소년에게 안겨준 유일한 축복이었다. 여기서는 한스가 주인이었고 어느 누구의 방해도 받지 않았다. 이 방에서 소년은 고단함과 잠, 두통과 싸우며 밤늦게까지 카이사르와 크세노폰, 문법책, 사전, 수학 문제들과 끈질기게 씨름했다. 반항심이 들기도 하고, 야망에 불타기도 하고, 절망에 가까운 감정을 느낄 때도 많았다. 그러나 이 방에서는 잃어버린 어린 시절의 모든 즐거움보다 더 가치 있는 시간도 종종 있었다. 자부심과 도취, 승리감으로 가득 찬 꿈결처럼 야릇한 시간이자, 학교와 시험, 그리고 다른 모든 것을 넘어 더 높은 인간들의 세계로 들어가는 꿈을 꾸고 갈망하는 시간이었다. 그럴 때면 자신이 뺨에 살이 통통하게 오른 다른 선량한 친구들과는 뭔가 다른 훌륭한 존재이고, 저 아득히 높은 곳에서 우월감에 젖은 눈으로 그들을 가소롭게 내려다보고 있는 것 같은 행복한 예감에 사로잡혔다. 지금도 한스는 이 방에서 좀 더 자유롭고 시원한 공기를 깊이 들이마셨고, 침대 위에 앉아 몇 시간 동안 꿈과 소망, 예감에 몽롱하게 젖어 있었다. 이윽고 피곤에 전 커다란 눈 위로 무거운 눈꺼풀이 천천히 내려앉았다. 그러다 곧 다시 눈 위로 올라가더니 몇 번 끔벅거리고는 다시 아래로 내려왔다. 파리한 얼굴이 깡마른 어깨 위로 떨어졌고, 앙상한 팔이 힘없이 늘어졌다. 그렇게 소년은 옷을 입은 채로 잠이 들었다. 어머니 같은 잠의 손길이 불안에 떠는 소년의 가슴을 토닥거렸고, 귀여운 이마에 잡힌 작은 주름을 곱게 펴 주었다.

전에 없던 일이었다. 이른 시각임에도 교장선생이 기차역까지 직접 나온 것은. 검은색 프록코트를 입은 기벤라트 씨는 흥분과 기쁨, 자부심에 겨워 잠시도 가만있지 못했다. 어쩔 줄 몰라 하며 교장선생과 한스 주위를 총총걸음으로 돌았고, 역장과 역무원들에게서 좋은 여행과 아들의 합격을 바라는 말을 들으며 작고 뻣뻣한 트렁크를 왼손에 들었다 오른손에 들었다를 반복했다. 우산도 어떤 때는 옆구리에 끼웠다가 어떤 때는 무릎 사이에 바꾸어 끼웠다. 그러다 몇 번 떨어뜨렸는데, 그럴 때마다 트렁크를 내려놓고 다시 우산을 집어 들었다. 겉으로만 보면 슈투트가르트로 짧게 여행을 갔다 돌아올 사람이 아니라 아예 미국으로 이민을 떠나는 사람 같았다. 아들은 무척 차분해 보였다. 그러나 속에서는 남모르는 불안이 목을 죄어 오고 있었다.

기차가 다가와 멈추었다. 사람들이 올라탔고 교장선생이 손을 흔들었다. 아버지는 담배에 불을 붙였다. 도시와 강이 서서히 골짜기 속으로 사라졌다. 기차 안에서의 시간은 두 사람에게 고통이었다.

슈투트가르트에 도착해서야 아버지는 갑자기 생기를 되찾았고, 쾌활하고 사교적이고 세련된 사람처럼 굴기 시작했다.

주의 수도에 며칠 머물게 된 시골 사람의 환희 같은 것이 가슴속에 가득한 듯했다. 그러나 한스는 오히려 더 조용하고 불안해졌다. 도시를 보는 순간 가슴이 더욱 옥죄어 오는 느낌이었다. 낯선 얼굴들, 잔뜩 멋을 부린 위압적인 건물들, 끝이 없을 것 같은 긴 거리들, 말이 끄는 전차, 그리고 도시의 소음에 기가 꺾이고 주눅이 들었다.

두 사람은 고모 집에서 묵었다. 집에 들어가자 한스는 낯선 공간과 고모의 친절함과 수다스러움, 하릴없이 앉아 있어야만 하는 상황, 틈만 나면 아들에게 용기를 북돋워 주려는 아버지 때문에 숨이 막힐 것 같았다. 여기서 할 수 있는 일이라고는 이리저리 자리를 바꾸어 가며 앉아 있는 것뿐이었다. 생경한 환경과 고모, 고모의 도회지풍 옷차림, 커다란 무늬가 수놓인 벽걸이 양탄자, 탁상시계, 벽에 걸린 그림들, 창문 너머 시끄러운 거리, 한스는 이것들을 보는 순간 혼자 이곳에 버림받은 것 같은 느낌이 들었다. 집을 떠나온 지도 까마득한 시간이 지난 듯했고, 간신히 머릿속에 집어넣은 모든 지식도 그사이 까맣게 사라진 듯했다.

오후에 그리스어 불변화사를 한 번 더 훑어보려고 하는데, 고모가 산책을 가자고 했다. 산책이라는 말을 듣는 순간 한스의 내면에서는 벌써 푸른 들판이 보이고 숲의 소리가 들렸다. 소년은 고모의 제안을 기꺼이 받아들였다. 그러나 얼마 지나지 않아 여기 대도시에서의 산책이 고향과는 다르다는 것을

25

여실히 깨달았다.

아버지는 방문할 곳이 있다고 해서 한스는 고모와 단둘이 집을 나섰다. 그런데 계단에서부터 불행이 시작되었다. 2층에서 거드름을 피우는 뚱뚱한 부인을 만났는데, 고모는 즉시 무릎을 굽히고 인사하더니 속사포같이 수다를 떨기 시작했다. 대화는 15분 넘게 이어졌다. 한스는 계단 난간에 기대어 서 있었다. 부인이 데려온 작은 개가 킁킁 냄새를 맡거나 가끔 짖어 댔다. 한스는 두 사람이 지금 자기 이야기를 하고 있다는 것을 눈치로 대충 알 수 있었다. 뚱뚱한 부인이 코안경 너머로 계속 자신을 아래위로 훑어보았기 때문이다. 거리에 나와서도 고모는 어떤 가게에 들어가더니 한참을 나오지 않았다. 한스는 쭈뼛거리며 거리에 서 있었다. 행인들이 밀치고 지나갔고, 골목에서 놀던 아이들이 놀렸다. 드디어 가게를 나온 고모가 한스에게 사각형 초콜릿을 건넸다. 한스는 초콜릿을 좋아하지 않았지만 감사 인사와 함께 공손하게 받았다.

가까운 길모퉁이에서 두 사람은 말이 끄는 전차를 탔다. 전차는 사람을 가득 태운 채 끊임없이 종소리를 울리며 거리를 지나갔다. 이윽고 넓은 가로수 길과 공원에 다다랐다. 공원 분수대에서는 물이 흘렀고, 울타리를 쳐 놓은 예쁜 화단에는 꽃이 만발했으며, 작은 인공 연못에서는 금붕어들이 헤엄치고 있었다. 두 사람은 다른 많은 산책객 사이에서 이리저리 걷고 원을 그리며 돌았다. 수많은 낯선 얼굴, 각양각색의 우아한 옷차림, 자전거, 휠체어, 유모차들이 보였고, 어지럽게 뒤엉킨 목소리들이 들렸다. 먼지를 머금은 공기는 덥고 텁텁했다. 마침내 다른 사람들과 나란히 벤치에 자리를 잡고 앉았다. 지금껏 쉴 새 없이 떠들어 대던 고모가 이제는 한숨을 내쉬며 한스에게 사랑스럽게 미소 지었고, 초콜릿을 먹으라고 권했다. 한스는 먹고 싶지 않았다.

"아니, 왜 안 먹니? 부끄러워하지 말고 먹어. 어서 먹으라니까!"

한스는 초콜릿을 꺼내기는 했지만 한동안 은박지 종이만 만지작거리다가 마침내 어쩔 수 없다는 듯 아주 조금 베어 먹었다. 초콜릿을 좋아하지 않는다고 솔직하게 털어놓을 용기가 나지 않았다. 초콜릿을 입안에 넣고 간신히 조금씩 삼키고 있는데 고모가 자리에서 벌떡 일어났다. 행인 중에 아는 사람을 발견한 모양이었다.

"여기 앉아 있어. 금방 갔다 올 테니까."

한스는 이 기회를 놓치지 않고 안도의 한숨을 내쉬며 초콜릿을 멀리 풀밭에 던져 버렸다. 그러고는 앉은 채로 박자에 맞춰 다리를 앞뒤로 흔들었다. 지나다니는 사람들을 바라보고 있자니 자신이 초라하게 느껴졌다. 결국 다시 한 번 불규칙변화 동사들을 외우기 시작했다. 그런데 이게 어찌 된 일일까? 거의 아무것도 생각나지 않았다. 끔찍한 공포가 밀려들었다. 모든 걸 까먹어 버린 것이다! 내일이 시험인데…….

고모가 돌아와 새로 들은 얘기를 전해 주었다. 올해는 118명이 주 시험에 응시했는데, 그중에서 선발되는 인원은 36명뿐이라고 했다. 한스는 완전히 기가 꺾였다. 돌아가는 내내 한마디도 하지 않았다. 집에 도착하자 머리가 지끈지끈 아파 왔고 식욕도 없었다. 한스의 절망적인 모습에 아버지는 따끔하게 야단을 쳤고, 고모조차 고개를 절레절레 흔들었다. 밤에 한스는 무겁고 깊은 잠에 빠졌지만 끔찍한 꿈에 시달렸다. 자신이 응시생 117명과 함께 고사장에 앉아 있었다. 시험관은 어떻게 보면 고향의 주임 목사를 닮은 것 같기도 하고, 어떻게 보면 고모를 닮은 것 같기도 했다. 그런 시험관이 한스 앞에 초콜릿을 산더미처럼 쌓아 놓고는 다 먹으라고 했다. 한스가 눈물을 쏟으며 초콜릿을 먹는 동안 아이들이 하나둘 자리에서 일어나 좁은 문으로 사라졌다. 이윽고 모두 자기 앞의 초콜릿을 다 먹었지만, 한스 앞의 초콜릿은 오히려 점점 더 쌓여만 가더니 책상과 의자 위로 넘쳐흘러 소년을 질식시키려 했다.

이튿날 아침 한스는 커피를 마시면서도 시험 시간에 늦지 않으려고 줄곧 시계에서 눈을 떼지 못했다. 그 시각 고향 도시에서는 많은 사람들이 한스를 생각하고 있었다. 우선 구두 기능장 플라이크는 아침 식사 전 가족과 기능공, 두 수습공과 함께 식탁 둘레에 둥그렇게 모여 기도하면서 평소와는 달리 아침 기도문에 이런 말을 덧붙였다.

"주여, 오늘 시험을 치르는 당신의 아들 한스 기벤라트를 어여삐 여기사 축복을 내리고 힘을 주시고, 당신의 신성한 이름을 올바르고 성실하게 전파하는 일꾼이 되게 하소서!"

주임 목사는 한스를 위해 따로 기도하지는 않았지만 아침을 먹으면서 아내에게 이렇게 말했다.

"이제 기벤라트가 시험을 칠 시간이오. 그 아이는 분명 모두의 주목을 받는 특별한 인물이 될 거요. 그리만 된다면 나도 그 아이에게 라틴어를 가르친 보람이 없진 않소."

한스의 담임선생은 수업 시작 전에 학생들에게 이렇게 말했다.

"자, 이제 슈투트가르트에서 주 시험이 시작될 시간이다. 우리 모두 기벤라트의 행운을 빌어 주자. 물론 기벤라트한테는 행운이 따로 필요하지 않을 것이다. 너희 같은 게으름뱅이는 수십 명이 덤벼도 당해 내지 못할 만큼 똑똑한 아이니까!"

급우들도 모두 오늘 자리를 비운 한스를 생각했다. 특히 한스의 합격 여부에 내기를 건 친구들은 더욱 그랬다.

진심 어린 기원과 애정은 멀리 떨어져 있어도 손쉽게 전달되는 법인지, 한스도 고향 사람들의 마음을 느꼈다. 소년은 심장이 콩닥거리는 소리를 들으며 아버지와 함께 고사장에 들어섰고, 겁에 질린 채 조심스럽게 조교의 지시에 따랐다. 널찍한 고사장은 창백한 얼굴의 소년들로 가득했다. 고사장 안을 두리번거리는 한스의 표정은 꼭 고문실에 들어온 범죄자 같왔다. 그러나 교수가 들어와 정숙할 것을 요구하면서 라틴어 문장을 받아 적게 했을 때 한스의 입에서는 안도의 한숨이 새어나왔다. 문제가 가소로울 정도로 쉬웠던 것이다. 한스는 즐거운 마음으로 재빨리 답안지 초안을 작성한 뒤 신중하게 정서해서 제출했다. 가장 먼저 답안지를 제출한 학생들 가운데 하나였다.

라틴어 시험을 마치고 집으로 돌아갈 때 길을 잘못 드는 바람에 무더운 거리를 두 시간이나 헤맸지만, 그 때문에 다시 찾은 평정심이 흐트러지지는 않았다. 오히려 이렇게 얼마간이라도 고모와 아버지에게서 벗어날 수 있게 된 것이 기뻤을 뿐 아니라 자신이 마치 낯설고 시끄러운 대도시를 방황하는 대담한 모험가처럼 느껴지기까지 했다. 마침내 이리저리 물어 간신히 집에 도착하자 기다렸다는 듯이 질문이 쏟아졌다.

"시험은 어떻게 됐어? 잘 쳤니?"

"쉬웠어요." 한스가 자랑스럽게 말했다. "5학년이었어도 쉽게 번역할 수 있을 정도로 쉬웠어요."

이제야 한스는 갑자기 엄청난 식욕을 느끼고 허겁지겁 식사를 했다.

오후는 자유 시간이었다. 아버지가 친척 집과 친구들 집으로 아들을 데리고 갔다. 어떤 집에서 검정 옷을 입은 수줍은 소년을 만났다. 마찬가지로 주 시험을 치러 괴핑겐에서 왔다고 했다. 한스와 소년은 둘만 남자 약간 어색하면서도 호기심 어린 눈으로 서로를 바라보았다.

"라틴어 시험 어땠어? 쉽지 않았어?"

한스가 물었다.

"엄청 쉬웠지. 하지만 바로 그걸 노린 거야. 그런 쉬운 문제들에서 실수가 가장 많이 나오거든. 쉽다고 주의를 하지 않는 거지. 더구나 그런 문제들에 함정이 숨어 있을 가능성이 높아."

"정말 그럴까?"

"당연하지. 시험 출제자들이 바보인 줄 알아?"

한스는 흠칫 놀라며 잠시 생각에 잠겼다. 그러고는 쭈뼛거리며 물었다.

"너 혹시 라틴어 문제 갖고 있어?"

소년이 공책을 가져오자 둘은 머리를 맞대고 단어 하나하나를 꼼꼼히 살펴보기 시작했다. 괴핑겐 소년은 라틴어 실력이 대단한 것 같았다. 한스가 들어 보지 못한 문법 용어를 두 개나 자연스럽게 사용했다.

"내일은 무슨 시험이지?"

"그리스어와 작문."

괴핑겐 소년은 한스의 학교에서는 몇 명이 시험을 보러 왔는지 물었다.

"나 말고는 없어."

"와! 우린 열두 명이나 왔는데! 그중 셋은 정말 똑똑한 애

들이야. 아마 수석도 걔들 중에서 나올걸. 작년에도 우리 괴핑
겐에서 수석이 나왔거든. 넌 시험에 떨어지면 김나지움*에 갈
거니?"

한스로서는 아직 한 번도 생각해 보지 않은 문제였다.

"모르겠지만…… 아마 안 갈 거야."

"그래? 난 떨어지더라도 반드시 대학에 갈 생각이야. 시험
에 떨어지면 어머니가 울름으로 보내 주기로 하셨어."

이 말이 한스에게는 무척 인상적으로 다가왔다. 수재 셋을
비롯해 괴핑겐 학생 열두 명도 두렵게 느껴졌다. 자신은 시험
에 떨어지면 누구에게도 환영받지 못할 처지였다.

집에 돌아오자 한스는 책상에 앉아 'mi'로 끝나는 동사들을
다시 한 번 훑어보았다. 사실 라틴어는 전혀 걱정하지 않았다.
그만큼 자신이 있었다. 그러나 그리스어는 좀 달랐다. 한스는
그리스어를 좋아했다. 그것도 열광에 가까울 정도로 좋아했
다. 그리스 책을 읽고 싶어서였다. 특히 크세노폰은 매우 아름
답고 유연하고 생동감 넘치는 문체로 쓰여 있었다. 문장 하나
하나가 밝고 근사하고 힘찼으며, 멋진 자유정신이 담겨 있었
다. 게다가 이해하기도 어렵지 않았다. 하지만 문법으로 들어
가거나 독일어를 그리스어로 옮겨야 할 때면 서로 상반되는
법칙과 형태들의 미궁에 빠져 허우적거리는 듯했고, 이 낯선

* 독일의 인문계 중고등학교.

32

언어에 공포에 가까운 경계심을 느꼈다. 그리스어 알파벳을 하나도 읽지 못하던 첫 수업 시간에 느꼈던 그런 공포였다.

이튿날에는 그리스어 시험이 첫 시간이었고 그다음이 독일어 작문 시험이었다. 그리스어 문제는 꽤 길었고 쉽지 않았다. 독일어 작문 문제도 까다롭고 잘못 해석할 가능성이 높았다. 10시께부터 고사장 안이 후텁지근해졌다. 한스는 사용하는 펜이 좋지 않아서 그리스어 답안지를 정서하는 데 종이를 두 장이나 망쳤다. 작문 시간에는 옆에 앉은 뻔뻔한 녀석 때문에 곤혹을 치렀다. 녀석이 질문을 적은 쪽지를 내밀며 답을 가르쳐 달라고 옆구리를 쿡쿡 찔렀던 것이다. 옆 사람과의 접촉은 엄격히 금지되어 있었고, 발각되면 가차 없이 쫓겨날 수 있었다. 한스는 두려움에 벌벌 떨며 '날 좀 내버려 둬!'라고 쓴 쪽지를 건넨 뒤 아예 등을 돌려 버렸다. 이제 고사장 안은 푹푹 쪘다. 잠시도 쉬지 않고 고른 발걸음으로 고사장 안을 돌아다니던 감독관조차 삼베 손수건으로 여러 번 얼굴의 땀을 닦았다. 두꺼운 견진성사 예복을 입은 한스는 땀을 삐질삐질 흘렸고 머리도 아팠다. 마침내 참담한 심정으로 답안지를 제출했을 때는 죄다 답이 틀렸고, 이로써 시험도 망쳤다는 느낌밖에 들지 않았다.

식탁에서 한스는 한마디도 하지 않고 무슨 큰 죄를 지은 사람 같은 표정을 지으며 쏟아지는 질문에 어깨만 으쓱했다. 고모는 위로해 주었지만, 아버지는 얼굴이 붉으락푸르락 변하면서 불편한 심경을 감추지 못했다. 식사 후 아버지가 아들을 옆방으로 불러 다시 한 번 꼬치꼬치 캐물었다.

"시험을 잘 못 봤어요."

한스가 대답했다.

"대체 정신을 어디다 팔고 있었던 거야? 시험에만 집중하라고 그렇게 말했는데…… 망할 것 같으니!"

한스는 침묵했다. 그러나 아버지가 욕을 하기 시작하자 아들도 얼굴을 붉히며 이렇게 대꾸했다.

"아버지는 그리스어를 전혀 모르잖아요!"

필기시험보다 더 큰 걱정은 2시에 치를 구두시험이었다. 한스는 구두시험이 가장 두려웠다. 뜨겁게 달아오른 거리를 걸어가는 동안 기분이 최악이었다. 고통과 불안, 현기증으로 앞이 제대로 보이지 않을 정도였다.

한스는 커다란 녹색 테이블에 자리 잡은 심사관 세 명 앞에 10분 정도 앉아서 라틴어 몇 문장을 번역하고 질문에 답했다. 그런 다음 또 10분 동안은 다른 세 명의 심사관 앞에서 그리스어를 번역하고 갖가지 질문에 대답했다. 마지막으로 불규칙 과거 시칭에 관한 질문이 나왔지만 한스는 답하지 못했다.

"이제 가도 좋네. 저기 오른쪽 문으로."

한스는 나가다 말고 문턱에서 걸음을 멈추었다. 이제야 불규칙 과거 시칭이 떠오른 것이다.

"가라니까 왜 거기 서 있나? 뭐 잘못된 거라도 있나?"

34

"아닙니다. 이제야 불규칙 과거 시칭이 떠올랐습니다!"

한스는 허공을 향해 불규칙 과거 시칭을 소리쳤다. 심사관들이 웃었다. 한스는 얼굴이 빨개져 밖으로 뛰쳐나갔다. 밖에 나와서는 심사관들의 질문과 자신의 대답을 기억해 보려고 했다. 그러나 머릿속은 엉킨 실타래처럼 뒤죽박죽이었다. 반복해서 떠오르는 것이라고는 커다란 녹색 테이블과 프록코트를 입은 진지하고 늙은 세 심사관, 펼쳐 놓은 책, 책 위에 올려놓은 자신의 떨리는 손밖에 없었다. 무슨 대답을 했는지도 전혀 기억나지 않았다.

한스는 거리를 걸으며 자신이 마치 이곳에 벌써 몇 주나 머물렀고, 영원히 이곳을 떠나지 못할 형벌에 처해진 것 같은 느낌을 받았다. 아버지 집의 정원과 고향의 푸른 전나무 숲, 강가의 낚시터, 이 모든 것이 아득히 멀리 떨어져 있고 오랫동안 보지 못한 것처럼 느껴졌다. 아, 오늘 당장 고향으로 돌아갈 수 있다면! 이곳에 더 머무를 이유는 없을 것 같았다. 시험을 망쳤기 때문이다. 한스는 우유빵을 산 뒤 오후 내내 거리를 싸돌아다녔다. 아버지에게 변명을 늘어놓기 싫어서였다. 마침내 집에 도착하자 모두 한스를 걱정하고 있었다. 한스는 몹시 지치고 초췌해 보였다. 고모가 내준 달걀 수프를 먹고는 곧장 침대로 갔다. 내일은 수학과 종교 시험이었다. 이것만 마치면 여기를 떠날 수 있다.

이튿날 오전 시험은 아주 잘 쳤다. 어제 주요 과목은 망친 반면에 오늘 다른 부수 과목들을 이렇게 잘 본 것이 씁쓸한 아이러니 같았다. 하지만 상관없었다. 이제 이곳을 떠나 집으로 돌아갈 수 있었다.

"시험이 끝났어요. 이제 고향에 갈 수 있게 됐어요."

한스가 고모에게 말했다.

아버지는 하루 더 묵고 싶어 했다. 칸슈타트로 가서 그곳 온천 정원에서 느긋하게 커피를 한잔 마시고 올 생각이었다. 한스는 오늘 당장 혼자서라도 떠나게 해 달라고 빌다시피 해서 아버지에게 허락을 받아 냈다. 기차역까지 배웅을 나온 아버지는 아들에게 차표를 쥐여 주었고, 고모는 작별의 입맞춤을 한 뒤 기차 안에서 먹을 간식거리를 건네주었다.

한스는 지친 몸을 기차에 싣고 아무 생각 없이 푸른 구릉지대를 지나 고향으로 달려갔다. 검푸른 전나무 숲이 나타나는 순간 기쁨과 구원의 감정이 소년의 온몸을 휘감았다. 한스는 집에서 일하는 늙은 하녀와 자신의 자그마한 방, 교장선생님, 천장이 낮은 익숙한 교실, 그 밖의 다른 모든 것을 다시 만날 생각을 하니 벌써부터 가슴이 벅차올랐다.

다행히 기차역에는 혹시나 하고 나와 있는 사람들이 없었다. 한스는 가방을 들고 아무도 모르게 서둘러 집으로 향했다.

"슈투트가르트에서 좋은 시간 보냈니?"

늙은 하녀 안나가 물었다.

"좋았냐고요? 시험 치는 게 뭐가 좋겠어요? 집이 좋죠. 아버지는 내일 돌아오신대요."

한스는 신선한 우유를 한 사발 마신 뒤 창문 앞에 걸린 수영복을 집어 들고 밖으로 달려 나갔다. 소년이 달려간 곳은 사람들이 주로 물놀이를 즐기는 풀밭이 아니라 시내에서 조금 떨어진 '저울'이라고 부르는 곳이었다. 키 큰 덤불 사이로 깊은 강물이 느릿느릿 흘러가고 있었다. 한스는 옷을 벗고 서늘한 물속에 차례로 손발을 담가 보았다. 찬 기운에 약간 소름이 돋았지만 재빨리 강물 속으로 뛰어들었다. 약한 물살을 거스르며 천천히 헤엄쳐 가는 동안 지난 며칠 사이의 땀과 불안이 저절로 몸에서 떨어져 나가는 기분이었다. 가냘픈 몸이 시원한 물에 감싸이면서 한스의 마음도 아름다운 고향의 품에 안긴 채 새로운 의욕으로 가득 차는 듯했다. 소년은 좀 더 빠른 속도로 헤엄치다가 잠시 쉬고 다시 헤엄을 쳤다. 기분 좋은 서늘함에 온몸이 나른해졌다. 한스는 하늘을 보고 누워 강 아래쪽으로 편안하게 떠내려갔다. 황금빛 물파리 떼가 왱왱 원을 그리며 도는 소리가 들렸다. 늦은 오후의 하늘 위로 작고 날쌘 제비들이 날아갔고, 서녘으로 넘어간 해가 산 뒤쪽으로 붉게 물들인 하늘이 보였다. 한스가 다시 옷을 입고 몽롱한 기분으로 터벅터벅 집으로 돌아갈 때 골짜기에는 벌써 땅거미가 짙게 깔렸다.

한스는 상인 자크만 아저씨의 집을 지났다. 개구쟁이 시절 다른 아이들과 함께 몰래 이 집 정원에서 설익은 자두를 따

먹곤 했다. 키르히너 목재소도 지났다. 하얗게 다듬은 전나무
가 여기저기 쌓여 있었는데, 통나무 밑을 뒤지면 낚시 미끼용
지렁이를 쉽게 찾을 수 있었다. 감독관 게슬러의 집도 지나쳤
다. 2년 전 얼음판 위에서 이 집 딸 엠마에게 어떻게든 잘 보
이려고 애쓰던 기억이 났다. 엠마는 한스와 동갑인데, 이 도시
에서 가장 예쁘고 우아한 여학생으로 소문나 있었다. 한때 얼
마간은 엠마와 말을 한번 해 보거나 손이라도 한번 잡아 보는
것이 한스의 최고 소원이었다. 물론 그런 일은 일어나지 않았
다. 그럴 만한 용기가 없었기 때문이다. 그 뒤 엠마는 기숙학
교에 들어갔고, 지금은 그 애가 어떻게 생겼는지조차 잘 기억
나지 않았다.

　문득 소년 시절의 그런 이야기들이 아득한 데서 불어오는
바람처럼 한스의 머릿속에 새록새록 떠올랐다. 그 이야기들
속에는 이후의 체험에는 없던, 야릇한 예감으로 가득 찬 향기
와 강렬한 색깔이 배어 있었다. 저녁이면 토어베크 거리의 나
숄트 리제 아줌마 집에 모여 감자를 깎으며 옛날이야기를 들
었고, 일요일이면 아침 댓바람부터 둑 아래로 내려가 나중에
혼날 줄 알면서도 바지를 걷고 신 나게 가재와 물고기를 잡다
가 집에 돌아와 외출복이 쫄딱 젖었다는 이유로 아버지에게
매를 맞기도 했다. 지금은 일일이 기억나지 않지만, 그때는 퍽
이상하고 수수께끼 같은 사람이나 일도 무척 많았다. 목이 구
부정한 구둣방 아저씨 슈트로마이어가 그중 한 사람인데, 마

을 사람들은 그가 아내를 독살했다고 굳게 믿고 있었다. 지팡이에 의지한 채 배낭을 메고 오버암트 전역을 떠돌아다니는 '베크 선생'도 괴팍한 사람이었다. 마을 사람들은 이 남자한테 꼬박꼬박 '선생'이라는 존칭을 붙였는데, 한때는 말 네 필이 끄는 호화 마차를 소유할 정도로 부자였다는 것이 그 이유였다. 한스는 이제 이 모든 것에 대해 이름 말고는 기억나는 것이 없었다. 다만 퀴퀴한 냄새 나는 이 수상쩍은 골목길의 세계가 벌써 오래전에 끝났으며, 앞으로 찾아올 어떤 생기 넘치고 소중한 것도 그 자리를 대신하지 못하리라는 사실을 어렴풋이 느꼈다.

이튿날도 휴가여서 한스는 대낮까지 늘어지게 자며 자유를 만끽했다. 그러다 정오 무렵 기차역으로 아버지를 마중 나갔다. 아버지는 슈투트가르트에서 즐거운 시간을 보냈는지 아직도 들뜬 모습이었다.

"시험에만 합격하면 뭐든 들어주마." 아버지가 기분이 좋아 말했다. "원하는 게 있으면 말해 봐라!"

"아니에요, 아버지." 아들이 한숨을 내쉬었다. "저는 분명 떨어졌어요."

"무슨 그런 바보 같은 소리를 해! 마음 바뀌기 전에 어서 말해 봐!"

"방학 때 낚시를 하고 싶어요. 해도 돼요?"

"그래, 합격만 하면 너 하고 싶은 대로 해라."

그다음 날은 일요일이었다. 번개가 치고 소나기가 쏟아졌다. 한스는 자기 방에 몇 시간 틀어박혀 책을 읽고 생각에 잠겼다. 슈투트가르트에서 시험 친 내용을 다시 한 번 꼼꼼히 기억해 보았다. 그런데 아무리 기억해도 결론은 한 가지였다. 시험을 완전히 망쳤고, 그보다는 훨씬 잘 칠 수 있었을 거라는 아쉬움이 남는다는 사실이었다. 이제 합격은 물 건너간 일인 듯했다. 다시 머리가 아파 왔다. 불안감이 서서히 목을 죄어 오자 더는 견디지 못하고 아버지에게 건너갔다.

"저, 아버지!"

"응? 왜?"

"여쭤볼 게 있어서요. 아까 낚시하고 싶다고 한 소원 말인데요, 그거 포기할래요."

"갑자기 왜?"

"그건…… 그건…… 그러니까 제가 여쭤보려고 한 건 다른 게 아니라……."

"어서 속 시원히 말해 봐. 쓸데없이 뜸 들이지 말고! 무슨 일이야?"

"시험에 떨어지면 김나지움에 가도 되나 해서요."

기벤라트 씨가 어이없다는 표정을 지었다.

"뭐? 김나지움?" 아버지가 폭발했다. "네가 김나지움에 간다고? 누가 너한테 그따위 생각을 집어넣었냐?"

"아니에요, 그런 사람 없어요. 그냥…… 그런 생각이 든 것뿐이에요."

아들의 얼굴에 죽음과도 같은 공포가 어렸다. 그러나 아버지는 그것을 알아채지 못했다.

"가, 쓸데없는 소리 하지 말고." 아버지가 마뜩잖게 웃으면서 말했다. "대체 어떻게 그런 생각을 해? 김나지움이라니! 너는 이 아비가 무슨 큰 사업가라도 되는 줄 알아?"

아버지가 격렬하게 손을 내저으며 가라고 하자 한스도 결국 뜻을 접고 절망한 채 걸음을 옮겼다.

"사내놈이라는 게!" 아버지가 등 뒤에서 혀를 찼다. "뭐, 김나지움에 가? 잘하는 짓이다! 누울 자리를 보고 다리를 뻗어야지, 원!"

한스는 반 시간 동안 창턱에 앉아 방금 청소한 복도 바닥을 멍하니 내려다보며, 이제 정말 신학교나 김나지움, 대학 중 한 군데도 가지 못하면 어떻게 될지 상상해 보았다. 치즈 가게나 아무 사무실에서 수습생으로 일하게 될까? 그리되면 자기가 평소에 그렇게 경멸하고 무조건 벗어나려고 했던 평범한 인간들처럼 평생 한심하게 살게 되겠지? 순간, 귀엽고 영리해 보이는 소년의 얼굴이 분노와 고통으로 험악하게 일그러졌다. 한스는 화를 이기지 못하고 벌떡 일어나 침을 퉤 뱉더니, 라틴어 작품 선집을 집어 들어 힘껏 벽에 내동댕이쳤다. 그러고는 쏟아지는 빗속으로 뛰쳐나갔다.

이튿날 아침 일찍 한스는 다시 학교에 갔다.

"잘 지냈니?" 교장선생이 손을 내밀었다. "어제쯤엔 날 찾아올 줄 알았는데 오지 않더구나. 그래, 시험은 잘 쳤니?"

한스가 고개를 숙였다.

"아니, 왜 그러니? 시험을 잘 못 친 거야?"

"네, 그런 것 같아요."

"음, 좀 기다려 보자꾸나." 교장선생이 위로했다. "아마 오늘 오전 중으로는 슈투트가르트에서 연락이 올 게다."

오전 시간은 끔찍할 정도로 길게 느껴졌다. 기다리던 연락은 오지 않았다. 점심시간에 한스는 속울음을 삼키느라 밥이 넘어가지 않았다.

오후 2시에 교실에 들어갔더니 담임선생이 먼저 와 있었다.

"한스 기벤라트!"

선생님이 큰 소리로 불렀다.

한스가 앞으로 나가자 선생님이 손을 내밀었다.

"축하한다, 기벤라트. 네가 주 시험에 차석으로 합격했다."

교실 안에 엄숙한 정적이 흘렀다. 그때 문이 열리고 교장선생이 들어왔다.

"축하한다. 자, 이젠 뭐라고 할 거니?"

소년은 기쁨과 놀라움으로 온몸이 굳어 버린 듯했다.

"자, 지금도 할 말이 없니?"

"이럴 줄 알았으면 수석도 문제없었을 텐데 아까워요."

한스의 입에서 자기도 모르게 흘러나온 말이었다.

"그래, 이제 집에 가 봐라." 교장선생이 말했다. "가서 이 소식을 아버지께 말씀드려라. 그리고 내일부터는 학교에 나오지 않아도 된다. 어차피 일주일 뒤에는 방학이니까."

한스는 몽롱한 기분으로 밖으로 나왔다. 거리에 피나무와 햇빛 쏟아지는 장터가 보였다. 예전과 달라진 건 없었지만, 모든 게 훨씬 아름답고 즐겁고 소중하게 느껴졌다. 합격을 하다니! 그것도 2등으로 합격하다니! 처음 소식을 들었을 때 폭풍처럼 몰아치던 기쁨의 순간이 지나자 이제 뜨거운 감사의 감정이 온몸에 가득했다. 이제는 목사님을 피할 이유가 없었고, 대학에도 갈 수 있었다. 또한 치즈 가게 점원이나 사무실 경리가 될 걱정을 할 필요도 없었다. 더구나 이제는 낚시도 할 수 있다!

집에 도착하니 아버지가 대문간에 마침 나와 있었다.

"이 시간에 어쩐 일이냐?"

아버지가 무심하게 물었다.

"별일 아니에요. 이젠 학교에 가지 않아도 된대요."

"뭐라고? 왜?"

"이제는 신학교 학생이니까요."

"뭐? 세상에, 그럼 네가 합격했다는 말이냐?"

한스가 고개를 끄덕였다.

"성적은?"

"2등이래요."

아버지도 차마 기대하지 못한 일이었는지 말없이 아들의 어깨를 토닥거리고 고개를 저으며 웃기만 했다. 그러다 마침내 무슨 말을 하려는지 입술을 살짝 벌렸지만, 아무 말도 못하고 다시 고개를 흔들었다.

"이럴 수가!" 드디어 아버지의 입에서 탄성이 터져 나왔다. "이럴 수가!"

한스는 얼른 집 안으로 뛰어 들어가 계단을 지나 다락으로 올라갔다. 텅 빈 다락방에 도착하자 벽장을 홱 열어젖히고, 거기에서 이것저것 급하게 뒤져 상자들과 가는 줄 뭉치, 코르크를 끄집어냈다. 낚시 도구였다. 이제 멋진 낚싯대만 만들기만 하면 되었다. 아들은 다시 아버지에게로 내려갔다.

"아버지, 주머니칼 좀 빌려 주세요!"

"뭐하게?"

"낚싯대 만들게요."

아버지가 호주머니에 손을 넣었다.

"옜다." 아버지가 환한 표정으로 말했다. "2마르크다. 이걸로 칼을 사도록 해라. 이제부터 그건 네 칼이다. 한프리트 가게에 가지 말고 길 건너편 도공한테 가거라."

한스는 발이 보이지 않을 정도로 달렸다. 도공은 시험 결과를 물었고, 기쁜 소식을 듣자 특별히 멋진 칼을 내주었다.

강 하류 브뤼헬 다리 아래쪽으로 아름답고 늘씬한 오리나무와 개암나무들이 서 있었다. 한스는 거기에서 한참을 고르고 또 고른 끝에, 홈 하나 없고 질기면서도 유연한 나뭇가지를 잘라 내 부리나케 집으로 달려갔다.

낚싯대를 만드는 내내 한스는 얼굴이 발그레 상기되었고 두 눈은 반짝거렸다. 낚싯대 만드는 작업은 낚시 자체만큼이나 즐겁고 설레는 일이었다. 소년은 오후를 지나 저녁 내내 이 일에 매달렸다. 낚싯줄은 흰색과 갈색, 초록색으로 나눈 뒤 꼼꼼하게 살펴 끊어진 것은 수선하고, 엉키고 묶인 것은 조심스레 풀었다. 낚시찌로 쓸 코르크와 깃대는 크기와 모양이 제각각인데, 하나하나 시험해 보거나 새로 잘라 만들었다. 각각 무게가 다른 작고 둥근 납추는 망치로 다듬은 뒤 가운데에 칼자국을 냈다. 줄을 끼우기 위해서였다. 다음은 낚싯바늘 차례였다. 상자 속에는 낚싯바늘도 아직 여러 개 남아 있었다. 어떤 것은 네 겹의 검은 재봉실에, 어떤 것은 양의 창자로 만든 줄에, 어떤 것은 말총을 꼬아 만든 끈에 묶었다. 작업은 밤이 되어서야 끝났다. 이제는 7주나 되는 긴 방학도 지루할 것 같지 않았다. 낚싯대만 있으면 혼자 온종일 강가에서 시간을 보낼 수 있었다.

2장

여름방학은 원래 이래야 하지 않을까? 산에는 용담꽃처럼 파란 하늘이 펼쳐져 있고, 햇빛 찬란한 뜨거운 날이 몇 주 동안 이어지고, 이따금 천둥 번개를 동반한 소낙비가 짧게 후드득 대지를 적셨다. 강물은 그렇게 많은 사암 바위와 그늘진 전나무 숲, 협곡을 굽이굽이 흘러갔지만, 저녁 늦은 시간에도 몸을 담글 수 있을 만큼 따뜻했다. 도시에는 베어 놓은 마른풀 냄새가 은은히 배어 있었고, 좁은 띠처럼 펼쳐진 밀밭은 벌써 황금빛으로 물들어 갔으며, 냇가에는 독미나리처럼 생긴 풀들이 어른 키 높이만큼 우거져 있었다. 우산을 닮은 이 풀들의 흰 꽃에는 조그만 딱정벌레들이 끊이지 않았고, 속이 텅 빈 줄기는 잘라서 풀피리로 만들었다. 숲가에는 털이 곱고 노란 꽃을 피우는 우단담배풀이 줄지어 위엄을 뽐냈고, 산비탈

46

은 가늘면서도 강인한 줄기 위에서 하늘거리는 부처꽃과 분홍바늘꽃으로 온통 붉게 물들어 있었다. 전나무 아래 안쪽에는 빨간 디기탈리스가 진지하고 아름답고 이국적인 자태를 자랑했다. 은빛 솜털에 넓은 뿌리잎과 튼튼한 줄기가 있고, 가지런히 맞추어 놓은 듯한 분홍색 꽃받침이 눈에 띄는 식물이었다. 그 옆에는 갖가지 버섯들이 자랐다. 붉고 화사한 광대버섯, 살점이 많고 넓적한 그물버섯, 괴상한 모양의 선모, 산호처럼 가지가 많은 빨간 싸리버섯, 이상한 느낌으로 색채가 없고 병약해 보이는 구상난풀. 숲과 초원 사이의 황량한 두렁에는 질긴 금잔화가 노란 불꽃처럼 타올랐고, 이어 길쭉한 연보라색 에리카가 길게 늘어서 있었다. 그다음은 초원이었다. 두번째 풀베기를 앞둔 초원에는 황새냉이와 동자꽃, 샐비어, 체꽃이 형형색색으로 피어 있었다. 활엽수 숲 속에서는 푸른머리되새가 쉴 없이 노래했고, 전나무 숲에서는 털이 불그스름한 다람쥐들이 나뭇가지 사이를 폴짝폴짝 뛰어다녔으며, 둑과 담장, 마른 무덤가에서는 초록색 도마뱀들이 가만히 숨을 쉬며 기분 좋게 햇볕을 쬐었고, 드넓은 초원 위로는 지칠 줄 모르고 이어지는 매미 울음소리가 요란하게 울려 퍼졌다.

이맘때쯤이면 이 작은 도시에서는 시골 냄새가 물씬 풍겼다. 거리마다 건초를 실은 마차가 지나가거나 낫 가는 소리가 들렸고, 대기 중에는 건초 냄새가 짙게 배어 있었다. 아마 이곳에 두 공장만 없었다면 어느 시골 마을에 와 있다는 느낌이

들지도 모른다.

방학 첫날 한스는 새벽같이 일어나 부엌에서 초조하게 서성이며 커피를 기다렸다. 안나 할머니가 채 일어나기도 전이었다. 할머니가 나오자 한스는 불 피우는 일을 거들고, 시키지도 않았는데 알아서 빵을 갖다 놓고, 뜨거운 커피에다 신선한 우유를 타서 식힌 다음 재빨리 후루룩 마셨다. 그러고는 빵을 주머니에 챙겨 넣고 부리나케 달려 나갔다. 걸음을 멈춘 곳은 철둑가였다. 한스는 바지 주머니에서 둥근 양철통을 꺼내 부지런히 메뚜기를 잡아서 담기 시작했다. 기차가 지나갔다. 폭풍처럼 빠르게 달리지 않고 아주 편안한 속도로 달리고 있었다. 철로가 몹시 가팔랐기 때문이다. 기차 창문은 죄다 열려 있었고 승객은 얼마 없었다. 기차는 연기와 증기를 길게 나부끼는 깃발처럼 신 나게 내뿜으며 달려갔다. 한스는 기차 뒷모습을 바라보며, 희끄무레한 연기가 미친 듯이 소용돌이치다가 곧 새벽의 맑고 밝은 공기 속으로 사라지는 광경을 지켜보았다. 아, 얼마나 오랫동안 잊고 살았던 풍경인가! 한스는 잃어버린 시절을 두 배로 보상받으려는 듯, 아무 걱정 없던 어린 시절로 거리낌 없이 다시 돌아가려는 듯, 숨을 크게 들이마셨다.

메뚜기 통과 새로 만든 낚싯대를 들고 다리와 공원을 지나 '말 웅덩이'라 불리는 곳으로 걸어가면서 한스의 심장은 비밀스러운 환희와 사냥꾼의 들뜬 기대감으로 마구 두근거렸다. '말 웅덩이'는 수심이 가장 깊은 곳으로, 버드나무에 몸을 기댄 채 다른 어떤 곳보다 편안하고 조용히 낚시를 즐길 수 있는 지점이었다. 한스는 낚싯줄을 풀어 조그마한 납추를 매단 뒤 통통한 메뚜기를 인정사정없이 낚싯바늘에다 쿡 찔러 넣고는 크게 원을 그리며 강 한가운데로 낚싯대를 던졌다.

이로써 예전의 익숙한 놀이가 시작되었다. 작은 물고기들이 떼 지어 미끼 주위로 몰려들더니 바늘에 매달린 메뚜기를 주둥이로 살짝살짝 잡아당겼다. 그러다 미끼는 곧 떼어 먹혔고, 두 번째 메뚜기가 물속으로 던져졌다. 이렇게 세 번째, 네 번째, 다섯 번째 미끼가 이어졌다. 한스는 낚싯바늘에 메뚜기를 더욱 신중하게 꿰고는 낚싯줄의 무게를 더하기 위해 납추를 하나 더 매달았다. 이제 처음으로 제대로 된 물고기가 입질을 하기 시작했다. 녀석이 조금씩 미끼를 잡아당기더니 다시 놓았다. 그러다 같은 행동을 한 번 더 반복하고는 드디어 미끼를 덥석 물었다. 유능한 낚시꾼이라면 이런 미세한 움직임을 줄과 낚싯대를 통해 손으로 느끼는 법이다. 한스는 낚싯대를 기술적으로 홱 낚아챈 뒤 조심스럽게 당기기 시작했다. 미끼에 걸린 녀석이 잠시 모습을 드러냈다. 로치*였다. 담황색으로 반짝거리는 넓적한 몸뚱이와 삼각형 머리, 게다가 붉은색을 띤 아름다운 배지느러미를 보니 알겠다. 얼마나 큰 녀석일까? 그런데 한스가 물고기의 무게를 느껴 보기도 전에 물고

* 유럽의 하천과 호수에 흔한 잉엇과 물고기.

기는 필사적으로 몸을 한 번 뒤틀더니 수면 위에서 공포에 젖어 미친 듯이 몸부림을 쳤다. 결국 낚싯바늘을 빠져나간 녀석은 물속에서 서너 번 빙빙 돌다가 은빛 번개처럼 잽싸게 깊은 물 속으로 사라졌다. 미끼를 제대로 물지 않았던 것이다.

잊고 있던 사냥꾼의 흥분과 열정이 서서히 깨어났다. 날카로운 시선이 수면과 닿은 얇은 갈색 줄에서 떨어질 줄 몰랐고, 뺨까지 발그레 달아올랐다. 동작도 간결하고 민첩하고 확고했다. 두 번째 로치가 미끼를 물었다가 다시 빠져나갔다. 처음 잡은 것은 아쉽게도 작은 잉어였다. 그러나 잇달아 크레서 세 마리가 올라왔다. 한스는 무척 기뻤다. 아버지가 좋아하는 생선이었다. 크레서는 살점이 많은 몸통이 자잘한 비늘로 덮여 있었고, 커다란 머리통에 우스꽝스러운 흰 수염이 달려 있었으며, 눈은 작고 몸은 뒤로 갈수록 날씬해졌다. 색깔은 녹색과 갈색을 섞은 듯했지만, 뭍에 올라오면 진청색으로 변했다.

그사이 해는 하늘 높이 치솟았다. 물방앗간 둑의 물거품이 눈처럼 하얗게 빛났고, 강물 위에서는 따스한 공기가 파르르 떨렸다. 고개를 들면 무크베르크 산 위에 눈부시게 떠 있는 손바닥만 한 구름 몇 점이 보였다. 날은 더웠다. 파란 하늘과 대지 중간쯤에 가만히 떠 있는 흰 구름 몇 점만큼 한여름날의 더위를 잘 보여 주는 것은 없다. 구름은 눈을 들고 오래 쳐다볼 수 없을 정도로 햇살을 가득 머금고 있었다. 푸른 하늘이나 반짝거리는 강물만 보고는 날이 얼마나 더운지 알 수 없을 때가 많다. 그러나 고개를 들어 푸른 하늘에 둥글게 피어오른 하얀 돛단배 몇 척을 보는 순간 사람들은 갑자기 태양이 불타는 것을 느끼며 그늘을 찾고 땀방울이 흐르는 얼굴을 손으로 가린다.

한스는 서서히 집중력이 떨어졌다. 조금 지치기도 했다. 어차피 정오 무렵에는 고기가 거의 물지 않았다. 강에서 가장 나이가 많고 덩치가 큰 물고기인 황어가 햇볕을 쬐려고 위로 올라왔다. 녀석들은 수면 바로 밑에서 시커멓게 줄을 지어 상류 쪽으로 느릿느릿 헤엄쳐 갔고, 가끔 별다른 이유 없이 깜짝깜짝 놀라곤 했다. 어쨌든 녀석들도 이맘때쯤에는 미끼에 관심이 없었다.

한스는 낚싯줄을 버드나무 가지 위에 걸친 채 물에 던져 놓고는 바닥에 앉아 파란 강물을 바라보았다. 물고기들이 천천히 위로 올라왔다. 짙은 색의 등이 하나둘 수면으로 떠올랐다. 태양의 온기에 이끌려 느릿느릿하고 평온하게 움직이는 매혹적인 행렬이었다. 따스한 물속이 퍽 기분 좋은 모양이었다. 한스도 장화를 벗고 물에 발을 담갔다. 물속은 아주 미지근했다. 한스는 잡은 물고기들을 넣어 둔 커다란 물뿌리개를 가만히 들여다보았다. 녀석들은 천천히 헤엄쳤고, 이따금 살짝 퍼덕거리기만 했다. 아, 얼마나 아름다운 광경인지! 물고기들이 움직일 때마다 비늘과 지느러미에서 흰색과 갈색, 녹색, 은색, 담황색, 청색 빛이 반짝거렸다.

51

사위는 무척 조용했다. 다리를 건너는 수레 소리는 거의 들리지 않았고, 철퍼덕 돌아가는 물레방아 소리도 아주 희미하게만 들렸다. 다만 하얀 물방앗간 둑에서 쉴 새 없이 차르르 쏟아지는 물소리만 부드러운 자장가처럼 나직이 들려왔다. 뗏목 기둥을 사르르 휘감는 물소리도 은은했다.

지난 1년 동안 그리스어와 라틴어, 문법과 문체론, 수학과 암기 과목, 그리고 다른 번잡한 일들에 쫓기듯 시달려 온 고문 같은 일상이 지금의 나른하고 따뜻한 시간 속에 모두 조용히 녹아 버리는 듯했다. 한스는 머리가 약간 아팠지만 예전처럼 그리 심하지는 않았다. 지금은 다시 물가에 앉아 물방앗간 둑의 물거품이 산산이 부서지는 것을 지켜보거나 눈을 끔벅이며 낚싯줄을 바라보았다. 옆에 놓아둔 물뿌리개 속에서는 낚아 올린 물고기들이 헤엄치고 있었다. 정말 소중한 시간이었다. 자신이 주 시험에 합격했다는 사실이, 그것도 차석으로 합격했다는 사실이 언뜻언뜻 떠올랐다. 그 생각이 날 때마다 한스는 물에 담근 발로 물장구를 쳤고, 바지 주머니에 두 손을 찔러 넣은 채 휘파람을 불었다. 솜씨는 형편없었다. 예전부터 그게 고민이었고, 친구들에게 놀림을 받기도 했다. 그냥 잇새로 나직이 소리를 내는 수준이었다. 하지만 혼자 기분을 내기엔 충분했다. 게다가 지금은 어차피 듣는 사람도 없었다. 다른 아이들은 학교에서 지리를 배우고 있었다. 한스 혼자만 이렇게 수업을 받지 않고 자유를 만끽했다. 다른 친구들은 이제 한스에게 추월당했고, 모두 한참 뒤처져 있었다. 그전까지 한스를 몹시 괴롭혔던 아이들이었다. 한스가 아우구스트 말고는 친구가 없고, 남자애들의 주먹다짐이나 놀이에는 별 관심이 없었기 때문이다. '그래, 이젠 내 등 뒤나 실컷 바라보라지. 닥스훈트 같은 녀석들, 바보 멍청이들!' 한스는 속으로 아이들을 경멸하느라 한순간 휘파람까지 멈추며 입술을 삐죽거렸다. 그러고는 얼마 뒤 낚싯줄을 잡아당겼다. 웃음이 터져 나왔다. 낚싯바늘에 매달아 놓은 미끼가 죄다 없어진 것이다. 한스는 통에 남은 메뚜기들을 모두 놓아주었다. 메뚜기들은 마비된 것처럼 비실거리다가 이내 키 작은 풀 속으로 기어들어 갔다. 강변의 제혁 공장에서는 벌써 점심시간이 시작되었다. 한스도 점심을 먹으러 갈 시간이었다.

식탁에서는 별말이 오가지 않았다.

"고기는 좀 잡았니?"

아버지가 물었다.

"다섯 마리요."

"그래? 큰 녀석들은 잡지 않도록 해라. 그러지 않으면 나중에 잡을 새끼들도 없어질 테니까."

대화는 이것으로 끝이었다. 날은 무척 더웠다. 식후에는 바로 물속에 들어갈 수 없다는 것이 퍽 아쉬웠다. 왜 못하게 할까? 몸에 안 좋다고 했다. 건강에 이상이 생길 수 있다는 것이다. 물론 예전에는 어른들이 못하게 하는 줄 뻔히 알면서도 식후에 바로 물에 들어갈 때도 많았다. 하지만 이제 두 번 다시 그런 일은 없을 것이다. 그런 못된 짓을 저지르기엔 자신이 너무 일찍 어른이 된 느낌이었다. 시험 때도 교수들이 어른처럼 대우해 주지 않았던가!

정원의 가문비나무 아래에서 한 시간쯤 누워 있는 것도 나쁘지 않았다. 그늘은 충분했다. 나무 밑에서 책을 읽거나 나비들의 날갯짓을 구경할 수 있었다. 한스는 2시까지 나무 그늘에 누워 있었다. 자칫 깜박 잠들 뻔했다. 그러나 이젠 강으로 물놀이를 하러 가야 했다. 강가에는 어린아이들만 몇 명 있었다. 큰 아이들은 아직 학교에 있을 시간이었다. 한스는 학교에 있는 친구들이 전혀 부럽지 않았다. 소년은 천천히 옷을 벗고 물에 들어갔다. 물속에서 얼마간 헤엄치고 잠수하고 물장구를 치다가 몸이 식었다 싶으면 얼른 밖으로 나와 배를 깔고 누워서 살갗의 물기를 빠른 속도로 말리는 햇볕의 기분 좋은 느낌을 즐겼다. 번갈아 몸을 데우고 식히는 법을 알고 있었던 것이다.

어린애들이 존경스러운 표정으로 한스 주위에 하나둘 몰려들었다. 그렇다. 이제 한스는 이 도시에서 유명 인사가 되었다. 생긴 것도 여느 아이들과 확연히 달랐다. 햇볕에 그을린 가느다란 목, 그 위로 시원하면서도 우아하게 뻗은 섬세하고 지적인 얼굴, 남을 압도하는 듯한 눈망울. 게다가 몸은 무척 말랐고, 팔다리는 가늘고 여렸으며, 가슴과 등은 뼈가 드러날 정도로 앙상했다. 종아리에도 살이 거의 없었다.

오후 내내 한스는 풀밭과 물 사이를 오가며 물놀이를 즐겼다. 4시가 지나자 반 친구들 대부분이 시끄럽게 떠들며 서둘러 달려왔다.

"야, 기벤라트! 너는 이제 좋겠네."

"뭐 나쁘진 않아."

한스가 기분 좋게 사지를 뻗으며 말했다.

"신학교에는 언제 가?"

"구월에. 지금은 방학이거든."

한스는 친구들의 부러움을 즐겼다. 심지어 뒤에서 아이들이 큰 소리로 비아냥거리고, 한 아이가 이런 노래를 불러도 아무렇지 않았다.

나도 슐체 리자베트처럼
되면 얼마나 좋을까!
리자베트는 낮에도 침대에 누워 있지만
난 그럴 수가 없어.

한스는 그냥 웃기만 했다. 그사이 친구들이 하나둘 옷을 벗었다. 한 아이는 단숨에 물속으로 뛰어들었고, 다른 아이들은 조심스럽게 물을 끼얹었고, 나머지 아이들은 풀밭에 벌렁 드러눕기부터 했다. 물을 겁내는 한 아이는 다른 아이들에게 잡혀 물속에 풍덩 던져지는 순간 목청이 찢어져라 비명을 질렀다. 아이들은 서로 쫓고 달리고 헤엄을 쳤고, 뭍에서 쉬는 아이들에게 물을 뿌렸다. 첨벙거리는 소리와 고함 소리가 끊이지 않았고, 물기로 반짝거리는 환한 몸들이 강과 풀밭을 화려하게 장식했다.

한 시간 뒤 한스는 자리를 떴다. 물고기들이 다시 입질을 시작할 따뜻한 저녁 시간이 된 것이다. 저녁 식사 전까지 다리 위에서 낚시를 했다. 그러나 잡은 것은 거의 없었다. 물고기들이 게걸스럽게 달려들기는 했지만 번번이 미끼만 떼어먹고 달아났다. 낚싯바늘에 매단 버찌가 너무 크고 무른 것이 분명했다. 한스는 나중에 다시 시도하기로 마음먹었다.

저녁을 먹을 때 아버지가 지인들이 축하하러 우르르 몰려왔다는 이야기를 해 주었다. 오늘 나온 주간 신문도 보여 주었는데, '관에서 알림' 난에는 이렇게 적혀 있었다.

우리 도시에서는 이번 초급 신학교 입학시험에 한스 기벤라트 한 명만을 보냈는데, 방금 그 학생이 차석으로 합격했다는 반가운 연락을 받았습니다.

한스는 신문을 접어 주머니에 집어넣고는 별다른 말을 하지 않았다. 그러나 가슴속은 자부심과 환호로 터져 나갈 듯했다. 얼마 뒤 한스는 다시 낚시하러 갔다. 이번에는 미끼로 치

56

즈를 몇 조각 챙겨 갔다. 치즈는 물고기들이 아주 좋아할 뿐 아니라 어둠 속에서도 잘 보였다.

이번에는 줄낚시를 할 생각이었다. 한스가 가장 좋아하는 낚시 방법이었다. 낚싯대와 찌 없이 그냥 줄에다 바늘을 매달고 손에 쥐고 있기만 하면 되었다. 조금 힘이 들긴 하지만 그만큼 더 재미있었다. 줄낚시는 미끼의 작은 움직임을 자유자재로 통제할 수 있고, 물고기가 미끼를 살짝 건드리고 무는 것도 느낄 수 있으며, 줄의 움찔거림을 통해 물고기가 바로 눈앞에 있는 것처럼 움직임을 떠올릴 수 있었다. 물론 줄낚시를 제대로 하려면 능숙한 손과 스파이처럼 예민한 감각이 필요했다.

깊은 협곡의 굽이치는 강에는 어둠이 일찌감치 찾아들었다. 다리 밑의 강물은 시커멓고 고요했다. 아래쪽 물방앗간에는 벌써 불이 들어왔다. 사람들의 수다와 노랫소리가 다리와 골목길을 지나 전해져 왔고, 공기는 약간 후텁지근했다. 강에서는 순간순간 검게 보이는 물고기가 펄쩍펄쩍 뛰어올랐다. 이런 저녁에는 물고기들이 이상하게 흥분했고, 지그재그로 쏜살같이 움직였으며, 공중으로 잽싸게 튀어 오르고, 낚싯줄에 부딪히고, 겁 없이 덥석 미끼를 물곤 했다. 치즈 미끼를 다 썼을 때 한스가 낚은 고기는 작은 잉어 네 마리였다. 내일 목사에게 갖다 줄 생각이었다.

따스한 바람이 골짜기 아래쪽으로 불었다. 어둠은 더욱 짙어졌지만, 하늘에는 아직 빛이 남아 있었다. 어둠에 잠기는 도시 위로 교회 탑이 우뚝 솟아 있었고, 황혼의 빛 속에 성의 지붕이 검고 선명하게 드러났다. 어디 먼 곳에서 뇌우가 내리는 모양이었다. 이따금 천둥 치는 소리가 멀리서 희미하게 들려왔다.

10시쯤 침대에 눕자 온몸이 기분 좋은 피곤함과 달콤한 잠의 유혹으로 나른했다. 정말 오랜만에 맛보는 기분이었다. 아름답고 자유로운 여름날이 한스의 눈앞에 유혹적으로 펼쳐져 있는 듯했다. 이제부터는 하는 일 없이 빈둥거리고, 물놀이와 낚시를 즐기고, 실컷 몽상에 젖을 수 있었다. 딱 하나 화나는 게 있다면 수석으로 합격하지 못했다는 사실이었다.

오전 일찍 한스는 어제 잡은 물고기를 주려고 목사 관사를 찾아갔다. 목사가 서재에서 나왔다.

"오, 한스 기벤라트! 잘 지냈니? 축하한다. 정말 진심으로 축하한다! 근데 들고 있는 건 뭐니?"

"별거 아니에요. 물고기 몇 마리 잡았어요. 어제요."

"뭘, 이런 걸! 고맙구나. 자, 들어가자."

한스는 서재로 들어갔다. 익숙한 공간이었다. 다른 목사 관사의 서재와는 분위기나 느낌이 확연히 달랐다. 화분에 심은 꽃 냄새도, 담배 냄새도 나지 않았다. 엄청난 양의 장서는 거의 모두 깨끗하게 래커칠을 하고 책등에 금박을 입힌 신간들이었다. 다른 목사들 서재에는 해지고 뒤틀리고 빛바래고 벌레

먹고 여기저기 얼룩이 많은 책이 대부분이었다. 좀 더 유심히 살펴보면 잘 정리된 책들의 제목에서는 새로운 정신을 엿볼 수 있었다. 시들어 가는 이전 세대들의 고풍스럽고 존경스러운 정신과는 다른 정신이었다. 이 방에는 일반 목사 서재의 자랑스러운 장서들, 예를 들어 벵겔과 외팅거, 슈타인호퍼의 책을 비롯해 뫼리케가 전원시 「탑 위의 닭」에서 그토록 아름답게 노래한 독실한 가객들의 책은 없거나, 아니면 다른 수많은 현대 서적에 묻혀 있는 듯했다. 한마디로 수북이 쌓인 잡지와 설교대, 그리고 종이가 어지럽게 널린 커다란 책상을 보면 이 방의 주인이 학식이 높고 진지한 사람이라는 것을 알 수 있었다. 더구나 이 방에서는 열심히 연구하고 있다는 인상도 풍겨 나왔고, 실제로 많은 연구가 진행되고 있기도 했다. 물론 설교나 교리 문답, 성경에 관한 연구가 아니라 주로 학술 잡지에 실을 논문이나 책을 집필하기 위한 연구였다. 이 서재에서는 몽환적인 신비주의나 예감 충만한 명상은 발을 붙이지 못했다. 또한 학문의 심연을 무시하고 목마른 대중의 영혼에 사랑과 연민으로만 다가가려는 소박한 '감성 신학'도 배격당했다. 대신 여기서는 성경에 대한 비판이 가차 없이 이루어졌고, '역사적 인물로서의 예수'를 찾으려는 노력이 쉼 없이 이루어졌다.

사실 신학도 여느 영역과 다르지 않다. 한편에 예술적 신학이 있으면 다른 한편에는 학문적 신학, 아니 최소한 그런 것을 추구하는 신학이 있다. 그것은 예나 지금이나 마찬가지다. 학문적 사고를 지향하는 사람들은 새 포대에만 집중하느라 묵은 술의 가치를 놓쳐 버린다. 반면에 예술가들은 여러 외적인 오류에 여전히 태평스레 매달려 있으면서도 많은 사람에게 위안과 즐거움을 안겨 준다. 비평과 창작, 학문과 예술 사이에는 아주 오래되고 불평등한 싸움이 있다. 이 싸움에서 학문은 누군가에게 실제로 도움을 주는 것은 별로 없으면서 항상 옳기만 한 반면에 예술은 줄기차게 믿음과 사랑, 위안, 아름다움, 영원한 예감의 씨를 뿌리고 비옥한 토양을 발견한다. 삶은 죽음보다 강하고, 믿음은 의심보다 강력하기 때문이다.

한스는 작은 설교대와 창문 사이의 작은 가죽 소파에 앉았다. 거기에 앉기는 처음이었다. 목사는 아주 친절했다. 마치 동료에게 말하듯 신학교와 그곳의 생활, 학업에 대해 이야기해 주었다.

목사가 마지막으로 말했다.

"거기서 네가 처음 맞게 될 가장 중요한 일은 신약성서로 그리스어를 배우는 일이다. 아마 새로운 세계가 열리는 기분이 들 거야. 공부할 것도 많겠지만 즐거움도 커. 물론 처음에는 그리스어를 배우는 것이 결코 쉽지 않아. 아티카풍의 그리스어가 아니라 새로운 정신에 의해 창조된 새로운 표현들이라서 그래."

한스는 주의 깊게 들으며 마치 자기가 진정한 학문의 세계로 들어가는 기분에 젖어 뿌듯해했다.

"물론 학교라는 틀 속에서 새로운 세계로 들어가게 되면 새로움의 매력이 사라지는 것은 어쩔 수 없어. 또한 신학교에 들어가면 처음엔 히브리어를 배우느라 많은 시간을 빼앗기게 돼. 그래서 말인데, 혹시 그럴 마음이 있다면 이번 방학 중에 나하고 그리스어를 미리 좀 공부해 두는 게 어떻겠니? 신학교에 가서 다른 과목들에 좀 더 시간과 열정을 쏟을 수 있도록 말이다. 「누가복음」을 몇 장 같이 읽어 보자. 성경도 읽으면서 그리스어도 재미있게 배울 수 있어. 사전은 내가 빌려 주마. 매일 한 시간, 길어야 두 시간 정도 같이 읽게 될 거야. 그 이상은 나도 안 된다고 생각해. 지금 네가 즐기는 달콤한 휴식을 방해하고 싶지 않거든. 이건 그냥 제안이다. 억지로 하라는 얘기가 아냐. 너의 멋진 자유 시간을 망치고 싶은 생각은 없어."

당연히 한스는 목사의 제안을 받아들였다. 「누가복음」을 함께 읽는 것이 자기가 누리는 자유의 파란 하늘을 가리는 작은 조각구름 같은 느낌이 들었지만, 사실 거절하기가 어려웠다. 게다가 방학 중에 새로운 언어를 따로 배우는 것도 일이라기보다 즐거움에 가까울 듯했다. 그러잖아도 한스는 신학교에서 배우게 될 많은 새로운 것들을 조금 걱정하고 있던 참이었다. 특히 히브리어 과목이 그랬다.

한스는 불만스럽지는 않은 심정으로 목사 관사를 나와 낙엽송 길을 따라 숲으로 올라갔다. 마음 한구석에 남아 있던 약간의 꺼림칙한 감정도 이제는 완전히 사라지고 없었다. 오히려 목사의 제안은 생각하면 할수록 더 매력적으로 다가왔다. 신학교에 진학해서도 다른 학우들을 앞서려면 지금보다 더 큰 야심과 끈기로 공부해야 한다는 사실을 잘 알고 있었다. 한스는 꼭 남들보다 앞서고 싶었다. 물론 왜 그래야 하는지는 자신도 잘 몰랐다. 한스가 주변의 주목을 받은 것은 3년 전부터였다. 이후 교사들과 목사, 아버지, 특히 교장선생까지 끊임없는 격려와 자극으로 숨 쉴 새도 없이 한스를 몰아붙였다. 한스 또한 기대를 저버리지 않고 학년이 올라갈 때마다 부동의 1등 자리를 지켰다. 그와 함께 서서히 꼭대기에 있는 것을 즐겼고, 누군가에게 추월당하는 것을 참지 못할 만큼 자부심이 강해졌다. 이제는 쓸데없이 주 시험을 걱정했던 일조차 옛이야기가 되었다.

원래 이렇게 자유롭게 노는 것만큼 즐거운 일은 없다. 산책자는 눈을 씻고 찾아봐도 없는 이 고요한 아침 시간에 숲을 거니는 것은 참으로 멋진 일이었다. 가문비나무들이 높은 기둥처럼 쭉쭉 뻗어 있었다. 청록색 지붕을 얹은 무한한 홀이 펼쳐져 있는 듯했다. 이따금 눈에 띄는 산딸기 덤불 말고 관목은 별로 없었다. 대신 몇 킬로미터씩 뻗어 있는 매끈하고 부드러운 이끼 땅에 키 작은 빌베리와 에리카가 군데군데 서 있었다. 이슬은 벌써 말라 버렸고, 화살처럼 곧은 나무줄기들

사이로 아침 숲의 야릇한 *끈끈함*이 묻어났다. 따스한 햇살과 옅은 이슬 안개, 이끼 향기, 그리고 송진과 전나무 바늘잎, 버섯에서 풍기는 냄새가 기분 좋게 어우러져 만들어 내는 이 끈끈한 기운은 온몸의 감각을 살짝 마비시킬 듯 몸에 찰싹 달라붙었다.

한스는 이끼 위에 엎드려 울창하게 핀 짙은 색 빌베리 열매를 따 먹었다. 가끔 딱따구리가 나무를 딱딱 쪼아 대는 소리와 질투 많은 뻐꾸기가 짝을 부르는 소리가 들렸다. 거무스름한 전나무 가지들 사이로 구름 한 점 없이 맑고 파란 하늘이 보였고, 지상에서는 꼿꼿한 나무들이 저 멀리까지 단단한 갈색 벽을 이루고 있었으며, 햇빛이 만들어 낸 자잘한 노란 무늬들이 이끼 위 여기저기에 따스하고 찬란하게 흩어져 있었다.

애초에 한스는 오래 산책할 생각이었다. 최소한 뤼첼 농장이나 크로쿠스 초원까지는 갔다 오려고 했다. 그런데 이렇게 이끼 위에 누워 빌베리 열매를 먹고, 멍하니 허공을 올려다보고 있었다. 자기가 생각해도 이렇게 지친 것이 이상했다. 예전에는 서너 시간씩 걸어도 문제가 없었다. 한스는 다시 힘을 내어 제법 멀리까지 걸어 보기로 했다. 그러나 몇백 걸음 못 가서 다시 주저앉고 말았다. 한스는 바닥에 누운 채 눈을 끔벅거리며 나무줄기와 잎사귀, 푸른 바닥으로 불안하게 시선을 돌렸다. 숲 속 공기가 사람을 이렇게 피곤하게 할 줄이야!

정오쯤 집에 돌아오자 다시 두통이 찾아왔다. 눈도 따가웠다. 숲 속 오르막길을 걸으면서 무방비 상태로 따가운 햇살을 너무 많이 받은 탓인 듯했다. 그래서 오후 반나절은 불쾌한 심정으로 집 안에 틀어박혀 있었다. 강가로 나가 수영을 하자 다시 머리가 맑아졌다. 이제는 목사에게 갈 시간이었다.

도중에 구두장이 플라이크 아저씨의 작업실을 지나갔다. 창가 삼각의자에 앉아 있던 아저씨가 한스를 보더니 안으로 불러들였다.

"어디 가는 길이니? 요즘 통 볼 수가 없더구나."

"목사님 댁에 가는 길이에요."

"아직도? 시험은 끝났잖니?"

"그렇긴 한데, 지금은 다른 걸 해요. 신약성서요. 신약은 그리스어로 쓰여 있거든요. 제가 배운 것과는 완전히 다른 그리스어래요. 그래서 미리 배워 두려고요."

구두장이가 모자를 이마 위로 올리자 고민의 주름이 이마에 깊이 잡혔다. 플라이크는 무겁게 한숨을 내쉬더니 나직이 말했다.

"한스, 너한테 꼭 해 주고 싶은 얘기가 있다. 지금까지는 주시험 때문에 말을 아꼈지만 이제는 더 늦기 전에 일러두어야겠다. 주임 목사는 불경한 사람이다. 너도 이젠 그걸 알아야 해. 목사는 성경이 잘못되었고 거짓투성이라고 하면서 너를 속이려 들 거야. 그런 사람과 신약성서를 읽으면 너도 모르는 새에 믿음을 잃고 말아!"

"하지만 전 그냥 그리스어 공부를 하는 거예요. 그리스어는 신학교에 가서도 배워야 하거든요."

"넌 그렇게 말하겠지만, 독실하고 양심적인 선생님한테서 성경을 배우는 거랑 사랑의 주님을 믿지 않는 사람한테서 배우는 거랑은 완전히 달라."

"목사님이 정말 주님을 믿는지 안 믿는지는 아무도 모르잖아요."

"아냐, 알아. 안타깝지만 모두 그렇게 여기고 있어."

"그럼 전 어떻게 해요? 가기로 약속했는데."

"그렇다면 당연히 가야지. 하지만 성경이 인간이 쓴 것이고, 모두 거짓부렁이고, 성령의 힘으로 만들어진 게 아니라는 말 따위를 하면 즉시 내게로 와. 그래서 함께 그 이야기를 해 보자. 내 말대로 하겠니?"

"네, 아저씨. 하지만 그 정도로 심각하지는 않을 거예요."

"그거야 곧 알게 되겠지. 어쨌든 내 말 잊지 말거라!"

목사는 관사에 없었다. 한스는 서재에서 목사를 기다렸다. 금박을 입힌 책 제목들을 유심히 살펴보는 동안 구두장이 아저씨의 말을 떠올리며 깊은 생각에 잠겼다. 한스도 주임 목사와 신식 성직자들을 두고 사람들이 그런 식으로 말하는 소리를 자주 들었지만, 자신이 긴장과 호기심으로 이런 문제에 끌려 들어가고 있음을 느끼기는 처음이었다. 어쨌든 한스에게 이 문제는 구두장이 아저씨만큼 심각하지도 끔찍하지도 않았다. 오히려 이 문제들에서 오래된 비밀을 풀 수 있는 열쇠를 발견하지 않을까 기대감이 생기기도 했다. 저학년 때 한스는 신의 편재와 영혼의 거처, 악마와 지옥 문제에 의문을 품고 혼자 열심히 상상했다. 그러나 지난 몇 년 동안 오직 공부에만 매달리면서 그런 의문과 상상도 모두 잠들어 버렸다. 학교에서 배운 기독교 신앙이 개인의 삶으로 조금 되살아난 것은 이따금 구두장이 아저씨와 대화할 때뿐이었다.

한스는 플라이크 아저씨와 목사를 견주어 보면서 자기도 모르게 미소 지었다. 혹독한 자기 관리로 생성된 아저씨의 확고한 신앙심은 잘 이해가 되지 않았다. 더구나 아저씨는 똑똑하긴 하지만 단순하고 일면적인 사람이었으며, 독실한 경건주의*로 인해 많은 사람에게 조롱을 받았다. 경건주의자들의 성경 모임에서는 신앙심의 엄격한 재판관이자 성경의 권위적 해석자 역할을 자처했고, 신앙심을 고취하기 위해 여러 마을을 돌아다니며 기도 시간을 마련하기도 했다. 그러나 이런 점만 빼고는 작은 공방을 가진 소박한 기술자에 지나지 않았으며, 다른 사람들과 마찬가지로 편협했다. 반면에 목사는 달변의 세련된 성직자일 뿐 아니라 성실하고 혹독하게 공부하는 학자이기도 했다. 한스는 경외심을 품고 책장을 올려다보

* 17세기 말 지식과 형식에 치우친 개신교에 반대해 성경에 따른 영적 생활의 체험과 실천을 강조한 신앙 운동. 금욕적 도덕을 실천하고, 신의 뜻에 따른 삶을 촉구했다.

았다.

얼마 뒤 목사가 돌아와 프록코트를 간편한 검은색 실내 가운으로 갈아입고는 그리스어로 쓴 「누가복음」 텍스트를 한스에게 건네며 읽어 보라고 했다. 그전의 라틴어 과외 시간과는 수업 방식이 완전히 달랐다. 두 사람은 얼마 안 되는 문장을 읽고 단어 하나하나를 꼼꼼히 번역해 나갔다. 이어서 목사는 평범한 예문을 들어 가며 이 언어의 특성을 능숙하고 쉽게 설명했고, 이 책이 언제 나왔고 어떻게 만들어졌는지 이야기했다. 이렇게 해서 한스는 단 한 시간 만에 지금껏 경험해 보지 못한 새로운 학습 방법을 접하게 되었고, 구절 하나, 낱말 하나에 어떤 비밀과 의미가 숨어 있는지, 그리고 오랜 옛날부터 수많은 학자와 사상가, 연구자들이 이 문제들을 어떻게 탐구해 왔는지 어렴풋이 깨달았다. 마치 이 수업을 통해 자신도 진리 구도자들의 모임으로 들어간 듯한 기분이 들었다.

한스는 목사에게 사전과 문법책을 빌려 와 집에서도 저녁 내내 공부에 매달렸다. 진정한 탐구에 이르려면 얼마나 많은 배움과 지식의 산을 넘어야 하는지 이제야 서서히 느껴졌다. 한스는 그 험난한 길을 헤쳐 나갈 각오가 되어 있었고, 어떤 고비가 닥쳐도 결코 주저앉지 않으리라 다짐했다. 그러면서 구두장이 아저씨는 까맣게 잊어버렸다.

며칠 동안 한스는 새로운 방식의 이 수업에 푹 빠졌다. 매일 저녁 목사를 찾아갔고, 낮에는 진정한 학문이 몹시 어렵지만 추구할 만한 가치가 있는 아름다운 것이라고 생각했다. 이른 아침에는 낚시를 했고, 오후에는 강으로 수영을 하러 갔다. 그 밖의 시간에는 거의 집을 나가지 않았다. 주 시험에 대한 불안과 승리감에 빠져 가라앉아 있던 야망이 다시 깨어나 한스를 몰아붙이기 시작한 것이다. 그와 동시에 지난 몇 달 동안 그렇게 자주 느꼈던 이상야릇한 감정이 머릿속에서 꿈틀댔다. 통증은 아니었다. 빠른 맥박과 격한 흥분을 동반한 승리의 환호이자, 서둘러 앞으로 나아가려는 격렬한 갈망이었다. 물론 그다음에는 항상 두통이 찾아왔다. 그러나 이 섬세한 열병이 지속되는 한 배움과 학습은 폭풍처럼 빠르게 진전을 보였다. 예전에는 15분이나 걸렸던 크세노폰의 가장 어려운 문장도 이제는 식은 죽 먹듯이 읽어 냈다. 난해한 페이지도 사전의 도움을 거의 받지 않고 날카로운 이해력만으로 술술 즐겁게 읽어 내려갔다. 이렇게 고조된 학습 열기와 인식의 목마름에 더해 당당한 자신감까지 생겨났다. 마치 학교와 교사, 학창 시절 같은 건 벌써 오래전에 지나갔고, 지식과 능력의 높은 고지를 향해 자기만의 궤도에 올라선 느낌마저 들었다.

그런 자신감과 함께 이상한 느낌으로 선명한 꿈을 꾸다가 잠에서 깨는 일이 잦았다. 밤중에 가벼운 두통 때문에 일어나 다시 잠들지 못하면 어서 앞으로 나아가야 한다는 초조감이 덮쳤다. 물론 그와 함께 자기가 다른 친구들을 얼마나 멀리

따돌렸고, 교사들과 교장선생이 자기를 얼마나 대견하게, 아니 경탄스럽게 바라보는지 생각하면 자부심 가득한 우월감도 들었다.

교장선생으로서는 자신이 한스에게 일깨우고 이끌어 준 아름다운 야망이 소년의 내면에서 점점 커져 가는 것을 지켜보는 일이 큰 즐거움이었다. 학교 선생들을 인정 없고 영혼 없는, 고루하고 좀스러운 인간들이라고 쉽게 말하지 마라! 오랜 자극에도 반응이 없던 한 아이의 재능이 비로소 싹트기 시작할 때 그것을 바라보는 교사의 눈을 보면 절대 그런 소리를 할 수 없다. 또한 한 사내아이가 나무칼이나 새총, 활 같은 유치한 놀이 도구를 내려놓고 앞을 향해 성큼 발걸음을 내딛기 시작할 때, 또는 거칠기만 하던 철없는 아이가 학업에 관심을 보이면서 섬세하고 진지하고 거의 금욕적인 소년으로 변해 갈 때, 아이의 얼굴이 점점 성숙해지고 지적으로 변하면서 눈빛까지 깊어지고 목표를 향한 강한 집념으로 반짝거릴 때, 손이 점점 희어지고 차분해질 때, 그것을 바라보는 교사들은 기쁨과 자부심으로 활짝 웃을 수밖에 없다. 교사의 의무와 국가가 교사에게 맡긴 사명은 어린 소년들 속에 있는 자연의 거친 힘과 욕망을 제어하거나 뿌리 뽑고, 대신 그 자리에 국가에서 공인한 온건하고 평온한 이상을 심어 주는 데 있다. 지금은 만족스러운 시민이고 성실한 관료인 사람도 학교의 그런 노력이 없었다면 아마 천방지축으로 날뛰는 개혁가나 쓸데없는 생각에만 집착하는 몽상가가 되어 있을지 모른다.

아이들의 마음속에 숨어 있는 무언가 거칠고 무질서하고 야만적인 것들은 일단 깨뜨려야 한다. 그 속의 위험한 불꽃도 짓밟아 꺼 버려야 한다. 자연이 만든 인간은 예측 불가능하고 불투명하고 위험한 존재다. 자연 상태의 그런 인간은 미지의 산맥에서 쏟아지는 강물과 같고, 길과 질서가 없는 원시림과 비슷하다. 원시림은 벌목하고 청소하고 강제로 제한해야 하듯이 학교도 자연 상태의 인간을 깨뜨리고 극복하고 힘으로 제한해야 한다. 학교의 사명은 자연 상태의 인간을 당국에서 용인한 원칙에 따라 사회의 유용한 구성원으로 만들고, 그 인간 속에 잠재한 특성을 일깨우는 일이다. 그 특성은 나중에 병영의 철두철미한 훈육에 의해 절정의 상태로 완성된다. 그런데 보라! 저 어린 기벤라트는 혼자서 얼마나 훌륭하게 변해 갔는지! 골목길을 어슬렁거리는 짓이나 유치한 놀이도 알아서 그만두었고, 수업 시간에 남들처럼 멍청하게 웃는 것도 오래전에 그쳤으며, 정원 일이나 토끼 사육, 낚시질 같은 취미 생활도 언제부터인가 알아서 끊어 버렸다.

어느 날 교장선생이 직접 기벤라트의 집을 찾아왔다. 교장선생은 황송해서 어쩔 줄 모르는 아버지를 정중하게 떼어 놓고 한스의 방으로 들어갔다. 소년은 「누가복음」을 읽고 있었다. 교장선생은 다정한 말투로 인사를 건넸다.

"보기 좋구나, 기벤라트. 벌써 공부를 시작하다니! 그런데 그동안 어째서 날 찾아오지 않은 거니? 매일 기다리고 있었는데."

"찾아가려고 했는데⋯⋯." 한스가 변명했다. "빈손으로 가기 죄송해서 고기라도 한 마리 잡아서 가져다 드리려다가⋯⋯."

"고기? 무슨 고기를 말하는 거니?"

"잉어나 다른 물고기라도⋯⋯."

"응? 낚시를 다시 시작했나 보구나."

"네, 가끔요. 아버지가 허락하셨거든요."

"음, 그래. 낚시는 재미있던?"

"그럼요."

"좋은 일이구나. 성실히 노력해서 얻은 자유이니 맘껏 즐겨도 되지. 그래서 이제는 별도로 공부를 더 하고 싶은 마음은 없는 거니?"

"아니에요, 교장선생님. 당연히 공부도 하고 싶어요."

"네가 원치 않는다면 절대 강요하고 싶지는 않아."

"아니에요. 정말 하고 싶어요."

교장선생은 숨을 몇 번 크게 쉬고 가느다란 수염을 만지작거리더니 의자에 앉았다.

"한스, 너한테 해 줄 말이 있구나. 오랜 경험에서 하는 말인데, 입학시험을 잘 본 학생이 나중에 갑자기 성적이 처지는 경우가 많다. 신학교에 올라가면 여러 과목을 새로 배워야 하는데, 방학 중에 예습해 오는 아이들이 적지 않아. 특히 입학 성적이 별로 좋지 않은 아이들이 그러지. 그러다 보면 입학 성적만 믿고 방학 중에 놀기만 한 아이들은 정식 학기가 시작되면 미리 공부한 학생들한테 앞자리를 내줄 수밖에 없어."

교장선생이 또다시 한숨을 내쉬었다.

"여기 학교에서는 네가 1등을 지키기란 어렵지 않았다. 하지만 신학교에 가면 모두 뛰어나고 열심히 공부하는 아이들만 있기 때문에 걔들을 가볍게 제치기는 쉽지 않을 거다. 무슨 말인지 알겠니?"

"네."

"이제 너한테 제안을 하나 하고 싶구나. 이번 방학 때 미리 공부를 좀 해 두지 않으련? 물론 과해서는 안 된다. 너는 이 방학을 충분히 즐겨야 하고, 그럴 권리도 있으니까 말이다. 하루에 한두 시간 정도면 적당하지 않을까 싶다. 이런 노력이 없으면 지금까지의 궤도를 쉽게 벗어날 뿐 아니라 나중에 제자리를 찾으려면 몇 주나 고생할 수도 있어. 네 생각은 어떠니?"

"저는 언제든 준비가 되어 있습니다. 다만 교장선생님께 죄송해서……."

"그럼 됐다. 신학교에 가면 히브리어 다음으로 만나게 될 새로운 세상은 호메로스다. 지금 토대를 탄탄히 해 놓으면 나중에 훨씬 더 쉽고 즐겁게 호메로스를 읽을 수 있을 거다.

호메로스의 언어에는 고대 이오니아 지방의 방언에다 특유의 운율이 섞여 있는데, 아주 독특하고 의미도 특출해. 이 문학 작품을 제대로 즐기려면 정말 부지런히, 철저히 공부해야 해."

한스는 당연히 이 새로운 세계로도 들어갈 각오가 되어 있었고, 그래서 최선을 다하겠다고 약속했다.

그런데 이게 끝이 아니었다. 교장선생은 헛기침을 하더니 다정하게 말을 이어 갔다.

"솔직히 말하자면 나는 네가 수학에도 몇 시간씩 더 투자했으면 좋겠구나. 네가 수학을 못 하는 건 아니지만 지금까지 성적을 보면 수학에 특별한 재능이 있는 것 같지는 않다. 신학교에 가면 대수학과 기하학을 공부할 텐데, 미리 수업을 좀 받아 놓으면 분명 도움이 될 거다."

"알겠습니다, 교장선생님."

"우리 집은 언제든 환영이니 편할 때 찾아오너라. 나로선 네가 훌륭하게 자라나는 모습을 보는 게 늘 감사하고 보람찬 일이다. 수학 선생님께 과외를 받는 건 네가 아버지한테 직접 말씀드리도록 해라. 일주일에 서너 번이면 충분할 게다."

"잘 알겠습니다, 교장선생님."

이렇게 해서 공부의 열기는 다시 뜨겁게 타올랐다. 틈틈이 한 시간쯤 낚시를 하거나 산책을 하면 괜히 양심에 찔릴 정도였다. 오후에 강가에서 물놀이를 하던 시간은 희생적인 수학 선생에 의해 수학 과외 시간으로 바뀌었다.

대수학은 아무리 열심히 해도 즐겁지 않았다. 한여름 오후에 물가가 아니라 수학 선생의 집으로 가, 먼지 날리고 모기들이 윙윙 날아다니는 후텁지근한 방 안에서 지끈거리는 머리와 메마른 목소리로 'a 플러스 b와 a 마이너스 b'를 암송하는 것은 한마디로 고역이었다. 특히 날씨가 좋지 않을 때는 방 안을 짓누르고 마비시키는 공기가 한스의 마음속에 암울한 절망감을 불어넣곤 했다.

수학은 퍽 이상했다. 한스는 수학에 담을 쌓거나 이해하는 데 특별히 어려움을 겪는 그런 학생은 아니었다. 오히려 이따금 멋진 해답을 발견했을 때는 큰 기쁨을 맛보기도 했다. 수학에는 오류나 속임수가 없을 뿐 아니라 주제에서 벗어나 신기루 같은 부수 영역에서 헤맬 가능성이 없다는 점도 마음에 들었다. 라틴어를 좋아하는 것도 같은 이유에서였다. 이 언어는 명확하고 확실하고 분명해서 거의 어떤 의심도 허용하지 않았다. 그런데 수학에서는 아무리 결과가 맞더라도 진정으로 의미 있는 결론은 나오지 않았다. 수학 공부는 마치 평지를 터벅터벅 걸어가는 것과 비슷했다. 항상 앞으로만 나아가고, 어제 몰랐던 것을 오늘 새롭게 알게 되긴 하지만, 어느 순간 갑자기 사방을 한눈에 조망할 수 있는 높은 산에 이르게 하지는 못했다.

교장선생의 수업 시간은 한결 생기가 넘쳤다. 물론 강의 능력 면에서는 교장선생이 목사에 미치지 못했다. 그러니까 목사가 변종 그리스어 신약성서에서 끄집어내는 매력과 감동이, 교장선생이 호메로스의 약동하는 글에서 끄집어내는 것보다 훨씬 컸던 것이다. 처음의 난관을 뚫자마자 놀라움과 감탄을 자아내고 뿌리치기 힘든 유혹으로 계속 잡아끈 것은 역시 호메로스였다. 한스는 비밀을 가득 머금은 채 아름답게 울려 퍼지는 난해한 호메로스의 시구를 온몸이 파르르 떨리는 초조함과 긴장감으로 마주하고 앉아 서둘러 사전을 뒤지며 고요하고 환한 정원으로 들어가는 열쇠를 찾아냈다.

한스 앞에 다시 과제가 쌓이기 시작했다. 아울러 밤늦게까지 책상에 앉아 이를 악물고 과제에 매달리는 날도 차츰 많아졌다. 그런 아들을 바라보는 아버지의 눈에는 자랑스러움이 가득했다. 자신한테서 나온 가지가 자신이 막연하게 우러러보던 저 높은 곳으로 쭉쭉 뻗어 나가길 바라는 많은 우매한 사람들의 꿈이 아버지의 둔감한 머릿속에도 살아 숨 쉬고 있었던 것이다.

방학이 몇 주 남지 않자 교장선생과 목사의 태도가 갑자기 눈에 띄게 부드러워지고 자상해졌다. 두 사람은 한스에게 산책을 시켰고, 수업을 중단했으며, 새로운 삶을 시작하기에 앞서 활기차고 상쾌한 상태가 얼마나 중요한지 강조했다.

그 뒤로 한스는 몇 번 낚시를 하러 갔지만 머리가 아파서 집중하지 못하고 낚싯대를 드리운 채 강가에 우두커니 앉아 있기만 했다. 초가을의 청명한 하늘이 강물 위에 떠 있었다. 문득, 그전에 이 여름방학을 왜 그렇게 애타게 기다렸는지 이해가 되지 않았다. 지금은 오히려 방학이 끝나 가는 것이 좋았고, 전혀 다른 생활과 배움이 시작될 신학교에 들어갈 날이 기다려졌다. 한스는 낚시에 흥미를 잃은 상태라 고기는 거의 잡지 못했다. 한번은 그런 아들을 보고 아버지가 놀리자 한스는 낚시 도구를 싸서 다락방 상자 안에 도로 집어넣어 버렸다.

방학이 끝나 갈 무렵에야 한스는 불현듯 구두장이 플라이크 아저씨를 몇 주 동안 찾아가지 않은 것이 떠올랐다. 지금도 크게 내키지는 않지만 더 늦기 전에 인사를 해야 할 것 같았다. 저녁이었다. 아저씨는 양쪽 무릎에 아이를 하나씩 올려놓고 거실 창가에 앉아 있었다. 창문을 열어 놓았는데도 온 집 안에 가죽과 구두약 냄새가 진동했다. 한스는 아저씨가 내민 딱딱하고 커다란 오른손을 어색하게 잡았다.

아저씨가 물었다.

"그래, 어떻게 지냈니? 목사님한테 많이 배웠니?"

"네, 매일 가서 많이 배웠어요."

"뭘 배웠는데?"

"주로 그리스어를요. 그것 말고도 많은 걸 새로 알게 됐어요."

"나를 찾아올 생각은 한 번도 들지 않았니?"

"오려고 했는데, 그럴 시간이 없었어요. 매일 목사님 집에 가서 한 시간씩 공부하고, 교장선생님 댁에서는 두 시간씩, 게다가 수학 선생님 댁에도 일주일에 네 번 가야 했거든요."

"방학 중에? 정말 말도 안 되는 짓이구나!"

"저는 잘 모르겠어요. 그냥 선생님들이 시키는 대로 했을 뿐이에요. 공부하는 것도 그리 어렵지 않고요."

"물론 넌 그럴 수 있겠지." 플라이크 씨가 소년의 팔을 잡았다. "그래, 배우는 건 좋은 일이다. 하지만 봐라. 이 팔이 대체 뭐니? 얼굴은 또 얼마나 야위었고. 지금도 머리가 아프니?"

"가끔요."

"정말 말도 안 되는 짓이구나! 아니, 이건 죄악이다! 너만 한 나이 때는 바깥 공기를 마음껏 들이마시고 운동도 열심히 하고 충분히 쉬어야 해. 대체 방학이라는 게 뭣 때문에 있겠어? 방에 틀어박혀 공부만 하라고 있는 게 아니라고! 봐라. 넌 지금 뼈와 가죽밖에 남지 않았어!"

한스가 웃었다.

"그래, 넌 분명히 잘 헤쳐 나갈 거다. 하지만 그게 너무 심한 짓인 건 틀림없다! 그나저나 목사님 수업은 어땠니? 무슨 말을 하시더냐?"

"많은 말씀을 해 주셨어요. 나쁜 말은 전혀 없었고요. 정말 아는 게 많은 분이에요."

"성경을 모독하는 말은 하지 않던?"

"네, 한 번도요."

"잘됐구나. 한스, 내 분명히 말하지만, 육신이 더러워지는 것보다 영혼이 더러워지는 게 훨씬 나빠! 넌 나중에 목사가 될 거다. 정말 귀하고 어려운 자리지. 그런 사람이 되려면 또래의 젊은 사람들과는 달라야 해. 내가 보기에 넌 그 자리에 딱 맞는 적임자인 것 같다. 나중에 넌 다른 영혼들의 아픔을 어루만지고, 다른 사람들을 올바른 길로 인도하는 사람이 될 거다. 진심으로 네가 그리되길 바라고 기도하마."

아저씨가 일어나 소년의 어깨에 두 손을 올려놓았다.

"잘 가라, 한스. 언제나 올바른 길에 서도록 해! 주님의 축복과 가호가 함께하길, 아멘!"

소년은 아저씨의 엄숙한 태도와 사투리가 섞이지 않은 기도가 몹시 답답하고 불편했다. 목사는 헤어질 때 이런 말과 행동을 보이지 않았다.

남은 며칠은 신학교로 갈 준비를 하고 작별 인사를 하느라 정신없었다. 이불과 옷, 속옷, 책을 싼 상자는 벌써 부쳤고, 이제는 여행 가방만 싸면 되었다. 어느 서늘한 날 아침, 아버지와 아들은 마울브론으로 떠났다. 고향과 부모님 집을 떠나 낯선 세계로 들어간다고 생각하니 마음이 야릇하면서도 무거워졌다.

3장

시토 교단의 수도원은 주의 북서쪽, 나무가 우거진 언덕과 작고 고요한 호수들 사이에 자리 잡고 있다. 넓은 부지에 견고하게 잘 보존되어 내려온 고풍스러운 건축물들은 매력적인 거처로 보인다. 내부나 외부나 웅장하고 화려하기 그지없고, 몇백 년 동안 고요한 초록의 환경과 고결한 모습으로 하나가 된 듯하다.

수도원을 방문한 사람이라면 높은 담장에 뚫린 그림 같은 문을 지나 넓고 조용한 광장으로 들어서게 된다. 광장에는 분수가 물을 내뿜고, 역사를 자랑하는 늙은 나무들이 근엄하게 서 있다. 광장 양편에는 단단한 석조 건물들이 있고, 광장 정면에는 교회 본당이 보인다. '파라다이스'라 불리는 본당 현관은 후기 로마네스크풍으로 지었는데, 비할 바 없이 황홀하고 아름답다. 교회의 장엄한 지붕에는 바늘처럼 뾰족하고 익살스러운 탑이 삐죽 솟아 있는데, 저런 곳에 어떻게 종을 달았는지 신기할 정도다.

오랜 세월을 무사히 버텨 낸 본당 회랑*은 그 자체로 아름다운 건축물인데, 거기에는 진귀한 기적의 샘물 예배당이 한 구석에 보물처럼 박혀 있다. 아치형의 우아한 천장으로 이루어진 성직자 식당과 기도실, 담화실, 평신도 식당, 수도원장 관사, 두 개의 작은 교회당은 마치 한 덩어리처럼 서로 연결되어 있고, 그림 같은 담장과 돌출 창, 큰 문들, 자잘한 정원, 물레방아, 숙사가 이 오래되고 육중한 수도원 건물들을 화사한 화환처럼 편안히 에워싸고 있다.

적막감이 감도는 널찍한 앞마당에는 나무 그림자만 꿈결처럼 어른거린다. 점심시간 뒤에나 잠시 허깨비 같은 삶이 이곳을 스쳐 지나간다. 한 무리의 젊은이가 건물들에서 나와 이리저리 흩어지고, 누구는 공놀이를 하고, 누구는 아는 사람을 부르고, 누구는 가볍게 몸을 풀고, 누구는 대화를 하고, 누구는 웃음을 터뜨린다. 이 시간이 지나면 다들 건물 속으로 신속히 사라지고 마당은 다시 텅 빈다. 세월이 흐르는 동안 많은 사람이 이 마당에 서서, 여기야말로 건실한 삶과 기쁨의 아성이

* 수도원의 사각형 안뜰을 둘러싼 복도. 성당과 기도실, 회의실, 식당, 침실 등의 공간이 이 회랑과 연결되어 있다.

고, 뭔가 생동감 넘치고 행복한 것이 자라나는 장소이고, 성숙하고 선한 사람들이 즐거운 생각을 짜내고 밝고 아름다운 작품을 만들어 내는 곳이라 믿었다.

세상과 동떨어져 언덕과 숲 뒤에 은거하듯 들어앉은 이 고결한 수도원이 개신교 신학생들에게 자리를 내준 지는 오래되었다. 감수성 예민한 어린 학생들을 아름다움과 안식으로 감싸 주기 위해서였다. 더구나 이곳에 오면 정신을 산만하게 하는 도시 생활과 가정생활의 영향에서 벗어날 수 있었고, 봐서 좋을 것이 없는 분주한 삶의 풍경도 보지 않을 수 있었다. 그로써 어린 학생들은 몇 년 동안 오직 히브리어와 그리스어를 비롯해 여러 부수 과목을 배우는 것만을 삶의 목표로 삼고, 자신들의 젊은 영혼 속에 깃들인 온갖 욕망을 깨끗이 씻어 내 이상적 학업과 정신적 즐거움으로 관심을 돌릴 수 있었다. 물론 거기에는 자기 규율을 키우고 공동체 정신을 길러 주는 기숙사 생활도 큰 역할을 했다. 기숙 생활과 학업에 드는 모든 비용을 지원하는 교단은 이런 교육을 통해 학생들을 특별한 정신의 소유자로 만들려고 했다. 그것은 섬세하면서도 확실한 일종의 정신적 낙인이었다. 그래서 가끔 기숙 생활을 견디지 못하고 학교를 뛰쳐나가는 거친 성정의 아이들만 빼고 이 학교를 졸업한 모든 학생은 그 정신적 낙인만 보면 슈바벤 신학교 출신임을 누구나 단번에 알 수 있었다.

어머니와 함께 수도원 신학교에 들어선 아이들은 평생 이

날을 감사와 흐뭇한 감동으로 기억할 것이다. 그러나 한스 기벤라트는 함께 올 어머니가 없었기에 별 감흥 없이 이날을 흘려보냈다. 다만 남의 어머니들을 유심히 관찰하며 야릇한 느낌을 받았다.

'도르멘트'라 불리는 숙사의 큰 복도에는 벽장이 줄지어 붙어 있었는데, 그 앞에 상자와 바구니들이 어지럽게 널려 있었다. 부모와 함께 온 소년들은 짐을 풀고 정리하느라 바빴다. 아이들에게는 번호를 매긴 벽장이 하나씩 배당되었고, 공부방 안에도 번호를 매긴 책꽂이가 하나씩 주어졌다. 아이들과 부모는 바닥에 쪼그리고 앉아 짐을 풀었고, 조교는 제후처럼 이리저리 돌아다니다가 가끔 선의의 충고를 해 주었다. 다들 짐 속에 넣어 둔 옷을 꺼내 펼쳤고, 셔츠는 다시 곱게 접어 장 속에 넣었으며, 책은 책꽂이에 가지런히 꽂고, 장화와 실내화는 줄을 맞추어 세워 놓았다.

아이들이 준비해 온 주요 물품은 모두 똑같았다. 지참해야 할 최소한의 속옷 개수와 나머지 생활필수품의 목록은 이미 정해져 있었기 때문이다. 소년들은 자기 이름이 새겨진 양은 세숫대야를 꺼내 세면장의 정해진 자리에 갖다 놓고 그 옆에 목욕수건과 비눗갑, 빗, 칫솔을 정리해 놓았다. 그 밖에 램프와 석유 주전자, 포크 세트도 필수 지참 품목이었다.

소년들은 모두 몹시 부산스럽고 흥분해 있었다. 아버지들은 그냥 미소를 지으며 서 있거나, 일을 거드는 시늉을 하거나, 아니면 괜히 회중시계를 꺼내 보곤 했다. 다들 꽤나 지루한 표정이었고, 기회가 되면 얼른 여기를 빠져나가고 싶어 안달인 듯했다. 아버지들의 그런 방관자적 태도에 비하면 이곳의 주인은 단연 어머니들이었다. 옷과 속옷을 하나하나 꺼내들고 주름을 폈고, 리본을 가지런히 정리했으며, 물건들을 하나하나 꼼꼼히 살펴본 뒤 가능한 한 깔끔하고 실용적으로 장롱 안에 분류해 넣었다. 그러면서 다정한 충고와 당부를 잊지 않았다.

"새로 산 셔츠는 조심해서 입어야 해. 3마르크 50페니히나 주고 산 거야."

"빨래는 모아 두었다가 한 달에 한 번 기차 편으로 보내. 급하면 우편으로 부치고. 검은색 모자는 일요일에만 써야 해."

사람 좋아 보이는 뚱뚱한 부인은 커다란 상자 위에 앉아서 아들에게 단추 다는 법을 가르쳐 주었다.

어디에선가는 이런 목소리가 흘러나왔다

"엄마 아빠가 보고 싶으면 언제든 편지해. 그리고 성탄절까지는 얼마 안 남았으니까 너무 힘들어하지 말고."

꽤 젊어 보이는 곱상한 부인은 짐을 다 챙겨 넣은 아들의 장롱을 유심히 살펴보더니 애정 어린 손길로 속옷과 저고리, 바지를 부드럽게 어루만졌다. 그러고는 볼이 통통하고 어깨가 넓은 아들을 다정하게 쓰다듬었다. 아들은 부끄러운지 어색한 미소를 지으며 자꾸 어머니의 손길에서 벗어나려고 했다. 너무 어린애처럼 보이지 않으려고 두 손을 바지 주머니에 찔러 넣은 채로 말이다. 이별은 아들보다 어머니에게 더 힘들어 보였다.

나머지 아이들은 그 반대였다. 이 아이들은 짐을 정리하느라 바쁜 어머니들을 어쩔 줄 모르는 심정으로 우두커니 바라보기만 했는데, 다들 지금이라도 짐을 싸 들고 집으로 돌아가고 싶은 기색이 역력했다. 어쨌든 지금 아이들 모두의 가슴속에는 이별에 대한 두려움이 피어오르는 듯했다. 게다가 남들의 시선과 남자의 위신 때문에 밖으로 드러내지만 않았을 뿐 고향을 향한 애정과 애착은 점점 커지는 듯했다. 많은 아이들이 당장이라도 울음을 터뜨리고 싶으면서도 태연한 표정을 지었고, 이런 건 아무것도 아니라는 듯이 굴었다. 어머니들은 그런 아이들에게 미소 지어 주었다.

거의 모든 아이의 짐 상자에서 생활필수품 외에 사과 보따리와 훈제 소시지, 구운 과자 같은 기호 식품이 나왔다. 스케이트를 가져온 아이도 많았다. 작고 영악해 보이는 어떤 아이는 훈제 햄을 아예 덩어리째 가져왔는데, 그걸 전혀 감추려고 하지 않아 사람들의 눈길을 끌었다.

소년들 중에는 집에서 바로 온 아이도 있고, 그전에 기숙사나 하숙 생활을 해 본 아이도 있었는데, 그 두 부류는 금방 구분이 갔다. 물론 후자의 아이들도 흥분과 긴장감에 젖어 있기는 마찬가지였다.

기벤라트 씨는 능숙하고 민첩한 손놀림으로 아들의 짐 정리를 도와주었다. 남들보다 빨리 일이 끝나자 한동안 무엇을 할 줄 몰라 어색하고 지루한 표정으로 한스와 나란히 숙소 근처에 서 있었다. 주위에는 온통 훈계하고 당부하는 아버지와 위로하고 충고하는 어머니, 위축된 채 가만히 듣기만 하는 아들들뿐이었다. 기벤라트 씨도 아들에게 인생길에서 새겨들어야 할 주옥같은 말을 해 주는 것이 좋겠다는 생각이 들었다. 그래서 한참을 숙고한 끝에 묵묵히 서 있는 아들 곁으로 슬그머니 다가가더니 엄숙한 말투로 상투적인 미사여구를 늘어놓았다. 한스는 그런 아버지가 낯설었지만 가만히 듣고 있었다. 그러다 옆에 서 있던 목사 하나가 아버지의 말이 재미있다는 듯 빙그레 웃는 모습을 보는 순간 창피한 마음이 들어 아버지를 옆으로 잡아끌었다.

"그러니까 이 아비는 네가 우리 집안을 빛내 주었으면 좋겠다는 거야. 여기 계신 선생님들 말씀도 잘 듣고."

"알고 있어요."

한스가 대답했다.

아버지는 잠시 침묵하더니 이제야 마음의 짐을 덜었다는 듯 안도의 한숨을 내쉬었다. 그런데 곧 다시 따분해지기 시작했다. 한스도 뭘 해야 할지 몰라 답답한 마음에 호기심으로 어떤 때는 창 너머 고요한 회랑을 내려다보았고, 어떤 때는 분주하게 움직이는 미래의 학우들을 훔쳐보듯 관찰했다. 은둔

자의 품위와 정적이 깃든 고풍스러운 회랑은 소란스럽게 움직이는 위층 분위기와 야릇한 대조를 이루고 있었다.

학우들 중에 아는 애는 없었다. 입학시험 날 만났던 괴핑겐 출신의 소년은 보이지 않았다. 라틴어를 무척 잘했던 것으로 기억하는데 시험에는 붙지 않은 듯했다. 한스는 그 아이 생각에서 곧 벗어나 학우들을 유심히 살펴보았다. 소년들은 짐의 내용물이 종류나 수량 면에서는 모두 엇비슷해도 도시 출신과 농촌 출신, 유복한 집과 가난한 집 자제를 쉽게 분간할 수 있었다. 물론 아주 잘사는 집의 자제가 신학교에 오는 일은 드물었다. 그것은 부모들의 자긍심이나 사려 깊은 분별력 때문이기도 하고, 자제들의 부족한 재능 때문이기도 했다. 반면 교수와 고위 관료들 중에는 자신의 신학교 시절에 대한 기억 때문에 자제들을 흔쾌히 마울브론으로 보내는 사람이 많았다. 아무튼 이런저런 연유로 검정 제복을 입은 마흔 명의 소년들은 제복의 천과 스타일 면에서 여러 차이를 보였지만, 예의범절과 방언, 태도 면에서는 그보다 훨씬 더 큰 차이를 드러냈다. 슈바르츠발트 숲 지역의 아이들은 비쩍 마른 몸에 몸놀림이 뻣뻣했고, 알프 강 유역 출신들은 볏짚처럼 노란 금발에 입이 크고 윤기가 흘렀으며, 하일브론 지방 출신들은 자유롭고 명랑한 태도에 활달했고, 주의 수도 슈투트가르트 출신들은 뾰족한 구두를 신고 약간 되바라진, 아니 좀 더 정확히 말하자면 세련된 방언을 사용했다.

아이들은 꽃다운 나이인데도 5분의 1 정도가 안경을 꼈다. 슈투트가르트 출신 가운데 응석받이로 자란 것처럼 보이는 허약한 몸매의 한 아이는 뻣뻣한 멋쟁이 모피 모자를 쓰고 우아하게 치장했으며 몸놀림도 고상했다. 그러나 이런 남다른 외모와 행동 때문에 벌써 첫날부터 짓궂은 학우들이 마음속으로 장차 이 친구를 놀리거나 골탕 먹일 생각을 하고 있다는 사실은 전혀 눈치채지 못하는 듯했다.

주의력이 깊은 관찰자라면 여기 모인 쭈뼛거리는 아이들이 이 주의 청소년들 중에서 결코 잘못 뽑은 인재들이 아니라는 사실을 곧 알아차릴 수 있었다. 주입식 교육을 받은 학생임이 한눈에 드러나는 평범한 두뇌의 아이들 외에, 머릿속에 더 높은 세계를 향한 동경이 꿈결처럼 어른거리는 섬세한 정신의 소유자들이나 자기 생각이 뚜렷한 반항적인 아이들도 없지 않았다. 슈바벤 지방 출신의 영민하고 강인한 두뇌들 중에는 종종 시간이 지나면서 위대한 정신세계 속으로 파고들어 약간 메마르고 완강한 자기 생각을 새롭고 거대한 체계의 중심으로 세운 이들이 있었다. 슈바벤은 반듯한 신학자들만 배출한 것이 아니라, 탁월한 예언자나 심지어 이단적 교리의 지도자까지 여럿 배출할 정도로 사변적 철학의 전통이 강한 것을 자랑스럽게 여기는 땅이었기 때문이다. 그래서 정신적 토양이 비옥한 이 주는 정치적 영향력 면에서는 다른 지역보다 크게 뒤지지만, 신학과 철학 영역에서는 여전히 확고한 영향력을 행사하고 있었다. 또한 예부터 아름다운 형식과 몽환적인 시학을 즐기는 전통이 이 지역의 민간에 깊이 뿌리내려서 그것을 토대로 제법 괜찮은 시인과 작가들이 나왔다.

겉으로 보면, 마울브론 신학교의 시설과 풍습에서 슈바벤 지방 특유의 흔적은 찾아볼 수 없었다. 오히려 최근에는 수도원 시절부터 꾸준히 내려오던 라틴어 이름들 외에 고대의 그리스 명칭들이 여기저기에 붙었다. 예를 들어 학생들이 배정받은 방들의 이름은 '포룸', '헬라스', '아테네', '스파르타', '아크로폴리스'였다. 그런데 가장 작은 마지막 방에 '게르마니아'라는 이름이 붙은 걸 보면, 현재 게르만족의 모습을 고대 그리스 로마의 이상적인 모습으로 만들려는 의도가 숨어 있는 듯했다. 하지만 그것도 겉모습이었을 뿐, 실제로는 히브리어 이름이 더 잘 어울렸을지 모른다.

그런데 무슨 재미난 우연인지, 아테네실에는 마음이 넓고 말재주가 뛰어난 아이들이 아닌 정말 지루하기 짝이 없는 아이들이 더러 배정되었고, 스파르타실에는 전사나 금욕주의자들 대신 쾌활하고 건방진 아이들이 일부 배정받았다. 한스 기벤라트는 다른 학우 아홉 명과 함께 헬라스실을 배정받았다.

저녁에 처음으로 이 아홉 명의 아이들과 함께 서늘하고 휑한 침실에 들어가 좁은 침대에 누웠을 때 한스는 기분이 야릇했다. 천장에는 커다란 석유 등불이 달려 있었다. 그 붉은 불빛 아래 아이들은 옷을 벗었고, 10시 15분이 되자 조교가 들어와 불을 껐다. 아이들은 나란히 누웠고, 침대 두 개마다 옷을 걸쳐 두는 의자가 중간에 하나씩 놓여 있었으며, 기둥에는 아침 종을 울리는 줄이 매달려 있었다.

두세 소년은 벌써 안면을 텄는지 조심조심 귓속말로 수다를 떨었다. 그러나 그것도 잠시, 곧 잠잠해졌다. 나머지 아이들은 아직 낯설어서 그런지 약간 침울하고 쥐 죽은 듯 조용히 침대에 누워 있었다. 벌써 잠든 침대에서는 깊은 숨소리가 흘러나왔고, 한 침대에서는 자다가 팔을 움직이는지 아마천 이불이 사각거렸다. 아직 깨어 있는 아이들은 각자 생각에 빠져 가만히 누워 있었다.

한스는 오랫동안 잠들지 못했다. 옆 침대의 고른 숨소리에 귀를 기울이고 있는데, 문득 건너 건너편 침대에서 뭔가 낑낑대는 것 같은 이상한 소리가 들렸다. 한 아이가 이불을 머리 끝까지 뒤집어쓰고 울고 있었다. 멀리서 아련히 들려오는 것 같은 나직한 흐느낌 소리에 한스도 마음이 흔들렸다. 아직 향수를 느끼지는 않았지만, 고향 집의 작고 조용한 방이 벌써 그리운 것은 어쩔 수 없었다. 거기다 미지의 생활에 대한 불안과 새 친구들에 대한 걱정까지 밀려들었다.

아직 자정 전이었다. 이제 침실에 깨어 있는 아이는 없었다. 아이들은 줄무늬 베개에 얼굴을 묻은 채 잠들었다. 슬픈 아이든 반항적인 아이든 활달한 아이든 소심한 아이든, 모두 달콤한 휴식과 망각의 늪 속으로 깊숙이 빨려 들어갔다. 뾰족한

지붕과 탑, 돌출 창, 작은 고딕식 첨탑, 성가퀴, 첨두아치형의
교회 정문 위로 창백한 반달이 떠올랐다. 달빛은 추녀 돌림띠
와 문턱에 머물렀다가 고딕식 창문과 로마네스크 양식의 문
으로 흘러들어 왔고, 회랑 분수대의 고상한 수반에 닿아서는
창백한 황금빛으로 파르르 떨었다. 또한 노르스름한 빛줄기는
창문 세 개를 통해 헬라스실로 쏟아져 들어와 환한 얼룩을 몇
점 남겼고, 잠든 소년들의 꿈속으로 살며시 내려앉았다. 그 옛
날 수도사들에게 그리했듯이.

　이튿날 예배당에서는 입학식이 엄숙하게 치러졌다. 프록코
트를 입은 교사들을 뒤에 세워 놓고 교장선생이 연설을 했다.
학생들은 생각에 젖은 표정으로 고개를 약간 숙인 채 의자에
앉아서 가끔 뒤쪽에 앉아 있는 부모들을 흘끔흘끔 훔쳐보았
다. 어머니들은 신중하면서도 흐뭇한 얼굴로 아들들을 바라보
았고, 아버지들은 허리를 꼿꼿이 편 채 진지하고 심각하게 교
장선생의 말에 귀를 기울였다. 다들 자부심과 대견한 감정, 장
밋빛 희망으로 가슴이 한껏 부풀었고, 이 자리가 돈에 현혹되
어 자식을 국가 기관에 팔아넘기는 자리라고 생각하는 이는
아무도 없었다. 마지막으로 학생들이 한 명씩 앞으로 불려 나
가 교장선생 앞에 줄지어 서서 악수를 하고 선서를 했다. 이
로써 앞으로 처신만 잘하면 죽는 날까지 국가에서 생계와 숙
식을 책임져 주는 혜택을 누릴 수 있게 되었다. 그러나 이것

이 결코 공짜가 아닐 수도 있다고 생각하는 아이들은 없었다. 그건 아버지들도 마찬가지였다.

아이들에게 입학식보다 훨씬 더 진지하고 감동적인 시간은 부모와 헤어져야 할 순간이었다. 일부는 걸어서, 일부는 우편 마차로, 일부는 서둘러 차량을 잡아타고 아들들의 시야에서 사라졌다. 부드러운 9월의 대기 속으로 아쉬움을 담은 손수건만 오래도록 나부꼈다. 마침내 부모들이 모두 숲 뒤로 사라지자 아들들도 생각에 잠긴 표정으로 묵묵히 등을 돌려 수도원으로 돌아갔다.

"자, 이제 부모님들은 떠나셨다."

조교가 말했다.

그제야 아이들은 서로의 얼굴을 확인하고 사귀어 가기 시작했다. 처음에는 방이 같은 아이들끼리 어울렸다. 소년들은 잉크병에 잉크를 채워 넣고, 램프에 기름을 넣고, 책과 공책을 정리하면서 새 공간에 적응하려고 애썼다. 그 과정에서 호기심 어린 얼굴로 서로를 바라보았으며, 말도 주고받고, 고향과 졸업한 학교도 묻고, 진땀 흘리며 치른 입학시험도 함께 떠올렸다. 몇몇 책상 주위에는 아이들이 옹기종기 모여 수다를 떨었고, 여기저기서 아이들의 해맑은 웃음소리가 터져 나왔다. 이렇게 저녁 시간이 되자 각 방의 학우들은 한배를 타고 여행한 승객들보다 훨씬 더 잘 아는 사이가 되었다.

한스와 함께 생활하게 된 아홉 명의 헬라스실 학우 중에는 특이한 친구가 넷 있었다. 나머지는 평균 수준으로 고만고만했다. 먼저 슈투트가르트의 대학교수 아들 오토 하르트너는 재능 있고 차분하고 자신감이 넘쳤을 뿐 아니라 태도나 행동에도 흠 잡을 데가 없었다. 게다가 어깨가 넓은 건장한 체격에 옷도 잘 입었는데, 이런 단단하고 신실한 외모는 방 안의 아이들에게 깊은 인상을 던졌다.

다음은 알프 강 유역의 마을 이장 아들 카를 하멜이었다. 녀석을 알아 가는 데는 시간이 좀 걸렸다. 녀석은 모순투성이였을 뿐 아니라 자기만의 둔감한 세계에 틀어박혀 나오는 일이 거의 없었기 때문이다. 그래도 일단 나오면 격정적이고 폭력적으로 변해서 제멋대로 날뛰었다. 하지만 그것도 오래가지 않고 곧 자기 세계로 다시 들어가 버렸다. 그래서 다른 아이들은 카를이 조용한 관찰자인지 엉큼한 위선자인지 정확하게 판단할 수 없었다.

별로 복잡한 인물 같지 않은데도 눈에 띄는 아이는 헤르만 하일너였다. 슈바르츠발트 숲의 좋은 집안 출신인데, 아이들은 첫날에 벌써 하일너가 시인이거나 예술가적 기질을 지닌 친구임을 바로 알아보았다. 심지어 하일너가 입학시험에서 답안지를 6각운에 맞춰 작성했다는 전설까지 나돌았다. 하일너는 말이 많았지만 그 말에 생동감이 넘쳤다. 아름다운 바이올린을 갖고 있었고, 청소년기의 어설픈 감상주의와 경솔함이 어우러진 특성을 숨기지 않고 드러냈다. 하지만 내면에는 무언가 더 깊은 것이 숨겨져 있는 듯했다. 몸과 정신에서 또래를 훌쩍 뛰어넘을 정도로 성장한 하일너는 벌써 나름대로 자신의 길을 걷고 있었다.

헬라스실에서 가장 특이한 아이는 에밀 루키우스였다. 연한 금발의 루키우스는 잘 나서지 않는 성격에다 늙은 농부처럼 끈질기고 부지런하고 무뚝뚝했다. 작은 키에 얼굴이 앳돼 보여도 전혀 소년 같지 않았고, 오히려 더는 변할 것이 없는 다 큰 어른 같은 인상을 풍겼다. 처음 며칠, 다른 아이들은 지루해하거나 잡담을 하거나 새로운 환경에 적응하려고 애쓰는 동안에도 녀석은 차분하게 앉아 문법책을 펼쳐 놓고 공부했다. 엄지로 귀까지 틀어막는 것이 마치 몇 년 동안 낭비해 버린 시간을 만회라도 하겠다는 듯이 저돌적으로 보였다.

시간이 흐르면서 이 조용한 괴짜의 본색이 드러나기 시작했다. 교활한 구두쇠이자 자기만 아는 이기주의자라는 사실이 밝혀진 것이다. 그런데 그 악독한 수법이 어찌나 완벽하던지 다른 아이들은 일종의 존경심을 느끼거나, 아니면 최소한 그냥 눈감아 주고 말았다. 루키우스가 물건을 아끼고 이득을 취하는 방법은 아주 약삭빠르고 치밀해서, 다들 놀란 입을 다물지 못할 정도였다. 그런 전략은 아침 일찍부터 시작되었는데, 녀석은 세면장에 들어갈 때 가장 먼저 들어가거나 가장 늦게 들어갔다. 수건과 비누를 빌려 쓰고 자기 것은 아끼기 위해서였다. 이렇게 해서 루키우스의 수건은 2주가 넘도록 더러워지지 않고 계속 그 상태를 유지했다. 그런데 기숙사 규정에 따르면 학생들은 일주일마다 수건을 새것으로 교체해야 했고, 매주 월요일 오전에 수석 조교가 그것을 점검했다. 그럴 때면 루키우스는 자기 번호가 매겨진 못에다 새 수건을 걸어 두었지만, 점검만 끝나면 수건을 거두어들여 상자에 곱게 접어 넣은 뒤 상태가 괜찮은 예전 수건을 다시 걸어 두었다. 비누도 딱딱한 상태로 별로 닳지 않아 몇 달은 너끈히 갔다. 그렇다고 루키우스가 결코 너저분하게 다니는 것은 아니었다. 오히려 늘 말쑥했고, 숱이 별로 없는 금발을 정갈하게 빗고 정성스럽게 가르마를 탔으며, 속옷과 겉옷도 깨끗하게 입었다.

루키우스의 구두쇠 행각은 세면장에서 아침 식탁으로 고스란히 이어졌다. 아침 식사는 커피 한 잔과 설탕 한 조각, 기다란 빵 하나가 전부였는데, 대부분의 아이에게는 결코 풍성한 식탁이 아니었다. 한창 클 때는 여덟 시간 자고 나면 당연히 몹시 허기졌기 때문이다. 그런데 루키우스는 식사에 만족했을 뿐만 아니라 심지어 늘 먹을 것을 남겨 친구들에게 팔아넘겼다. 예를 들어 설탕을 먹지 않고 모아 두었다가 두 조각을 1페니히에 팔거나 스물다섯 조각을 공책 한 권과 바꾸었다. 그런 구두쇠이다 보니 저녁이면 비싼 기름을 아끼려고 옆 친구의 램프 불빛으로 공부하는 것도 지극히 자연스러운 일이었다. 그렇다고 루키우스의 집이 가난한 것도 아니었다. 루키우스는 제법 풍족하게 자랐다. 원래 찢어지게 가난한 집 자식들이 돈을 조리 있게 쓰거나 아낄 줄 모르는 법이다. 그런 아이들은 있는 대로 다 써 버리고 훗날을 위해 저축할 줄 모른다.

에밀 루키우스는 손에 넣을 수 있는 물건이나 재화에만 이런 전법을 쓰는 것이 아니라 정신적 영역에도 적극 활용해 이득을 취하려 했다. 녀석은 모든 정신적 자산이 상대적인 가치에 지나지 않는다는 사실을 간파할 만큼 영리했다. 그래서 부지런히 공부해서 좋은 성적을 거둘 수 있는 과목에만 시간을 집중적으로 투자했고, 나머지 과목들은 웬만큼 뒤처지지 않을 정도로만 따라갔다. 게다가 항상 배움과 학업의 성과를 다른 학우들과 비교했는데, 배로 노력해서 2등이 되는 것보다 반만 노력해서 1등이 되려고 했다. 그래서 저녁에 학우들이 놀이나 독서를 비롯해 다른 심심풀이로 시간을 보낼 때도 조용히 앉아 공부에 열중했다. 남들이 떠드는 소리에도 구애받지 않았다. 아니, 오히려 어떤 때는 그런 아이들을 부러워하기는커녕 고마운 시선으로 바라보기까지 했다. 다들 열심히 공부한다면 자기가 애쓴 보람이 없어질 테니 말이다.

이런 부지런한 노력가의 영악한 행태를 누구 하나 나쁘게 생각하지 않았다. 그런데 아무리 좋은 것도 너무 지나치고 자기 이익에만 빠지면 문제가 되듯 루키우스 역시 곧 어리석은 짓을 저지르고 말았다. 수도원에서는 모든 수업이 공짜로 진행되므로 녀석은 이번 기회에 바이올린을 배워 볼 생각을 했다. 그전에 바이올린을 배운 적도 없고, 음감이나 음악적 재능도 전혀 없으며, 더구나 음악을 별로 좋아하지도 않는다는 사실마저 녀석에겐 전혀 문제가 되지 않았다. 다만 바이올린도 라틴어나 수학처럼 배울 수 있으리라고만 생각했다. 게다가 음악은 배워 두면 살아가는 데 여러모로 도움이 되고, 바이올린을 켜는 남자는 인기도 많다는 말에 쉽게 현혹되었다. 아무튼 바이올린을 배우는 데는 전혀 비용이 들지 않았다. 신학교에서는 바이올린 강습도 무료로 제공했기 때문이다.

음악 교사 하스는 루키우스가 찾아와 바이올린을 배우고 싶다고 했을 때 머리카락이 곤두서는 느낌이었다. 노래 시간을 통해 루키우스가 얼마나 음악적 재능이 없는 아이인지 누구보다 잘 알고 있었기 때문이다. 녀석의 노래 실력은 다른 학우들의 놀림을 샀을 뿐 아니라 선생의 눈에는 거의 절망적인 수준이었다. 그래서 하스 선생은 루키우스를 말리려고 했다. 그러나 상대를 잘못 골랐다. 루키우스는 그런 설득에 넘어갈 아이가 아니었다. 녀석은 싱긋 웃으면서 자신의 정당한 권리를 들먹였고, 내면에서 끓어오르는 음악적 욕구를 뿌리칠 수 없다고 단언했다. 이렇게 해서 하스 선생은 어쩔 수 없이 루키우스에게 가장 형편없는 연습용 바이올린을 건네면서 일주일에 강습은 두 번 하고, 매일 30분씩 개인 연습을 해 오라고 했다.

그런데 루키우스가 헬라스실에서 처음 연습하는 순간 아이들은 기겁을 하며 제발 귀를 괴롭히는 신음 소리를 멈추어 달라고 아우성을 쳤다. 그때부터 녀석은 바이올린을 들고 연습할 곳을 찾아 수도원 곳곳을 떠돌았다. 그러나 끽끽거리고 삑삑거리기만 할 뿐 이상한 음만 내는 녀석의 바이올린 소리는 어디서도 환영받지 못했다. 다들 신경을 곤두세우며 귀를 틀어막은 것이다. 시인 기질의 하일너는 루키우스의 바이올린 소리를 들을 때면 마치 고통받는 낡은 바이올린이 자신의 벌레 먹은 구멍들을 통해 필사적으로 살려 달라고 통사정을 하는 것 같다고 말했다.

루키우스의 실력이 진전을 보이지 않자 선생은 점점 화를 내며 거칠어졌고, 그럴수록 루키우스는 더더욱 연습에 매달렸다. 지금껏 자기만족에 빠진 장사꾼 같던 녀석의 얼굴에 근심의 주름이 잡히기 시작한 것도 그 무렵이었다. 결국 이 모든 것은 비극으로 끝나고 말았다. 참다못한 선생이 루키우스를 음악과는 담을 쌓은 인간으로 치부하면서 강습을 거부했기 때문이다. 그러자 배움의 욕구에 빠져 있던 루키우스는 피아노로 방향을 틀었고, 몇 달 동안 아무 결실 없이 피아노에 매달려 스스로를 괴롭혔다. 그러다 마침내 녀석도 녹초가 되어 조용히 그만두고 말았다. 그런데 몇 년 뒤 어느 자리에서 음악 이야기가 나오자 녀석은 자기도 예전에 피아노와 바이올린을 배운 적이 있는데, 아쉽게도 사정이 여의치 않아 이 아름다운 예술에서 서서히 멀어졌다고 넌지시 말했다.

어쨌든 헬라스실은 이런 특이한 친구들로 웃을 일이 많았다. 예술가 하일너는 웃기는 장면을 자주 연출했고, 비꼬기 좋아하는 카를 하멜은 상황을 재치 있게 묘사하는 데 일가견이 있었다. 하멜은 다른 아이들보다 한 살이 많았다. 그래서 나름대로 우월감을 갖고 행동했지만 다른 아이들에게 딱히 인정을 받지는 못했다. 하멜은 변덕이 심했고, 일주일에 한 번씩 싸움질로 육체적인 우월감을 증명하려는 욕구도 있었다.

한스 기벤라트는 가끔 그런 하멜을 놀란 눈으로 바라보았지만, 곧 착하고 차분한 학생으로 돌아가 조용히 자기 길을 걸었다. 공부도 거의 루키우스만큼이나 열심히 했고, 방 친구들도 그런 한스에게 존경의 시선을 보냈다. 단, 하일너만은 예외였다. 천재적인 경솔함을 삶의 모토로 삼은 이 친구는 틈만 나면 한스를 공부벌레라고 놀렸다.

저녁이면 숙소에서 드물지 않게 싸움판이 벌어졌지만, 전체적으로 보면, 하루가 다르게 성장해 가는 이 소년들은 적절한 타협점을 찾으며 원만하게 잘 어울렸다. 이유는 분명했다. 이제 자신들도 어른이라고 느꼈고, 아직 잘 적응되지는 않았지만 교사들이 자신들을 '자네'라고 부르는 것에 걸맞게 학업이나 생활에서도 어른스럽게 굴려고 열심이었기 때문이다. 그래서 막 대학에 들어간 신입생들이 고등학교 시절을 돌아볼 때 그러하듯 얼마 전에 졸업한 라틴어 학창 시절을 깔보고 유치하게 생각했다. 그럼에도 가끔 그런 인위적인 태도 사이로 여전히 남아 있는 때 묻지 않은 개구쟁이 기질이 터져 나오면,

지금까지의 가식적인 행동에 대한 보상이라도 받겠다는 듯
쿵쿵 뛰어다니는 소리와 거친 욕설로 숙소를 아수라장으로
만들어 버렸다.

함께 생활한 지 몇 주가 지나자 소년들 사이에서 서서히 화
학적 혼합과 비슷한 과정이 일어났다. 떠돌던 구름들이 뭉쳤
다가 흩어지고 다시 다른 모양으로 만들어지는 과정이 거듭
되더니 결국에는 몇 개의 단단한 무리가 형성되었다. 이런
과정을 관찰하는 것은 교육 시설의 장이나 교사들에게는 정
말 귀하고 유익한 경험일 것이다. 처음의 쭈뼛거림을 극복하
고 모두들 서로 충분히 알게 되자 물결치듯 이리저리 떠다니
면서 자기와 맞는 상대를 찾는 탐색전이 시작되었다. 그 결과
몇 개의 집단이 생겨났고, 우정과 혐오의 감정도 뚜렷해졌다.
고향과 학교가 같은 출신끼리 모이는 경우는 드물었다. 대부
분 새로운 친구를 찾았다. 도시 아이들은 시골 아이들에게로
향했고, 알프 강 출신은 하일브론 지방 출신과 사귀었다. 다양
한 만남을 통해 자신의 부족함을 메우려는 은밀한 욕구에서
비롯된 일이었다. 이 젊은 친구들은 머뭇거리듯 서로를 탐색
했고, 평등 의식과 더불어 자기만의 세계를 구축하려는 분리
욕구가 치밀어 올랐다. 그 과정에서 어린 시절의 평온한 수면
상태에서 깨어나 자기만의 인격이 처음 싹트기 시작했다. 애
정과 질투 때문에 크고 작은 사건이 일어났고, 그것들은 우정

의 결사체나 뚜렷한 적대적 집단으로 발전했는데, 경우에 따라 애정 어린 관계나 친밀한 산책으로 이어지기도 하고 치열한 결투와 주먹질로 끝나기도 했다.

한스는 아이들의 이런 행동에 겉으로는 관심을 보이지 않았다. 그래서 카를 하멜이 다가와 격정적으로 우정을 고백했을 때도 흠칫 놀라며 거절하고 말았다. 그러자 하멜은 곧 스파르타실의 다른 학우와 우정을 맺었다. 한스는 혼자였다. 하지만 무언가 강렬한 감정이 저 수평선의 그리운 색깔처럼 행복한 우정의 나라를 떠올리게 하면서 고요한 충동 속에 그를 그 나라로 잡아끌었다. 그러나 소심한 부끄러움이 늘 소년의 발목을 잡았다. 한스는 어머니 없이 엄하게 커서 남들과 몸으로 비비고 애정을 표현하는 능력이 부족했다. 거기다 겉으로 너무 격정적으로 보이는 것에 대한 두려움이 있었고, 어린애 같은 자부심에 남들보다 잘하려는 욕심까지 더해졌다. 그렇다고 루키우스 같지는 않았다. 한스에게는 진정한 배움의 욕구가 있었다. 물론 루키우스처럼 공부에 방해되는 것은 되도록 멀리한 게 사실이다. 이처럼 한스는 늘 책상에 앉아 공부에만 매진했다. 하지만 그러면서도 어느 순간 다른 아이들이 삼삼오오 모여서 즐겁게 떠들고 노는 모습을 보면 질투와 그리움으로 괴로워했다. 카를 하멜은 한스가 끌리는 친구가 아니었다. 아마 다른 누가 다가와 강력히 잡아끌었더라면 한스도 흔쾌히 따라갔을지 모른다. 한스는 수줍은 소녀처럼 가만히 앉

아, 자기보다 더 강하고 용감한 사람이 나타나 자신을 일으켜
세운 뒤 억지로라도 행복의 나라로 데려다 주기를 기다리고
있었다.

이런 일들 말고도 신학교에서는 공부할 것이 무척 많았기
때문에(특히 히브리어가 그랬다) 이 소년들의 첫 학교생활은
무척 빨리 지나갔다. 마울브론을 에워싼 자잘한 호수와 못들
에는 이제 겨울 준비에 들어간 물푸레나무와 자작나무, 떡갈
나무, 그리고 파리한 늦가을 하늘과 황혼의 긴 그림자가 드리
워졌다. 아름다운 숲 속에서는 초겨울 바람이 무도회의 마지
막 춤처럼 환호성을 지르며 미친 듯이 숲 속을 휘저었다. 대
지에는 벌써 서리도 몇 번 가볍게 내렸다.

서정적인 기질의 헤르만 하일너는 마음에 맞는 친구를 찾
으려 했지만 헛수고였다. 그래서 이제는 외출 시간이 되면 날
마다 혼자 쓸쓸히 숲 속을 돌아다녔다. 하일너가 특히 좋아한
곳은 우수 넘치는 작은 갈색 호수였다. 갈대로 둘러싸인 호수
에는 시들어 가는 나뭇잎이 드리워져 있었다. 시리도록 슬프
면서도 아름다운 이 숲 속의 한구석이 몽상가를 힘차게 끌어
들였다. 여기서 하일너는 몽환적인 느낌의 나뭇가지로 물 위
에 조용히 원을 그렸고, 레나우의 시 「갈대의 노래」를 읽었으
며, 앙상한 나뭇가지 사이로 지나가는 바람과 떨어지는 낙엽
소리가 만들어 내는 슬픈 화음을 들으며 호숫가 근처 골풀밭
에 누워 죽음과 삶의 덧없음을 생각했다. 그러다 분위기가 무

르익으면 주머니에서 검은색 작은 수첩을 꺼내 연필로 시를 한두 편 긁적거렸다.

10월도 거의 저물어 가는 어느 흐린 점심시간이었다. 한스 기벤라트는 혼자 산책하다가 하일너가 자주 찾는 장소에 이르렀다. 문학청년 하일너가 작은 수문 위 판자 다리에 앉아 있는 것이 보였다. 무릎에 공책을 올려놓고 생각에 잠긴 표정으로 뾰족한 연필을 입에 물고 있었다. 책은 펼쳐진 채 옆에 놓여 있었다. 한스가 천천히 다가갔다.

"안녕, 하일너! 여기서 뭐 해?"

"호메로스를 읽고 있었어. 넌 여기 어쩐 일이야?"

"책을 읽던 중이었던 것 같지 않은데. 난 알아. 네가 뭘 하고 있었는지."

"그래?"

"그래, 시를 쓰고 있었잖아!"

"그렇게 생각해?"

"내 말이 틀렸어?"

"여기 앉아!"

한스는 하일너 옆 판자 다리에 앉아 물 위로 다리를 동동 굴렀다. 여기저기서 갈색 나뭇잎이 잔잔하고 서늘한 대기를 지나 하나둘 빙그르르 돌며 누리끼리한 수면 위로 소리 없이 떨어졌다.

"여긴 좀 황량하네."

한스가 말했다.

"응, 그래."

둘은 등을 바닥에 대고 누웠다. 그러자 가을 정취가 듬뿍 밴 주변 환경에서 늘어진 나뭇잎만 일부 보였다. 연푸른 하늘에는 구름 몇 점이 조용히 흘러가고 있었다.

"구름 참 예쁘다!"

한스가 환한 표정으로 하늘을 올려다보며 말했다.

"그래, 기벤라트." 하일너가 한숨을 내쉬었다. "내가 저 구름이라면!"

"그러면?"

"숲과 마을, 도시, 여러 주를 지나 하늘 위로 둥둥 떠다니겠지. 멋진 배처럼 말이야. 너 아직 배 못 봤지?"

"응. 그러는 너는?"

"참 딱하다. 죽으나 사나 공부만 들입다 파니까 다른 건 아는 게 없지."

"그래서 내가 바보 멍청이라는 거야?"

"그런 뜻이 아니고."

"난 네가 생각하는 것만큼 그리 멍청하지 않아. 아무튼 배 이야기나 계속해 봐."

하일너는 몸을 돌리다가 하마터면 물에 빠질 뻔했다. 어쨌든 곧 배를 깔고 엎드려 두 손으로 턱을 괴었다.

"라인 강이었어. 멋진 배를 본 건. 방학 때였는데, 언젠가 일요일에 배에서 음악 소리가 들렸어. 밤이었지. 색깔 있는 등이 달려 있고. 물 위에 불빛이 반사되었어. 우린 음악을 들으며 하류 쪽으로 내려갔어. 사람들은 와인을 마셨고, 여자애들은 하얀 옷을 입고 있었어."

한스는 듣기만 할 뿐 대꾸는 하지 않았다. 다만 눈을 감고 여름밤의 강을 지나가는 배를 떠올렸다. 음악과 붉은 등불, 하얀 옷을 입은 소녀들……. 하일너가 말을 이어 갔다.

"지금 여기와는 완전히 다른 세상이었어. 여기 있는 애들 치고 그런 걸 아는 애가 있을까? 모두 눈만 뜨면 죽으라고 공부밖에 하지 않는 답답한 애들이 말이야! 한마디로 다들 공부벌레야. 히브리어 알파벳보다 더 멋지고 고결한 세계가 있다는 걸 전혀 몰라. 너도 다르지 않아!"

한스는 침묵했다. 하일너 이 친구는 정말 특이했다. 꿈을 좇는 환상가이자 시인이었다. 그런 하일너에게 벌써 여러 번 감탄했다. 하일너는 다들 아는 것처럼 정말 공부를 하지 않았다. 그럼에도 아는 것이 많았고, 무엇이건 훌륭하게 대답할 줄 알았으며, 그러면서도 자신의 그런 지식을 경멸했다.

하일너가 계속 비꼬았다.

"우린 호메로스의 오디세이아를 마치 요리책처럼 읽고 있어. 한 시간에 두 구절을 읽으면서 단어 하나하나를 되씹고 분석해. 구역질이 날 정도로 말이야. 그런데도 수업 시간이 끝나갈 즈음엔 항상 이렇게 말해. 이 작가가 얼마나 섬세하게 표현했는지 이제 여러분도 잘 알 것이다. 이로써 여러분은 창작의 비밀을 엿보았다! 근데 그런 말은 사실 우리가 불변화사나 부정과거형으로 질식해 죽지 않도록 양념을 친 것뿐이야! 나는 그런 식의 호메로스에는 전혀 관심이 없어. 대체 문법을 하나하나 따지고 분석하는 것이 무슨 의미가 있어? 그렇게 그리스 문법을 따지면서도 만약 우리 중의 하나가 그리스식으로 살려고 하면 당장 내쳐 버릴걸! 그런데도 우리 방 이름이 헬라스라니 웃기지 않아? 이건 그리스에 대한 모독이야. 차라리 우리 방을 '휴지통'이나 '노예 감옥'이나 '불안의 관'이라고 부르는 편이 더 낫지 않겠어? 우리가 배우는 고전은 모두 사기야!"

하일너가 침을 퉤 뱉었다.

"너 아까 시를 쓰고 있었지?"

한스가 이제야 물었다.

"응."

"무슨 시인데?"

"이곳 호수와 가을에 관한 시였어."

"한번 보자!"

"안 돼. 아직 안 끝났어."

"다 쓰면 보여 줄래?"

"그러지, 뭐."

둘은 일어나 천천히 수도원으로 향했다.

교회 본당 현관인 '파라다이스'를 지나갈 때 하일너가 말했다.

"저것들 정말 아름답지 않아? 고딕과 로마네스크 양식으로 만들어진 저 현관, 아치형 창문, 회랑, 성직자 식당 말이야. 기교 넘치는 예술가의 솜씨지. 그런데 저리 멋진 게 무엇을 위해 있는 줄 알아? 성직자가 되려는 서른대여섯 명의 소년들을 위해 존재하는 거야. 국가가 돈이 남아도나 봐."

한스는 오후 내내 하일너 생각이 머리에서 떠나지 않았다. 하일너는 어떤 인간일까? 한스가 고민하고 소망하는 것이 이 인간 속에는 없는 듯했다. 하일너는 자기만의 생각과 말을 갖고 있었고, 남들보다 자유롭고 열정적으로 살았으며, 이상한 것으로 괴로워했고, 자신을 둘러싼 환경을 경멸했다. 또한 오래된 기둥과 담장의 아름다움을 알아보았고, 영혼을 시에 담아내고 판타지로 자기만의 허구적 삶을 꾸며 내는 신기하고 특이한 재주가 있었다. 게다가 감정이 풍부했으며 구속되는 것을 싫어했고, 한스가 1년 동안 내뱉는 농담보다 더 많은 농담을 매일 쏟아 냈고, 그러면서도 늘 우울했고, 그런 자기만의 슬픔을 낯설고 이례적이고 진귀한 선물처럼 즐기는 듯했다.

그날 저녁에도 하일너는 유별나고 특이한 면을 방 아이들 전부에게 뚜렷이 보여 주었다. 학우들 가운데 별로 잘나지도 않으면서 허풍만 떠는 오토 벵거라는 아이가 있었는데, 그 애가 하일너에게 시비를 걸었다. 하일너는 한동안 가소롭다는 듯이 농담을 섞어 가며 차분히 대응하더니 갑자기 벵거의 따귀를 찰싹 때렸다. 그다음은 불을 보듯 뻔했다. 둘은 엉켜 붙어 싸웠다. 뜯어말릴 수도 없었다. 둘은 마치 키를 잃은 배처럼 순식간에 헬라스 방 안을 이리 구르고 저리 굴렀다. 한 덩어리가 된 두 몸이 벽에 부딪혔고, 의자가 꽈당 넘어졌다. 둘은 말없이 입에 거품을 물고 씩씩거렸다. 다른 아이들은 혹시 자기한테 피해가 올까 봐 조심스러운 얼굴로 싸움을 지켜보면서 엉켜 붙은 덩어리가 다가올 때마다 얼른 다리를 집어넣거나 책상과 램프를 치웠다. 그러면서도 짜릿한 긴장감으로 이 싸움이 어떻게 끝날지 기다렸다. 몇 분 뒤 하일너가 힘겹게 일어나더니 벵거를 놓았다. 그리고는 거친 숨을 몰아쉬며 가만히 서 있었다. 몰골이 말이 아니었다. 눈은 벌게졌고, 셔츠 깃은 찢어졌으며, 바지는 무릎 부분에 구멍이 났다. 벵거가 다시 덤벼들려고 하자 하일너는 팔짱을 낀 채 도도하게 말했다.

"난 이제 그만할래. 계속하고 싶으면 너나 해. 자, 때려!"

오토 벵거는 욕을 하고 밖으로 나갔다.

하일너는 자기 책상에 기대서서 스탠드 램프를 켜고는 두 손을 바지 주머니에 찔러 넣었다. 무언가 골똘히 생각하는 것 같았다. 그런데 갑자기 눈에 눈물이 맺혔다. 처음에는 한 방울 두 방울 떨어지는가 싶더니 나중에는 주르르 흘러내렸다. 있을 수 없는 일이었다. 눈물을 보이는 건 신학생으로서는 가장 수치스럽고 부끄러운 일이었다. 그런데도 하일너는 눈물을 숨

길 생각을 하지 않았다. 창백해진 얼굴을 램프로 향한 채 방 안에 가만히 서 있기만 했다. 눈물을 닦지도 않았고 주머니에서 손을 빼지도 않았다. 다른 아이들은 하일너를 에워싸고, 한편으로는 호기심 어린 눈으로 한편으로는 악의적인 눈으로, 울고 있는 하일너를 유심히 지켜보았다. 마침내 하르트너가 나섰다.

"어이, 하일너. 부끄럽지도 않아?"

울던 아이가 천천히 주위를 둘러보았다. 마치 깊은 잠에서 막 깨어난 사람 같았다.

"부끄럽냐고? 너희들한테?" 하일너는 경멸스럽다는 듯이 소리쳤다. "천만의 말씀!"

하일너는 눈물을 훔치고는 비웃는 듯한 웃음을 날리며 램프를 끄고 밖으로 나갔다.

한스는 이 일이 일어나는 동안 자기 자리에 앉아 약간 놀랍고 겁에 질린 표정으로 하일너를 바라보기만 했다. 그러다 15분 뒤 하일너를 찾아 나섰다. 녀석은 숙사의 어둡고 추운 한구석에 있었다. 넓은 창턱에 앉아 회랑을 내려다보며. 뒤에서 보니 하일너의 어깨와 길쭉하고 날카로운 머리는 아이 같지 않게 진지하고 독특해 보였다. 한스가 다가가 옆에 섰는데도 하일너는 꼼짝하지 않았다. 얼마 뒤에야 고개도 돌리지 않고 갈라지는 목소리로 물었다.

"뭐야?"

"나야."

한스가 조심스럽게 말했다.

"나한테 볼일 있어?"

"아니, 그건 아니고."

"그럼 가 봐."

한스는 상처를 받고 정말 돌아가려고 했다. 그때 하일너가 한스를 잡았다.

"가지 마." 하일너가 일부러 농담하듯이 목소리 톤을 바꾸었다. "그런 뜻으로 말한 게 아냐."

둘은 얼굴을 마주 보았다. 각자의 얼굴을 이렇게 진지하게 바라본 건 처음이었는데, 소년 티가 물씬 풍기는 매끈한 얼굴 뒤로 각자 자기만의 특별한 삶과 고유한 방식의 영혼을 떠올려 보려고 애쓰는 듯했다.

하일너는 천천히 팔을 뻗어 한스의 어깨를 붙잡더니 얼굴이 맞닿을 정도로 끌어당겼다. 바로 다음 순간, 한스는 갑자기 상대 입술이 자기 입술에 닿는 것을 느끼고는 이상야릇한 공포에 빠졌다.

가슴이 묘하게 죄어 오면서 격하게 쿵쾅거리기 시작했다. 어두운 복도에 이렇게 바짝 붙어 서서 갑작스레 입을 맞춘 것은 이제껏 경험하지 못한 모험이자 위험한 일이었다. 만일 남들 눈에 띄기라도 하면 끔찍한 일이 일어날 수 있었다. 이런 입맞춤은 아까 하일너가 눈물을 보인 것보다 훨씬 우스꽝스럽고 창피한 일이 분명했다. 한스는 아무 말도 할 수 없었다. 피가 거꾸로 솟구쳐 오르는 기분이었고, 당장이라도 이곳에서 도망치고 싶은 마음뿐이었다.

이 광경을 어른들이 봤다면 수줍은 남자들 사이의 우정이 만들어 낸 서툴고 어색한 애정 표현이라 생각하고 싱긋 미소를 짓거나, 두 아이의 진지하고 갸름한 얼굴에서 은밀한 기쁨을 느꼈을지 모른다. 소년 같은 귀여운 면과 청소년기의 수줍은 반항기가 반반씩 섞인 듯한 전도양양하고 예쁘장한 얼굴에서 말이다.

아이들은 서서히 공동생활에 적응해 나갔다. 서로를 알아 가고, 각자 다른 친구들에 대한 나름의 지식과 판단이 생겨났다. 그와 함께 여러 형태의 우정이 맺어졌다. 어떤 아이들은 히브리어를 같이 공부했고, 어떤 아이들은 함께 그림을 그리거나 산책을 하거나 실러를 읽었다. 또한 라틴어는 잘하지만 수학을 잘 못하는 친구들은 그 반대인 아이들과 공부 모임을 만들어 서로 부족한 부분을 메워 주었다. 그 밖에 계약과 물질을 토대로 형성된 우정도 있었다. 예를 들어 처음 입소할 때 햄을 덩어리째 가져와 많은 부러움을 샀던 아이는 슈탐하임 출신의 과수원집 아들과 친구를 맺어 물질적으로 부족한 부분을 서로 채워 주었다. 과수원집 아들의 사물함에는 맛있는 사과가 늘 그득했기 때문이다. 한번은 햄을 가진 아이가 햄을 먹다가 갈증이 나자 과수원집 아들에게 자기 햄을 나눠 주면서 사과를 하나 줄 수 없겠느냐고 물었다. 그것을 계기로 둘은 조심조심 서로에 대해 질문을 던졌고, 그 결과 햄을 가진 아이는 햄이 떨어지는 즉시 집에서 보충해 줄 수 있고, 과수원집 아들은 이듬해 봄까지 아버지의 창고에서 사과를 받아 먹을 수 있다는 사실이 밝혀졌다. 이렇게 해서 둘 사이에는 물질로 맺어진 견고한 관계가 형성되었다. 이상과 격정으로 맺어진 우정보다 훨씬 오래가는 관계였다.

외톨이로 남은 아이도 드물게 있었다. 예술에 대한 탐욕스러운 사랑이 절정에 달해 있던 루키우스가 그중 하나였다.

어울리지 않는 우정도 있었는데, 그중에서 가장 어울리지 않는 쌍은 헤르만 하일너와 한스 기벤라트였다. 경박한 친구와 성실한 친구의 연결이자 시인과 공부벌레의 결합이었다. 둘 다 영민하고 재능이 뛰어난 아이임은 틀림없지만, 하일너가 약간 비꼬는 의미에서 '천재'라는 호칭을 받았다면 한스는 누구나 인정하는 모범생이었다. 물론 그렇다고 다른 아이들이 이 둘의 우정을 방해하지는 않았다. 각자 자신의 우정을 챙기느라 바빴을 뿐 아니라 자신들도 남에게 방해받고 싶지 않았기 때문이다.

이런 개인적인 관심과 경험이 학교생활에 해가 되지는 않았다. 학교생활은 어떤 면에서는 긴 악곡이나 규칙적인 리듬과 같아서, 루키우스의 음악과 하일너의 시를 비롯해 학우들 사이의 친목과 불화, 주먹질 같은 것들은 이따금 재미 삼아 일어나는 심심풀이였다.

학교생활에서 특히 공부할 것이 많은 과목은 히브리어였다. 딱딱하고 메마르지만 비밀스러운 생명력을 지닌 나무와 비슷해 보이는 이 이상하고 원초적인 여호와의 언어는 아이들 눈에는 다가가기 쉽지 않은 이질적인 수수께끼 같았다. 게다가 기괴한 세분화가 눈에 띄고 특이한 색과 향이 밴 형태가 사람을 깜짝 놀라게 했다. 이 언어의 무수한 가지와 구멍, 뿌리에는 섬뜩한 형태이건 사랑스러운 형태이건 수천 년 묵은 유령들이 살고 있었다. 그러니까 판타지에나 나올 법한 무시무시한 용들, 순진하고 귀여운 요정들, 메마르고 주름진 백발노인을 비롯해 아름다운 소년과 고요한 눈빛의 소녀, 또는 드센 여인들이 그 속에 살고 있었다. 루터의 독일어 성경에서는 꿈결같이 아득하게 들렸던 것이 이 투박하면서도 진실한 언어 속에서는 피와 목소리를 얻어 묵직하지만 질기고 섬뜩한 생명으로 다시 태어났다. 최소한 하일너가 보기에는 그랬다. 하일너는 모세5경*을 매일 욕하면서도 거기에서 더 많은 생명과 영혼을 발견하고 더 많은 것을 배웠다. 모든 단어를 알고, 더는 해석 실수를 저지르지 않는 인내심 강한 학생처럼.

* 구약성서 맨 앞에 나오는 「창세기」, 「출애굽기」, 「레위기」, 「민수기」, 「신명기」를 말한다.

반면에 신약성서는 좀 더 부드럽고 밝고 내면적이며, 그 언어도 구약성서보다 오래되고 깊고 풍요롭지는 않았지만 젊고 열정적이고 몽환적인 정신으로 가득 차 있었다.

다음은 오디세이아였다. 상큼하고 고른 울림으로 힘차게 흘러가는 이 작품의 시구에서는 과거 행복했던 삶의 지식과 예감이 인어의 하얀 팔처럼 우아하게 솟구쳐 올랐다. 어떤 때는 그것이 강렬하고 선명한 필치로 눈에 보일 듯이 그려졌고, 어떤 때는 몇 낱말과 몇 구절에서만 아름다운 예감과 꿈으로 희미하게 어른거렸다.

그 밖에 크세노폰과 리비우스 같은 역사가들의 작품은 아예 다루지 않거나, 다루더라도 별로 대수롭지 않은 듯 적당히 얼버무리고 넘어갔다.

한스는 학교에서 배우는 모든 것에 대해 하일너가 자기와 얼마나 다르게 생각하는지 알고는 깜짝 놀랐다. 그 친구에게는 상상할 수 없거나 판타지의 색채로 그릴 수 없는 것은 하나도 없었다. 만약 그렇게 되지 않는 것이 있으면 바로 내팽개쳤다. 예를 들어 하일너에게 수학은 차갑고 사악한 시선으로 상대를 꼼짝달싹 못 하게 만드는, 간교한 수수께끼로만 가득 찬 스핑크스처럼 느껴졌다. 그래서 수학이라는 괴물에서 되도록 멀리 떨어지는 것은 하일너에게 당연한 일이었다.

둘의 우정은 좀 특별했다. 하일너에게는 호사스러운 즐거움이자 편안함이자 변덕이었다면, 한스에게는 어떤 때는 자랑스럽게 간직한 보물이면서도 어떤 때는 짊어지기 무거운 짐이기도 했다. 지금까지 한스는 저녁 시간에도 늘 공부에 매진했다. 그런데 이제는 하일너가 공부하다 지겨워지면 한스에게 다가와 책을 빼앗으며 같이 놀아 달라고 요구하는 일이 날마다 벌어졌다. 그러다 보니 한스는 이 친구를 좋아하는 마음에는 변함이 없으면서도 매일 저녁 이 친구가 찾아오는 것을 두려워했고, 그만큼 그 친구 때문에 빼앗길 시간을 염려해 필수자습 시간에는 두 배로 열심히 공부했다. 그러나 하일너가 한스의 그런 부지런함조차 이론적으로 비난하기 시작하자 한스는 더욱 곤혹스러워했다.

녀석은 이렇게 말했다.

"네가 지금 공부하는 게 날마다 먹고살려고 마지못해 일하는 날품팔이와 다른 게 뭐 있어? 넌 지금 좋아서 공부하는 게 아니라 선생님이나 너희 집 꼰대가 무서워서 공부하는 거라고! 대체 1등이나 2등을 한다고 뭐가 달라져? 나는 20등밖에 못 하지만 너희 같은 공부벌레보다 어리석지는 않아."

한스는 하일너가 교과서에다 어떤 짓을 하는지 처음 봤을 때도 기가 막혀 말이 나오지 않았다. 한번은 강의실에 책을 두고 온 바람에 다음 지리 수업을 준비하려고 하일너에게 지도책을 빌렸다. 그런데 책장마다 희한한 그림이 그려져 있는 것을 보고 가슴이 철렁 내려앉았다. 피레네 반도의 서해안이 사람의 기괴한 옆얼굴로 바뀌어 있었는데, 그 얼굴에서 코는 포르투에서 리스본까지 닿았고 피니스테레 곶 지방은 곱슬곱슬한 머리로 변해 있었다. 또한 성 빈센트 곶은 긴 수염을 뾰족하게 꼬아 놓은 끝 부분을 장식했다. 다른 페이지도 마찬가지였다. 심지어 지도책 뒤표지에는 캐리커처에다 장난스러운 시구까지 적혀 있었다. 잉크 자국이 없는 곳도 없었다. 교과서를 마치 성스러운 물건이나 보물처럼 다루는 한스로서는 친구의 이런 대담한 짓이 신성모독이나 범죄로 여겨지면서도, 다른 한편으로는 금기를 깨는 통쾌한 영웅적 행위처럼 느껴지기도 했다.

하일너에게는 착한 한스가 그냥 편안한 장난감이나 일종의 애완동물처럼 느껴졌을지 모르고, 한스 또한 때때로 그렇게 느꼈다. 그러나 하일너가 한스에게 집착한 것은 사실이다. 한스가 필요했기 때문이다. 하일너에게는 마음을 터놓고 이야기할 수 있고 자기 말에 귀 기울이고 자신을 경탄하는 눈으로 바라봐 줄 사람이 있어야 했다. 자기가 학교나 삶에 대해 혁명적인 말을 할 때면 조용히 감탄하면서 들어 주고, 그러면서도 기분이 우울할 때면 언제든 무릎을 베고 위안을 얻을 사람이 필요했다. 예술가라는 사람들의 천성이 그렇듯 이 젊은 시인도 약간 어리광 같은 면이 담긴 이유 없는 우울증에 시달렸다. 굳이 그 원인을 찾자면, 어린 시절 영혼과의 조용한 이별, 내면에서 부글부글 끓어오르는 힘과 예감과 욕망의 정처 없는 과잉, 남자가 되는 과정에서 치밀어 오르는 이해할 수 없는 어두운 충

115

동을 들 수 있을 것이다. 어쨌든 그런 상태가 발작처럼 찾아오면 하일너는 자기한테 연민을 보여 줄 사람에게 무작정 기대고 싶은 병적인 갈망을 느꼈다. 예전에는 어머니가 그런 존재였지만, 아직 여자들의 사랑을 받을 만큼 성숙하지 않은 지금은 순종적인 친구가 그 역할을 대신해 줄 수 있었다.

하일너는 저녁에 지극히 불행한 얼굴로 한스를 찾아올 때가 많았다. 그럴 때면 공부하는 한스를 끌어내 숙사로 가자고 했다. 한스는 못 이기는 척 따라나서서 하일너와 단둘이 숙사의 차가운 홀이나 어둑어둑한 예배당을 이리저리 서성이거나, 얼마간 추위에 떨며 창턱에 앉아 있었다. 하일너는 하이네의 시집을 읽는 감수성 예민한 소년이 으레 그렇듯 온갖 고민과 갈등을 털어놓으며 약간 유치한 슬픔의 안개에 휩싸였다. 한스는 그 슬픔을 제대로 이해하지는 못했지만, 가끔 가슴 한구석이 아련하게 울리는 것을 느끼며 그 감정에 전염되었다. 예민한 청년 시인 하일너는 특히 흐린 날에 그런 상태에 빠질 때가 많았고, 그런 슬픔과 신음은 대개 늦가을의 비구름이 하늘을 음산하게 뒤덮고 그 구름 뒤로 달이 흐릿한 모습으로 언뜻언뜻 비치는 저녁에 절정에 달했다. 그럴 때면 하일너는 오시안*풍의 분위기에 푹 빠져들면서 몽롱한 우수에 젖었고, 그

* 3세기경 고대 켈트족의 전설적 시인. 우울한 낭만적 정서로 낭만파 시인들에게 큰 영향을 끼쳤다.

감정은 한숨과 말, 시구의 형태로 순진한 한스의 온몸에 깊숙이 스며들었다.

이런 고통스러운 상황에 짓눌리고 괴로워하면서 한스는 남은 시간이라도 더 열심히 공부하려고 했지만, 그러기가 갈수록 힘들어졌다. 옛날의 두통이 다시 찾아온 것도 별로 이상하지 않았다. 무기력하고 무관심해지는 시간이 점점 늘어나면서 꼭 필수적인 공부만이라도 따라가려면 자신을 더 채찍질해야 한다는 사실이 더욱 큰 짐으로 다가왔다. 한스는 별종 친구와의 우정 때문에 진이 빠지고 이제껏 한 번도 건드려지지 않은 마음속 한 부분이 병들고 있다는 사실을 희미하게 느끼기는 했지만, 그 친구가 울적하고 슬퍼할수록 더욱 애처로워 보였을 뿐 아니라 자기가 그 친구에게 없어서는 안 될 존재라는 생각에 더욱 애틋함과 뿌듯함을 느꼈다.

한스가 보기에, 친구의 이런 병적인 우울함은 자신이 진실로 감탄하는 하일너의 본성이 아니라 단지 건강하지 못한 과잉 충동의 분출인 것 같았다. 그럼에도 하일너가 자작시를 읽어 주거나, 우러러보는 시인들에 대해 이야기하거나, 실러와 셰익스피어의 독백을 격정적인 몸짓으로 낭송할 때면 마치 이 친구가 자기한테는 없는 마법적 재능의 힘으로 공중을 걸어 다니거나, 거룩한 자유와 불타는 열정의 세계에서 움직이거나, 호메로스의 축복으로 발에 날개를 달아 자신과 친구들을 버리고 훌훌 날아가는 듯한 기분이 들었다. 지금껏 한스는 시인의 세계를 잘 몰랐고 중요하게 생각하지도 않았다. 그런데 지금은 아름다움을 불어넣는 말과 현혹적인 비유와 듣기 좋은 운율의 매력을 난생처음 아무 저항 없이 받아들였다. 이제 한스의 내면에서는 새롭게 열린 이 세계에 대한 존경과 하일너에 대한 경탄이 하나의 감정으로 녹아들고 있었다.

그사이 폭풍 치는 음침한 11월이 찾아왔다. 이제는 낮에도 램프 없이 공부할 수 있는 시간이 얼마 되지 않았고, 칠흑 같은 밤이면 세찬 바람이 산더미처럼 몰려오는 구름을 언덕 위로 몰아붙이면서 단단한 수도원 건물을 신음하듯이 또는 싸울 듯이 거칠게 휘감았다. 나무들은 이제 완전히 옷을 벗었다. 숲의 제왕 격인 별스럽게 가지를 친 우람한 떡갈나무만 아직 시든 잎을 매단 채 다른 나무들보다 더 크고 요란하게 불평을 쏟아 내고 있었다.

하일너는 기분이 완전히 착 가라앉아 있었다. 요 며칠 들어서는 한스와 함께 있기보다 한적한 음악 연습실에서 혼자 바이올린에 파묻혀 지내거나 친구들과의 싸움질을 더 좋아했다.

어느 날 저녁이었다. 이날도 하일너가 음악 연습실을 찾았을 때 그 못 말리는 루키우스가 악보대 앞에서 열심히 바이올린을 켜고 있었다. 하일너는 화가 나 밖으로 나가 버렸고, 30분 뒤에 다시 돌아왔다. 그런데 루키우스는 여전히 연습 중이었다.

"이제 좀 그만하지!" 하일너가 기분 나쁘게 소리쳤다. "다른 사람 생각도 해야지! 깽깽거리는 소리 때문에 미치겠어!"

그런데도 루키우스가 비켜 줄 생각을 하지 않고 다시 바이올린으로 깽깽거리는 소리를 내기 시작하자, 화가 치민 하일너는 악보대를 발로 차 버렸다. 악보가 방 안에 흩어졌고, 악보대는 루키우스의 얼굴에 맞았다. 루키우스는 몸을 굽혀 악보를 집었다.

"교장선생님께 이를 거야!"

루키우스가 단호하게 말했다.

"마음대로 해! 기왕 이를 거면, 아무 잘못 없이 궁둥이까지 걷어차인 것도 일러!"

이렇게 말하며 하일너는 정말 엉덩이를 걷어차려고 했다.

루키우스는 재빨리 옆으로 피하며 문 쪽으로 달아났다. 하일너가 곧 도망자를 뒤쫓으면서 치열하고 소란스러운 추격전이 벌어졌다. 둘은 복도와 홀을 지나고 계단을 오르고 현관을 통과해, 수도원 건물에서 가장 먼 날개 부분에 이르렀다. 고즈넉한 품격이 감도는 교장선생의 관사가 있는 곳이었다. 하일너는 관사의 서재 바로 앞에서 가까스로 도망자를 붙잡았다. 도망자가 노크와 함께 얼른 문을 열고 들어서려는 찰나, 추격자가 번개같이 아까 약속한 발길질을 날렸다. 그와 동시에 루키우스는 문 닫을 틈도 없이 폭탄처럼 수도원 지배자의 가장 신성한 공간 속으로 쏟아져 들어갔다.

있을 수 없는 일이었다. 이튿날 아침 교장선생은 전교생을 모아 놓고 청소년기의 탈선에 대해 열정적으로 훈시했다. 루키우스는 속으로는 박수를 보내면서도 겉으로는 짐짓 심각한 표정을 짓고 있었다. 하일너에게는 무거운 감금형 처분이 내려졌다.

교장선생이 하일너에게 호통을 쳤다.

"몇 년 동안 이 벌이 내려진 적이 없습니다! 나는 앞으로 십 년 후에도 자네가 오늘의 일을 똑똑히 기억할 수 있도록 할 것이고, 아울러 하일너라는 학생은 여기 모인 다른 모든 학우에게도 진지한 본보기가 되었으면 합니다!"

학우들은 하일너를 흘낏흘낏 쳐다보았다. 하일너는 창백한 얼굴로 교장선생의 눈길을 피하지 않고 반항적으로 서 있었다. 그런 하일너를 보고 속으로 감탄하는 아이들도 많았다. 그러나 훈시가 끝나고 모두 소란스럽게 복도로 나갈 때 하일너 곁에 남은 친구는 하나도 없었다. 다들 마치 문둥병 환자처럼 하일너를 피해 갔다. 이제 하일너와 가까이하려면 용기가 필요했다.

한스도 하일너에게 다가가지 못했다. 곁을 지켜 주는 것이 친구의 도리라는 생각이 들었지만, 그러지 못하는 자신의 비겁함이 싫었다. 한스는 고통스럽고 수치스럽게 창문 뒤로 슬그머니 몸을 숨겼다. 눈을 들 용기가 나지 않았다. 외톨이가 된 친구를 찾아가야 한다는 목소리가 속에서 들려왔지만 이제는 남의 눈치를 보지 않을 수 없었다. 무거운 감금형 처분을 받은 학생은 앞으로 장시간 문제아로 낙인찍혔고 특별한 감시 대상이 되었다. 심지어 그 학생과 어울리는 것도 위험했으며, 자칫하면 함께 어울린 학우마저 나쁜 평판을 받을 수 있었다. 국가가 신학생에게 베푸는 시혜에 걸맞게 학생들도 엄격한 규율에 따라야 할 의무가 있었다. 그것은 입학식 때 벌써 엄숙한 연설로 공포된 내용이었다. 한스도 그 점을 알고 있었다. 그래서 친구에 대한 도리와 이기심 사이에서 갈등하다가 결국 이기심에 굴복하고 말았다. 한스의 꿈은 앞으로 계속 발전하고, 유명한 시험을 보고, 사회에서 일정한 역할을 하는 것이었다. 결코 낭만적인 감상에 빠져 미래를 위험에 빠뜨릴 수는 없었다. 한스는 불안에 떨며 방에 틀어박혀 나오지 않았다. 지금이라도 마음만 먹으면 용기를 내어 방을 뛰쳐나갈 수 있었지만 시간이 갈수록 그것은 점점 힘들어졌고, 마침내 자기도 모르는 사이에 친구에 대한 배신은 현실로 굳어지고 말았다.

하일너도 그것을 알아챘다. 격정적인 이 소년은 친구들이 자기를 피하는 것을 느꼈고, 한편으로는 그런 친구들이 이해가 되었다. 그러나 한스만큼은 믿었다. 자기가 지금 느끼는 아픔과 분노에 비하면 지금껏 이유 없이 막연히 자신을 감싸고 있던 우울한 감정은 공허하고 하찮기 짝이 없었다.

한번은 하일너가 한스 옆에 멈추어 섰다. 창백하지만 도도

해 보였다. 하일너가 나직이 말했다.

"에잇, 비겁한 놈! 잘 먹고 잘 살아라!"

하일너는 이 말만 툭 던지고는 가 버렸다. 두 손을 주머니에 찔러 넣고 나지막이 휘파람을 불면서.

젊은 친구들에게 다른 생각거리와 일거리가 있다는 것은 다행한 일이었다. 그 사건이 일어나고 며칠 지나지 않아 갑자기 눈이 내리더니 차갑고 투명한 겨울이 시작되었다. 아이들은 눈싸움을 하고 스케이트를 탔다. 다들 크리스마스와 방학이 코앞이라는 사실도 이제야 깨달은 듯했다. 그와 함께 하일너에 대한 관심도 식었다. 이 친구는 머리를 꼿꼿이 치켜들고 오만한 표정으로 조용히 반항적으로 이리저리 돌아다녔고, 어느 누구와도 말을 섞지 않았으며, 대신 시상이 떠오를 때마다 검은 방수포 표지에 '수도사의 노래'라는 제목이 적힌 공책을 꺼내 시를 적었다.

떡갈나무와 오리나무, 너도밤나무, 버드나무에는 서리와 얼어붙은 눈송이가 환상적인 모양으로 살포시 매달려 있었다. 못에는 투명한 얼음이 살포시 깔렸다. 회랑 안뜰은 고요한 대리석 정원처럼 보였다. 숙사 학생들의 방마다 축제의 흥분과 기쁨이 넘쳐흘렀다. 크리스마스를 앞둔 설렘은 심지어 매사에 엄격하고 정확한 두 교수의 얼굴에도 부드러움과 즐거운 흥분의 빛이 감돌게 했다. 교사와 학생 중에 크리스마스를 심드렁하게 받아들이는 사람은 아무도 없는 듯했다. 하일너조차

122

얼굴을 덜 찌푸리고 덜 불행해 보였다. 루키우스는 방학 때 어떤 책과 어떤 신발을 가져갈지 고민했다. 집에서 온 편지들에는 가슴을 설레게 하는 일들이 적혀 있었다. 크리스마스에 받고 싶은 선물을 묻는 질문부터 빵을 굽는 날짜에 대한 통보, 모종의 깜짝 선물이 있을 거라는 암시, 그리고 다시 만날 날에 대한 기대까지 전부 담겨 있었다.

방학이 되어 집으로 떠나기 전에 한스의 학년에서는 즐거운 일이 하나 있었다. 아이들은 교수단을 모셔 놓고 저녁에 크리스마스 파티를 열기로 했다. 장소는 가장 넓은 헬라스실로 정했다. 축하의 말과 문학 작품 두 편 낭송, 플루트 독주와 바이올린 이중주가 공연 프로그램으로 마련되었다. 그런데 이런 딱딱한 프로그램 말고 재미있는 순서도 있어야 한다는 의견이 나왔다. 토의 끝에 여러 의견이 쏟아졌지만 모든 이의 마음을 확 잡아끄는 것은 없었다. 그때 카를 하멜이 지나가듯 말하기를, 에밀 루키우스가 바이올린 독주를 하면 재미있을 것 같다고 했다. 이 의견은 즉시 받아들여졌다. 아이들은 어르고 부탁하고 협박까지 하면서 불쌍한 루키우스를 설득하는 데 성공했다. 이렇게 해서 교수들에게 보낸 정중한 초대장에는 다음과 같은 특별 프로그램이 적혀 있었다. '고요한 밤, 바이올린을 위한 가곡, 실내악의 거장 에밀 루키우스의 연주.' 루키우스가 음악실에서 부지런히 연습한 것을 빗대어 '거장'이라는 칭호를 붙인 것이다.

교장선생을 비롯해 교수들과 성직자 강사, 음악 교사, 수석 조교가 파티장에 나타났다. 순서가 되자 루키우스는 하르트너에게서 빌린 검은 양복을 입고 무대로 나갔다. 옷은 깔끔하게 다림질했고, 머리는 곱게 단장했으며, 입가에는 겸연쩍은 미소를 띠고 있었다. 루키우스가 무대에 오르자 음악 교사의 이마에는 벌써 땀방울이 맺혔다. 아이들은 루키우스가 인사하는 모습에서부터 웃음을 터뜨렸다. 루키우스가 바이올린을 켜는 순간, '고요한 밤'이라는 노래는 귀에 거슬리는 탄식과 괴로운 신음으로 변했다. 루키우스는 처음부터 다시 시작했다. 그러나 멜로디는 하염없이 갈라지고 어긋났다. 녀석은 발로 박자를 맞추며 혹한의 날씨에 숲에서 일하는 일꾼처럼 식은땀을 줄줄 흘렸다.

교장선생이 즐거운 표정으로 음악 교사를 향해 고개를 끄덕였다. 그러나 음악 교사는 분노로 얼굴이 하얗게 질려 있었다.

루키우스가 세 번째로 연주를 다시 시작했다. 그러나 이번에도 끝까지 소화하지 못하고 중간에 그만둘 수밖에 없었다. 그제야 녀석은 바이올린을 내려놓고 관객들에게 사죄했다. "잘 못하겠어요. 사실 지난가을부터 바이올린을 시작했거든요."

"수고했네, 루키우스!" 교장선생이 소리쳤다. "나는 자네의 노력에 박수를 보내네. 앞으로도 계속 노력해 주길 바라네. 시련 없이 어떻게 정상에 오르겠나!"

12월 24일 숙사의 침실은 새벽 3시부터 생기가 넘치고 부산했다. 유리창에는 고운 나뭇잎 같은 성에꽃이 두툼하게 피었고, 세수할 물은 꽁꽁 얼어붙었으며, 수도원 마당에는 살을 에는 듯한 칼바람이 불었다. 그러나 아무도 이런 것에 개의치 않았다. 식당의 큼직한 커피 통에서는 더운 김이 모락모락 피어올랐다. 식사가 끝나자 아이들은 곧 외투와 목도리로 몸을 칭칭 감고는 몇 무리로 나뉘어 희미하게 어른거리는 하얀 들판과 적막한 숲을 지나 멀리 떨어진 기차역으로 향했다. 모두 즐겁게 수다를 떨고 농담을 하고 큰 소리로 웃었지만, 저마다 가슴속은 자기만의 은밀한 소망과 기쁨, 기대로 가득 차 있었다. 아이들은 이제 집을 찾아 이 주의 도시와 마을, 외딴 농장으로 퍼져 나갈 것이다. 축제처럼 장식해 놓은 따뜻한 방 안에서는 부모와 형제자매들이 그들을 기다리고 있었다. 대부분의 아이들에게는 난생처음 머나먼 타지로 떠난 뒤 고향으로 돌아가는 첫 크리스마스였다. 가족과 고향의 따스한 품이 그들을 사랑과 자부심으로 맞아 줄 것이 분명했다.

아이들은 눈 덮인 숲 한가운데에 위치한 작은 정거장에서 혹독한 추위를 견디며 기차를 기다렸다. 아마 이렇게 모두가 사이좋고 유쾌하게 한마음이었던 적은 없었을 것이다. 하일너만 묵묵히 따로 서 있었는데, 기차가 도착하자 다른 친구들이 모두 기차에 탈 때까지 기다렸다가 마지막에 혼자 다른 칸에 탔다. 다음 역에서 갈아탈 때 한스는 다시 한 번 하일너에게 눈길을 주었다. 그러나 순간적으로 피어올랐던 창피함과 후회의 감정도 고향으로 돌아간다는 설렘과 기대로 쉬이 가라앉아 버렸다.

집에 도착하자 아버지는 만면에 흐뭇한 웃음을 지으며 아들을 맞았다. 책상 위에는 선물이 한가득 쌓여 있었다. 그러나 한스의 집에서는 크리스마스 분위기가 전혀 나지 않았다. 노래도 들리지 않았고, 축제의 들뜬 분위기도 없었으며, 어머니나 크리스마스트리도 없었다. 아버지는 축제를 즐길 줄 모르는 사람이었다. 다만 아들에 대한 자부심만 대단해서, 이번에는 선물을 사는 데 돈을 아끼지 않았다. 한스도 집 안의 이런 크리스마스 분위기에 익숙해 있어서 전혀 아쉬워하지 않았다.

사람들은 한스의 얼굴이 너무 야위고 창백해 보인다며, 수도원의 식사가 그렇게 형편없는지 물었다. 한스는 손사래를 치며 그렇지 않다고 대답하면서 자신은 잘 지내고 있으며, 다만 머리가 종종 아프다고 했다. 그러자 목사는 자기도 그만한 나이에 두통으로 고생했다고 위로해 주었다. 그렇다면 이제 문제 될 것은 없었다.

꽁꽁 얼어붙은 강은 크리스마스 축제 기간 동안 스케이트를 타는 사람들로 북새통을 이루었다. 한스는 새 옷을 입고 녹색 신학교 모자를 쓴 채 거의 온종일 밖에서 지냈다. 이미 다른 친구들이 따라오지 못할 만큼 높은 곳에 올라와 있다는 자부심을 느끼며.

4장

경험적으로, 4년 동안의 신학교 생활에서는 학년마다 꼭 몇몇은 중간에 학교를 나가게 마련이다. 때로는 죽어서 나가기도 하고, 때로는 스스로 뛰쳐나가기도 하고, 때로는 큰 죄를 저질러 퇴학을 당하기도 한다. 죽어서 나갈 때는 장송곡과 함께 땅에 묻히거나 친구들의 호송을 받으며 고향 집으로 보내진다. 매우 드물지만 이따금 고학년들은 청춘의 고뇌를 이기지 못하고 권총 방아쇠를 당기거나, 물속에 뛰어들어 짧고 어두운 생을 마감하는 일도 있다.

한스 기벤라트의 학년에서도 중간에 수도원을 나간 학생들이 몇 있었는데, 우연치고는 이상할 만큼 모두 헬라스실의 아이들이었다. 헬라스실에는 체구가 작고 조용한 힌딩거라는 금발 소년이 있었다. 알고이 지방의 소수 민족 공동체 출신으로 재단사의 아들이었는데, 다들 그냥 '힌두'라고 불렀다. 힌두는 워낙 있는 듯 없는 듯 지내는 아이여서 친구들은 녀석이 없어진 뒤에야 그 존재를 깨닫고 얼마간 그에 대해 이야기했다. 물론 할 이야기는 많지 않았지만. 어쨌든 실내악의 거장이라는 비아냥을 듣는 구두쇠 루키우스의 짝꿍이었던 힌두는 루키우스하고만 조금 친하게 지냈을 뿐 다른 친구는 없었다. 그래서 힌두가 없어진 뒤에야 헬라스실 아이들은 힌두가 까다롭지 않은 착한 동료였고, 이 방의 분망한 삶에서 조용한 휴식처 같은 역할을 했다는 사실을 깨달았다.

1월의 어느 날, 힌두는 스케이트를 타러 가는 아이들 틈에 끼어 로스바이어 호수로 갔다. 스케이트가 없어서 그냥 친구들이 타는 걸 구경만 할 생각이었다. 그런데 가만히 앉아 있다 보니 몸이 오슬오슬 추워졌다. 그래서 발을 동동 구르거나 호수 주변을 이리저리 돌아다녔다. 그러다 들판을 지나 얼마 정도를 뛰었고, 곧 다른 작은 호수에 이르렀다. 바닥에서 따뜻한 물이 솟아올라 얼음이 단단히 얼지 않는 호수였다. 그것도 모르고 힌두는 갈대숲을 지나 호수로 들어갔다. 몸이 작고 가벼웠음에도 물가 근처의 얼음은 바로 깨졌다. 힌두는 발버둥을 치며 살려 달라고 소리쳤지만, 인적 없는 호수였던 까닭에 곧 어둡고 차가운 물 속으로 가라앉고 말았다.

2시에 오후 첫 수업이 시작되었을 때에야 사람들은 힌두가 없어진 사실을 알아차렸다.

"힌딩거는 어디 갔나?"

성직자 강사가 소리쳤다.

아무도 대답하지 못했다.

"헬라스실에 가서 찾아보게!"

거기에도 힌두의 흔적은 없었다.

"지각을 하는 모양이군. 그럼 이대로 수업을 시작할 수밖에. 74쪽 일곱 번째 시편을 펴게. 그리고 분명히 당부하는데, 앞으로 다시는 이런 일이 있어선 안 되네. 반드시 시간을 정확히 지키도록!"

3시 종이 쳐도 힌두가 나타나지 않자 강사는 불안한 마음에 교장선생에게 달려갔다. 교장선생은 즉시 교실까지 찾아와 아이들에게 이런저런 질문을 던지더니 조교와 강사에게 학생 열 명을 딸려 힌두를 찾아 나서게 했다. 남은 학생들은 교실에서 자습을 했다. 4시쯤에 강사가 노크도 없이 교실로 뛰어 들어 오더니 교장선생에게 귓속말로 뭔가를 보고했다.

"조용!"

교장선생이 엄하게 소리쳤다. 학생들은 손가락 하나 까딱하지 않고 의자에 앉아 교장선생의 입만 바라보았다.

교장선생이 낮은 목소리로 말했다.

"여러분의 학우 힌딩거 군이 아무래도 호수에 빠진 것 같네. 힌딩거 군을 찾는 데 여러분의 힘이 필요해. 마이어 교수가 여러분을 인솔할 테니, 교수님의 말을 한 치도 어긋남 없이 따르고 수색 과정에서 허락 없이 멋대로 행동하는 일이 없기를 바라네.”

아이들은 겁에 질린 표정으로 나지막이 속삭이며 교수를 따라나섰다. 마을에서도 벌써 연락을 받았는지 남자 몇이 밧줄과 각목, 막대기를 들고 합류했다. 날은 몹시 추웠고, 해는 벌써 숲 가장자리까지 기울었다.

마침내 뻣뻣하게 굳은 소년의 시신이 발견되었고, 눈 내린 갈대밭에서 시신을 들것으로 옮길 때는 황혼이 짙게 깔려 있었다. 신학생들은 겁에 질린 새들처럼 불안에 떨며 죽은 친구를 가만히 내려다보았다. 몇몇은 딱딱하게 굳고 푸르뎅뎅한 친구의 손을 자기 손에 비벼 보기도 했다. 익사한 친구의 시신이 맨 앞에 서고 나머지 아이들이 숙연히 눈밭을 따라 걸어갈 때에야 불현듯 아이들의 답답한 영혼에 전율이 흘렀고, 적을 감지한 어린 노루처럼 죽음의 공포가 처음으로 섬뜩하게 다가왔다.

슬픔과 추위에 떠는 아이들 무리 속에서 한스는 우연히 옛 친구 하일너와 나란히 걷게 되었다. 두 친구는 울퉁불퉁한 들길에서 동시에 발이 걸려 비틀거리는 순간 서로를 알아보았다. 죽음의 광경에 압도되어 이기심이라는 것이 얼마나 하찮고 허망한지 순간적으로 깨달았기 때문인지는 몰라도, 한스는 예기치 않게 친구의 창백한 얼굴을 가까이서 다시 보게 되었을 때 뭐라 설명할 수 없는 깊은 아픔을 느끼며 자기도 모르게 갑작스러운 충동에 사로잡혀 친구의 손을 덥석 잡았다. 하일너는 불쾌한 듯이 손을 뺐고, 모욕을 당한 것처럼 얼른 얼굴을 돌려 버렸다. 그러고는 다른 자리를 찾아 행렬의 맨 뒷줄로 사라졌다.

순간 모범생 한스는 가슴속이 고통과 수치스러움으로 아릿해지는 것을 느꼈고, 얼어붙은 들길을 비틀거리며 걷는 내내 추위에 새파래진 뺨 위로 하염없이 눈물을 쏟았다. 이제야 분명히 깨달았다. 세상에는 결코 잊을 수 없고 아무리 후회해도 되돌릴 수 없는 죄악과 잘못이 있다는 사실을. 이제 한스는 저기 들것 위에 작은 재단사의 아들이 누워 있는 것이 아니라 하일너가 누워 한스의 배신에 대한 아픔과 분노를 저 멀리 다른 세상으로 가져가려 하고 있다는 느낌을 받았다. 성적이나 시험, 성공에 따라 사람을 판단하는 것이 아니라 오직 양심의 순수함과 불결함에 따라 사람을 평가하는 그런 세상으로 말이다.

그사이 도로에 이른 행렬은 곧 수도원으로 들어갔다. 수도원에서는 교장선생을 비롯해 교사 전원이 나와, 죽어서 돌아온 힌딩거를 맞았다. 아마 살아서는 이런 대접을 받을 일이 결코 없었을 것이다. 교사들은 학생이 죽으면 살아 있을 때와는 완전히 다른 눈으로 바라보았고, 잠시나마 젊은 청춘의 가치와 되돌릴 수 없는 생명의 소중함을 깨달았다. 물론 평소에는 그런 청춘의 가치를 아무렇지도 않게 짓밟아 버리는 사람들이지만 말이다.

그날 저녁과 이튿날, 그 보잘것없는 시신이 신학교에 마법과 같은 효과를 가져왔다. 모두들 말과 행동을 조심해서, 짧은 시간이나마 학교 안에서 불화와 분노, 소란스러움, 웃음이 자취를 감춘 것이다. 마치 인어가 잠시 바다에 나타났다가 물속으로 사라지면 수면이 조용해지면서 겉으로는 전혀 생명이 살지 않는 느낌을 자아내듯이. 익사한 친구 이야기를 할 때도 아이들은 줄곧 그 친구의 원래 이름을 불렀다. '힌두'라는 별명을 사용하는 것은 죽은 친구에 대한 예의가 아니라고 생각했다. 이렇게 해서 그전에는 무리 속에서 별로 눈에 띄지 않고 아무도 찾지 않던 그 조용한 힌두가 죽음과 그 이름으로 온 수도원을 가득 채웠다.

둘째 날에는 힌딩거의 아버지가 찾아와 아들 방에서 몇 시간 동안 혼자 머물렀고, 이어 교장선생과 차를 마신 뒤 〈사슴〉 여관에서 하룻밤을 묵었다.

장례식은 그다음 날 치러졌다. 관이 숙사에 안치되고, 알고이 출신의 재단사는 장례식의 전 과정을 지켜보았다. 무척 마른 몸에 날카로운 인상이 영락없는 재단사였다. 초록빛이 감도는 검은 코트와 볼품없는 통 좁은 바지를 입고, 손에는 낡아 빠진 예식용 모자를 들고 있었다. 작고 야윈 얼굴은 마치 바람 속의 가녀린 촛불처럼 약하고 슬퍼 보였다. 그러면서도 교장선생과 교수들 앞에서는 각별한 존경심으로 어쩔 줄 몰라 했다.

슬픔에 빠진 아버지는 사람들이 관을 들기 전에 마지막으로 다시 한 번 앞으로 나가 당혹스럽고 어색한 표정으로 망설이듯 관 뚜껑을 어루만졌다. 그러고는 가만히 서서 눈물을 보이지 않으려고 안간힘을 썼다. 크고 조용한 방 한가운데에 서 있는 모습이 겨울철 앙상한 작은 나무 같았는데, 어찌나 쓸쓸하고 절망적이고 체념적이던지 그 모습을 보는 것조차 큰 고통이었다. 목사가 힌딩거 씨의 손을 잡고 옆에 섰다. 힌딩거 씨는 우아하게 흰 원통형 모자를 쓰고 관 바로 뒤에서 운구 행렬을 뒤따랐다. 행렬은 계단과 수도원 마당, 유서 깊은 정문과 하얀 들판을 지나 낮은 담장으로 둘러싸인 교회 묘지로 향했다.

신학생들은 대부분 무덤가에서 합창을 하는 동안 지휘하는 음악 선생의 손을 보지 않고 금방 쓰러질 것만 같은 외로운 재단사에게 눈길을 주었다. 음악 선생은 눈살을 찌푸렸지만 어쩔 수 없는 일이었다. 힌딩거 씨는 추위에 떨며 서럽게 서서 고개를 숙인 채 목사와 교장선생, 수석 입학생의 조사를 차례로 들었고, 합창하는 학생들을 향해 멍한 표정으로 고개를 끄덕였으며, 이따금 왼손으로 저고리 허리춤에 감추어 둔 손수건을 만지작거렸다. 그러나 결국 손수건을 꺼내 들지는 않았다.

나중에 오토 하르트너가 말했다.

"나는 아까 그 자리에 내 아버지가 서 있었다면 어떤 기분일까 하는 생각이 들었어."

이 말에 다들 이구동성으로 동감을 나타냈다.

"맞아, 나도 똑같은 생각을 했어."

장례식 뒤 교장선생은 힌딩거 씨와 함께 헬라스실에 나타났다.

"여러분 가운데 힌딩거 군과 가장 친했던 친구는 누군가?"

교장선생이 방 안을 둘러보며 물었다. 처음에는 아무도 나서지 않았다. 힌딩거의 아버지가 참담하고 불안한 눈빛으로 아이들의 얼굴을 바라보았다. 이윽고 루키우스가 앞으로 나왔다. 힌딩거 씨는 루키우스의 손을 잡고 한동안 놓지 못했다. 그러다 무슨 말을 할지 몰라 겸연쩍게 고개만 끄덕이더니 나가 버렸다. 얼마 뒤 그는 수도원을 떠나 온종일 환한 겨울 풍경 속을 차로 달렸다. 아마 집에 도착하면 아들이 어느 한적한 땅에 묻혔는지 아내에게 이야기할 것이다.

얼마 지나지 않아 수도원은 마법에서 풀려났다. 교사들은 다시 학생들을 야단쳤고, 문들은 쾅쾅 닫혔으며, 세상을 떠난 힌딩거에 대한 기억도 차츰 희미해져 갔다. 몇몇 아이들은 사라진 힌딩거를 찾느라 호숫가에 너무 오래 서 있는 바람에 감기에 걸려서 의무실에 누워 있거나, 털신을 신고 목도리를 두른 채 돌아다녔다. 한스는 목이든 발이든 아픈 곳은 없었다.

다만 그 불행한 날 이후 한층 진지하고 성숙해진 듯했다. 마음속에서 뭔가 변화가 생겨 소년에서 청년으로 변한 것이다. 그의 영혼은 마치 쉴 곳을 찾지 못해 불안에 떨며 정처 없이 떠돌아다녀야 할 낯선 세계로 옮겨진 듯했다. 그것은 죽음에 대한 공포 탓도, 착한 힌두에 대한 애도 탓도 아니었다. 오직 갑작스레 깨어난 하일너에 대한 죄책감 때문이었다.

하일너는 다른 두 친구와 함께 의무실에 누워 따끈한 차를 마셨고, 틈틈이 힌딩거의 죽음에서 받은 인상을 정리해 훗날의 창작 활동에 사용할 준비를 했다. 하지만 이런 작업조차 하일너에게 큰 위안이 된 것 같지는 않았다. 하일너는 더더욱 비참하고 괴로워 보였다. 의무실에 입원한 다른 학우들과도 말을 주고받지 않았다. 감금형 이후 강요하다시피 스스로에게 쳐 놓은 고독의 감옥은 늘 자기 말을 들어 줄 사람을 필요로 하는 그의 예민한 감성에 쓰라린 상처를 입혔다. 선생들은 하일너를 불만에 가득 찬 과격한 문제아로 취급해 늘 엄한 감시의 시선을 늦추지 않았고, 학생들은 그를 피했으며, 조교는 조롱기 섞인 선의로만 대할 뿐이었다. 반면에 문학을 통해 얻은 친구인 셰익스피어와 실러, 레나우는 그를 짓누르고 의기소침하게 하는 주변 세계보다 한층 강력하고 멋진 세계를 보여 주었다. 처음에는 은둔자의 우울한 색채만 띠고 있던 그의 시집 『수도사의 노래』도 차츰 수도원과 선생들, 학우들에 대한 증오와 멸시를 담은 모음집으로 바뀌어 갔다. 하일너는 이런 고독 속에서 세상을 경멸하는 순교자의 기쁨을 맛보았고, 사람들한테 이해받지 못함을 즐겼으며, 세상을 가차 없이 모멸하는 수도사의 시를 쓸 때는 자신이 마치 젊은 유베날리스*가 된 듯한 기분까지 들었다.

장례식이 끝나고 일주일이 지났을 때 의무실에 입원한 두 학우는 퇴원하고 병실에는 하일너만 남아 있었다. 그때 한스가 방문했다. 한스는 어색하게 인사한 뒤 의자를 병상 가까이 당겨 놓고 앉아 환자의 손을 잡았다. 하일너는 얼른 벽 쪽으로 돌아누우며 노골적으로 반감을 표시했다. 그러나 한스는 이대로 물러서지 않았다. 좀 더 힘주어 손을 잡으며 돌아누운 친구의 몸이 자신을 향하게 했다. 하일너는 입술을 실룩거리며 불쾌감을 드러냈다.

"대체 왜 이래?"

한스는 여전히 손을 놓지 않았다.

"내 말 좀 들어 봐. 그때는 내가 비겁했어. 너 혼자 놔두는 게 아니었어. 하지만 그땐 내가 어떤 인간이었는지 너도 알고 있잖아. 난 성적에만 매달렸어. 공부를 잘하고 싶었고, 가능하면 1등도 하고 싶었어. 그런 나를 너는 혼자만 잘 살겠다고 몸부림치는 공부벌레라고 불렀지. 나도 알아. 그 말이 틀리지 않

* 고대 로마의 부패한 사회상에 격한 분노와 비판을 쏟아 낸 풍자 시인. 황제의 노여움을 사 불행한 말년을 보냈고, 생전에는 인정받지 못하다가 사후에 가치를 인정받았다.

다는 걸. 하지만 그땐 그게 내 꿈이었어. 그보다 더 나은 것이 있다는 걸 몰랐다고."

하일너는 눈을 감았다. 한스가 목소리를 낮추어 계속 말을 이어 갔다.

"여기 좀 봐. 내가 잘못했어. 네가 다시 내 친구가 될지 어떨지는 몰라도 용서해 줘."

하일너는 입을 열지 않았고 눈도 뜨지 않았다. 속으로는 기쁨과 반가움에 겨워 한스에게 웃음 짓고 있으면서도. 하일너는 그동안 세상을 경멸하는 고독한 자의 역할에 익숙해져 있어서 당장 그 가면을 벗지 못했다. 한스도 물러서지 않았다.

"용서해 줘, 하일너! 계속 네 주위를 이렇게 맴도느니 차라리 꼴찌를 하는 게 마음 편하겠어. 너만 좋다면 우린 다시 친구가 될 수 있어. 그래서 다른 아이들 없이도 잘 살 수 있다는 걸 보여 주자고!"

그제야 하일너는 한스의 손을 꽉 잡으며 눈을 떴다.

며칠 뒤 하일너도 퇴원했다. 이후 다시 맺어진 두 친구의 우정을 향해 적지 않은 사람들이 삐딱한 시선을 던졌다. 그러나 둘 사이에서는 이상야릇한 시간이 시작되었다. 특별한 일이 없는데도 행복한 동질감과 무언의 은밀한 일체감이 생겨난 것이다. 예전과는 다른 무언가가 둘 사이에 있었다. 헤어져 있던 몇 주의 시간이 두 친구를 변화시켰다. 한스는 좀 더 섬세하고 따뜻하고 열광적으로 변했고, 하일너는 좀 더 힘차고 남성적인 성격으로 변했다. 둘은 최근에 서로를 얼마나 그리워했던지 이 재회가 마치 축복이나 귀한 선물처럼 느껴졌다.

일찍 성숙한 두 소년은 자신들의 우정에서 첫사랑의 여린 비밀과 같은 것을 남들보다 먼저 맛보았다. 그게 무엇인지 정확히는 모르지만 희미한 예감은 들었다. 거기다 둘의 결합에는 성숙해 가는 남성성의 떫은 매력과 마찬가지로 떫은 양념으로서 다른 학우들에 대한 반항심이 담겨 있었다. 다른 학우들은 하일너를 여전히 불편해했고 그런 하일너와 어울리는 한스를 이해하지 못했다. 아직은 순진한 소년들의 유치한 놀이처럼 우정을 쌓아 가는 아이들이었기 때문이다.

한스는 우정에 대한 애착과 행복감이 깊어질수록 학교생활에서 점점 멀어졌다. 새로운 행복감이 갓 담근 포도주처럼 핏속과 머릿속에서 부글부글 끓어오르면서 수업 시간에 배우는 리비우스와 호메로스는 빛이 바래고 시큰둥해졌다. 선생들은 지금껏 흠 잡을 데 없던 모범생 한스가 문제아로 변해 가고, 하일너의 나쁜 영향에 굴복해 가는 모습에 아연실색했다. 사실 어느 학교 선생이건, 젊음의 욕구가 부글부글 끓어오르기 시작하는 위험한 나이의 조숙한 소년들에게서 나타나는 이상하면서도 고약한 현상만큼 두려워하는 일이 없다. 그래서 이 신학교의 선생들도 하일너가 보여 주는 천재적인 기질을 섬뜩하게 생각했다. 본디 예부터 학생의 천재성과 선생들 사이에는 이어질 수 없는 깊은 협곡이 가로놓여 있다. 천재적인 아이들이 학교에서 보여 주는 모습은 선생들에게는 일종의 공포다. 선생들에게 천재란 교사에 대한 존경심이 전혀 없는 나쁜 학생들이다. 열네 살에 담배를 입에 대고, 열다섯 살에 사랑에 빠지고, 열여섯 살에는 술집에 드나들면서 읽지 말라는 책을 읽고 도발적인 글을 써 대고 선생들을 비웃듯이 노려보는 아이들이다. 그래서 선생들은 이런 학생들을 남들을 나쁜 길로 유혹할 선동가나 앞으로 감금형에 처할 1순위 후보로 교무 수첩에 기록해 둔다. 사실 선생들은 자기 학급에 천재가 하나 있는 것보다 멍청이가 여럿 있는 걸 더 선호한다. 그건 어찌 보면 당연하다. 다루기 힘든 별난 아이가 아니라 공부 잘하고 말 잘 듣는 성실한 아이를 길러 내는 것이 교사의 임무이기 때문이다.

그렇다면 천재적인 학생과 선생 둘 중에서 누가 더 괴롭고 누가 더 힘들까? 누가 더 자기 멋대로 하고, 누가 상대에게 더 많은 고통을 안길까? 누가 상대의 영혼과 삶에 더 깊은 상처를 줄까? 선생일까, 학생일까? 분노와 수치심 없이는 떠오르지 않는 청소년기를 생각하면 답은 명확하다. 그러나 이는 우리의 주제가 아니다. 우리는 천재적인 학생들의 상처가 언제나 거의 아물고, 또 그들이 고통스러운 학교생활에도 불구하고 훌륭한 작품들을 만들어 훗날 죽은 뒤에라도 멀리서 아름다운 후광에 휩싸여 후세대 교사들에 의해 걸작이나 고결한 모범으로 소개된다는 사실에서 위안을 얻는다.

139

이렇듯 학교마다 학칙과 자유로운 정신들 사이에서는 싸움이 끊이지 않고, 국가와 학교는 해마다 새로 올라오는 몇몇 깊고 뛰어난 어린 정신들을 뿌리째 꺾어 버리려고 기를 쓴다. 그런데 가만 보면 나중에 우리 민족의 문화 자산을 풍성하게 하는 이들 중에는 학창 시절에 선생들이 싫어하고, 툭하면 벌을 받고, 학교에서 쫓겨나거나 스스로 나간 아이들이 많다. 그 중에는 조용한 반항 속에서 스스로를 갉아먹어 결국 파멸에 이른 아이들도 있는데, 그 수가 얼마나 될지는 아무도 모른다.

선생들은 문제아 기질을 보이는 한스와 하일너에게서 뭔가 수상한 낌새를 채면 사랑으로 어루만지기보다 그 즉시 유구한 학교 전통에 따라 남들보다 배는 더 엄하게 다루었다. 교장선생만 한스를 올바른 길로 다시 인도하려고 했다. 히브리어를 특히 열심히 공부하는 한스를 늘 대견하게 생각해 왔기 때문이다. 그러나 그것은 되지도 않을 어설픈 시도였다.

교장선생이 한스를 집무실로 불렀다. 돌출 창이 있는 그림 같은 방이었는데, 예전에 수도원장이 쓰던 곳이었다. 전설에 따르면 인근의 크니틀링겐 마을에 살던 파우스트 박사가 여기서 엘핑거 포도주를 몇 잔 마셨다고 한다. 교장선생은 괜찮은 사람이었다. 사리 분별력도 있고 실무 능력도 갖추고 있었다. 심지어 호감 가는 학생에게는 스스럼없이 반말을 하며 친근하게 굴었다. 그의 가장 큰 단점은 지나친 자부심이었다. 이런 자부심 때문에 강단에 서면 공연히 잘난 척을 할 때가 많왔고, 자신의 힘과 권위에 대한 일체의 의심도 용납하지 못했다. 또한 자기 말에 반박하는 것도 참지 못했으며, 자신의 실책을 인정하는 법도 없었다. 그래서 줏대가 없거나 약삭빠른 아이들은 교장선생과 아주 잘 지냈지만, 자기주장이 강하고 남의 비위를 맞출 줄 모르는 솔직한 아이들은 힘들어했다. 조금이라도 반발할 기미를 보이면 교장선생은 그 즉시 예민하게 반응했기 때문이다. 물론 자상한 아버지처럼 격려하는 눈빛과 감동적인 어조로 학생을 구워삶는 데는 일가견이 있었다. 지금 한스에게도 그런 역할을 자처하고 있었다.

"앉게, 기벤라트 군."

교장선생은 쭈뼛거리며 들어오는 한스의 손을 꼭 잡고 다정하게 말했다.

"할 이야기가 있어서 불렀네. 말을 놓아도 되겠나?"

"그럼요, 교장선생님."

"기벤라트, 최근에 성적이 떨어진 건 너도 알고 있을 거다. 최소한 히브리어 과목에서는 말이다. 지금껏 넌 히브리어를 가장 잘하는 학생이었어. 그래서 이렇게 성적이 갑자기 떨어진 것을 보고 난 무척 안타까운 생각이 들었어. 혹시 히브리어에 흥미를 잃은 거니?"

"아, 아닙니다, 교장선생님."

"잘 생각해 봐라! 분명 뭔가 이유가 있을 거다. 혹시 다른 과목에 치중하고 있니?"

"아닙니다, 교장선생님."

"아니라고? 음……, 그렇다면 다른 이유를 찾아봐야겠군. 네 생각엔 혹시 짐작 가는 게 없니?"

"잘 모르겠습니다. 지금까지 숙제도 늘 충실히 했고……."

"물론 그랬겠지. 하지만 겉으로는 같아 보여도 속을 들여다보면 차이가 있는 법이다. 숙제를 충실히 하는 건 당연한 일이지. 학생의 기본 의무니까. 예전에 넌 성적이 더 좋았어. 남들보다 더 열심이고 히브리어에 관심이 많아서 그랬겠지. 그랬던 네가 왜 갑자기 이렇게 성적이 떨어졌는지 이해가 안 된다. 어디 몸이 안 좋니?"

"아닙니다."

"그럼 두통이 있니? 얼굴이 좋아 보이지 않는구나."

"두통은 가끔 있어요."

"공부하는 게 벅차니?"

"아니에요. 그런 건 아니에요!"

"혹시 다른 책을 너무 많이 보는 건 아니니? 숨기지 말고 얘기해 봐라."

"아뇨. 교과서 외에 다른 책은 거의 읽지 않습니다, 교장선생님."

"그렇다면 도저히 설명이 안 되는구나. 어딘가에 분명 문제가 있을 텐데…… 어쨌든 앞으로 다시 마음을 다잡아 공부에 매진하겠다고 약속할 수 있겠니?"

한스는 신학교의 권력자가 뻗은 오른손을 잡았다. 권력자의 표정은 진지하면서도 부드러웠다.

"암, 그래야지. 아무렴! 여기서 지쳐 쓰러지면 인생의 수레바퀴 아래 깔리고 말아."

교장선생이 한스의 손을 힘주어 꼭 잡았다. 한스는 안도의 한숨을 내쉬며 문 쪽으로 걸어갔다. 그때 교장선생이 다시 불렀다.

"이 이야기를 빼먹었구나, 기벤라트. 요즘 하일너와 자주 어울린다고?"

"네, 친하게 지냅니다."

"거의 둘이서만 붙어 다닌다던데, 그 말이 맞니?"

"네, 맞습니다. 하일너는 제 친구거든요."

"어쩌다 친구가 됐지? 너희 둘은 성향이 꽤 다를 텐데."

"그건 잘 모르겠지만 어느 순간 친구가 됐습니다."

"내가 네 친구를 별로 탐탁지 않게 여기는 건 너도 잘 알고 있을 거다. 하일너는 늘 불만이 많고 정서가 불안한 아이야. 재능이 있긴 하지만 공부엔 관심이 없어. 괜히 어울려 다녀서 좋을 게 없어 보이는구나. 앞으로는 그 친구를 좀 멀리했으면 좋겠다. 어떠니?"

"그럴 순 없습니다, 교장선생님."

"그럴 순 없다? 이유가 뭐지?"

"하일너는 제 친구입니다. 친구를 배신할 수는 없습니다."

"음, 하지만 다른 친구들하고 친하게 지낼 수도 있잖니? 내가 볼 때 하일너의 나쁜 영향권 아래 있는 아이는 너 하나뿐이야. 그러다 어떻게 되는지는 우리가 너무 잘 알아. 하일너의 어떤 면이 좋아서 그렇게 친하게 지내는 거니?"

"그건 저도 잘 모르겠습니다. 하지만 우린 서로 좋아해요. 그런 친구를 버리는 건 비겁한 짓이라고 생각합니다."

"그래, 그래. 나도 강요하지는 않겠다. 다만 차차 시간을 두고 그 친구한테서 벗어나기를 바란다. 그러면 정말 좋겠구나."

마지막 말에는 아까처럼 부드러움이 담겨 있지 않았다.

그때부터 한스는 다시 공부에 매진했다. 그러나 예전처럼 쑥쑥 진전을 보이지 않고 그냥 너무 뒤처지지 않도록 간신히 따라만 가는 정도였다. 한스도 이게 하일너와의 교제에 일부 이유가 있다는 것을 알고 있었지만, 그 우정이 결코 손해나 방해물로 여겨지지 않고 오히려 지금까지 자기가 놓쳤던 것들을 보상해 주는 보물처럼 느껴졌다. 그것은 시키는 대로 따르기만 하며 살아왔던 예전의 무미건조한 삶과는 비교가 안 될 만큼 따뜻하고 고귀했다. 한스는 자신이 따분하고 자잘한 공부에는 재능이 없고 뭔가 위대한 영웅적 행위에 재능이 있는 듯한 느낌이 들었다. 그러다 보니 날마다 공부에 매달려야 한다는 게 견딜 수 없는 멍에 같았다. 더구나 하일너는 대충 공부해도 핵심 내용을 재빨리 간추려 자기 것으로 만드는 재주가 있었지만 한스에게는 그런 재주가 없었다.

매일 저녁 틈만 나면 하일너가 찾아와 시간을 빼앗았기 때문에 한스는 밀린 공부를 위해 남들보다 한 시간 먼저 일어나야 했다. 주로 히브리어 문법에 시간을 쏟았지만 매시간이 적과 싸우듯이 힘겨웠다. 대신 이제는 호메로스와 역사가 좋아졌다. 어둠을 헤쳐 나가듯 호메로스의 세계를 더듬더듬 이해해 나갔고, 역사 시간에도 지금껏 영혼 없는 이름과 연도로만 기억되던 영웅들이 서서히 깨어나 가까운 곳에서 이글거리는 눈빛으로 바라보고 있었다. 붉은 입술에 얼굴과 손도 저마다 특색이 있었는데, 어떤 이는 손이 두툼하고 거칠었고, 어떤 이는 차분하고 서늘하고 딱딱했으며, 어떤 이는 길쭉하고 뜨겁고 핏줄까지 선명했다.

그리스어로 된 신약성서를 읽을 때도 한스는 종종 텍스트 속의 인물이 가까이에서 선명하게 떠올라 깜짝 놀랐다. 아니, 완전히 압도되었다고 할 수 있었다. 「마가복음」 6장에서 예수가 제자들과 함께 배에서 내리는 장면이 특히 그랬다. "배에서 내리니 사람들이 곧 예수인 줄 알고 달려갔나니." 이 대목에서 한스도 배에서 내리는 일행 가운데 사람의 아들인 예수를 한눈에 알아보았다. 몸매나 얼굴을 보고 알아차린 것이 아니라 깊은 사랑이 담긴 빛나는 눈과 환영의 뜻으로 살며시 흔드는 손의 움직임에서 알아차렸다. 섬세하면서도 강인한 영혼이 깃든, 길고 아름다운 갈색 손이었다. 이 모습과 함께 파도가 일렁이는 바닷가와 범선의 뱃머리가 일순간 나타났다가 이내 겨울철 입김처럼 순식간에 사라져 버렸다.

　이런 일은 이따금 반복적으로 일어났다. 어떤 인물이나 역사의 한 토막이 마치 다시 한 번 살고 싶다는 듯, 또는 살아 있는 자의 눈 속에 자신을 비추고 싶다는 듯 강렬한 갈망을 품고 책에서 튀어나왔다. 한스는 이것들을 순순히 받아들이면서도 의아해했다. 또한 순식간에 나타났다가 순식간에 사라져 버리는 이 현상들을 보면서 자신이 깊고 묘하게 바뀌는 것을 느꼈다. 마치 시커먼 땅을 유리처럼 훤히 들여다보는 것 같았고, 신이 한스의 마음속 깊은 곳까지 꿰뚫어 보는 듯했다. 이런 진기한 순간들은 청하지도 않았는데 불쑥 찾아왔다가는 순례자나 다정한 손님처럼 흔적 없이 물러갔다. 낯설고 거룩한 기운에 감싸여 있어서 말을 붙이거나 머물러 달라고 부탁할 엄두가 나지 않는 순례자나 손님처럼.

　한스는 이 체험을 가슴속에 묻어 둔 채 하일너에게도 말하지 않았다. 하일너는 예전의 우울한 성격이 지금은 종잡을 수 없이 날카로운 정신으로 바뀌어 있었다. 이 정신은 수도원과 선생들, 학우들, 날씨, 인간관계, 심지어 신의 존재에 대한 가차 없는 비판으로 나아갔고, 때로는 싸움닭처럼 시비를 걸거나 느닷없이 터무니없는 장난을 치는 것으로 표출되었다. 하일너는 다른 아이들과 담을 쌓고 대립각을 세우며 살았고, 이런 대립각은 경솔한 자부심 속에서 더욱 반항적이고 적대적인 관계로 나아갔다. 한스도 그런 하일너를 말릴 생각은 하지 않고 그 속으로 함께 말려드는 바람에 이제 두 친구는 남들에게 눈총을 받는, 군중 속의 외딴 섬이 되어 버렸다. 그런데 한스는 시간이 지날수록 이런 상태가 불편하게 느껴지지 않았다. 다만 자기가 막연히 두려워하는 교장선생만 없었으면 좋겠다는 생각을 했다. 예전에는 애제자로 듬뿍 사랑을 주던 교장선생도 지금은 완전히 돌변해서 한스를 차갑게 대하거나 대놓고 무시했다. 한스 또한 교장선생의 전공과목인 히브리어에 서서히 흥미를 잃어 갔다.

마흔 명의 신학생이 몇 달 만에 육체적, 정신적으로 변해 가는 모습을 지켜보는 것은 퍽 흐뭇한 일이었다. 물론 발육이 늦은 몇 명은 제외하고 말이다. 아이들은 어깨가 넓어지는 대신 키만 훌쩍 자랐고, 같이 자라지 않는 옷 밖으로 팔다리만 껑충 나왔다. 얼굴에는 저물어 가는 소년기와 쭈뼛거리며 드러나는 남성성 사이에 과도기의 그늘이 드리워졌고, 몸은 아직 발전기의 각진 형태에 미치지 못하지만 반듯한 이마에는 모세의 책을 공부함으로써 생긴 남자다운 진지함이 일시적으로 새겨졌다. 이제는 어린애처럼 볼이 통통한 아이는 찾아보기 힘들었다.

한스도 변했다. 키와 마른 몸은 하일너와 비슷했지만 나이는 오히려 더 들어 보였다. 예전에는 투명할 정도로 부드럽던 이마도 이제 뚜렷한 선으로 자리를 잡았고, 눈은 더 깊어졌으며, 얼굴빛은 건강하지 못했고, 팔다리와 어깨는 뼈가 툭 불거지고 앙상했다.

성적이 떨어질수록 한스는 하일너의 영향으로 다른 학우들과 점점 거리가 멀어졌다. 이제는 모범생도 미래의 1등도 아니기에 다른 학우들을 무시하듯 내려다볼 이유가 없었고, 그래서 교만이라는 단어도 한스에게는 어울리지 않았다. 그럼에도 누가 자신을 무시한다거나, 그런 무시가 가슴속에서 뼈아프게 느껴질 때는 상대를 용서하지 않았다. 그래서 흠 잡을 데 없는 모범생 하르트너와 말을 함부로 내뱉는 오토 벵거와 벌써 여러 번 다툼이 있었다.

어느 날 오토 벵거가 또다시 비웃고 약을 올리자 한스는 자제력을 잃고 주먹을 날렸다. 이어서 격렬한 싸움이 벌어졌다. 오토는 원래 겁쟁이였지만 한스처럼 허약한 상대는 쉽게 누를 수 있었다. 오토는 인정사정없이 주먹을 날렸다. 하일너는 그 자리에 없었고, 다른 아이들은 태연히 싸움을 구경하면서 한스가 얻어터지는 것을 즐겼다. 한스는 온몸에 멍이 들고 코피가 나고 갈비뼈가 욱신거렸다. 그날 밤새도록 수치와 통증, 분노로 잠이 오지 않았다. 하일너에게는 이 일을 비밀에 부쳤다. 어쨌든 그날부터 한스는 다른 친구들과의 관계를 완전히 끊어 버렸고, 같은 방 친구들과 한마디도 나누지 않았다.

해가 바뀌어 한낮과 일요일에도 비가 내렸고, 어스름 깔리는 시간이 길어지면서 신학생들의 생활에도 변화가 생겨 새로운 모임들이 속속 생겨났다. 피아노를 잘 치는 아이 하나와

플루트를 잘 부는 아이 둘이 있는 아크로폴리스실에서는 정기적으로 음악의 밤이 열렸고, 게르마니아실에서는 희곡 독서 클럽이 만들어졌으며, 경건주의적 성향을 띤 아이들 몇은 성경 읽기 모임을 만들어 매일 저녁 칼버 성경 사전의 주해를 참조해 가며 성경을 한 장(章)씩 읽어 내려갔다.

하일너는 게르마니아실의 독서 클럽에 가입하려고 했지만 받아들여지지 않았다. 그러자 부글부글 끓는 화를 참지 못하고 그 복수로 성경 읽기 모임에 들어갔다. 당연히 여기서도 하일너를 반기지 않았지만, 녀석은 막무가내로 밀고 들어가 신성모독쯤으로 들릴 수 있는 빈정거림과 대담한 말들로 얌전한 기독 학생들의 경건한 대화에 분란과 불화를 일으켰다. 이런 장난도 곧 싫증이 났다. 그러나 성경 내용을 비아냥거리는 듯한 말투는 한동안 지속되었다. 그런데 이번에는 하일너의 이런 태도가 별 주목을 받지 못했다. 모든 아이들의 관심이 새로 등장한 신선한 모험가적 정신에 쏠렸기 때문이다.

학생들의 입에 가장 많이 오르내린 학우는 스파르타실의 똑똑하고 재치 있는 한 아이였다. 별명이 '둔스탄'인 이 친구는 갖가지 익살맞은 행동으로 명성을 얻고자 했을 뿐 아니라 단조로운 학교생활에 활력과 원기를 불어넣고 싶어 했다. 그래서 단숨에 학우들의 이목을 집중시키고 확실하게 명성을 얻을 기발한 방법을 찾아냈다.

어느 날 아침이었다. 학생들이 침실에서 나와 세면장으로 갔을 때 문에 종이가 한 장 붙어 있는 것이 보였다. 거기에는 '스파르타에서 보낸 여섯 편의 풍자시'라는 제목 아래 유별난 학우들의 바보 같은 짓이나 장난, 우정을 재치 있게 비꼰 6운 각의 이행시가 적혀 있었다. 한스와 하일너도 한 묶음으로 조롱의 대상이 되었다. 이로써 이 작은 집단에 엄청난 흥분이 일었다. 아이들은 마치 극장 입구처럼 세면장 앞에 우글거렸고, 여왕벌의 비상을 눈앞에 둔 수벌 무리처럼 어지럽게 뒤엉켜 윙윙거리고 수군댔다.

이튿날 아침 방마다 풍자시와 경구시가 나붙었다. 반박하는 시도 있고 동조하는 시도 있었으며, 새로운 공격의 칼날을 앞세운 시도 있었다. 그런데 정작 이 모든 소용돌이의 장본인은 이런 후속 과정에 동참하지 않았다. 그럴 만큼 어리석지 않았던 것이다. 화약고에 불쏘시개만 쏙 던져 넣고는 뒷짐을 진 채 느긋하게 구경만 했다. 이제 거의 모든 학생이 며칠 동안 풍자시 싸움에 동참했고, 이행시를 짓기 위해 생각에 잠긴 얼굴로 이리저리 돌아다녔다. 이런 분위기에 휩쓸리지 않고 자기 공부에만 매달린 아이는 아마 루키우스가 유일했을 것이다. 마침내 선생 하나가 이 소동을 눈치채고 자극적인 놀이를 중지시켰다.

영악한 둔스탄은 월계관을 쓴 채 승리감만 즐긴 것이 아니라 그사이 또 다른 결정타를 준비하고 있었다. 신문 창간호를 발행한 것이다. 크기가 작은 타이프 용지에 기사를 써서 젤라틴판으로 인쇄했는데, 기사 작성을 위해 몇 주 전부터 자료를 수집했다. 신문 제목은 「산미치광이」*였으며, 익살스러운 내용이 주를 이루었다. 특히 「여호수아서」의 저자와 마울브론 신학생 사이의 대화를 재미있게 꾸민 기사는 창간호의 백미였다.

신문은 대성공을 거두었다. 이제 둔스탄은 시간에 쫓기는 신문 발행인이자 편집인 같은 거만한 표정을 지으며 돌아다녔고, 그 옛날 베네치아 공화국의 유명한 아레티노**에 버금갈 만큼 비난과 칭송이 뒤섞인 명성을 즐겼다.

하일너가 이 신문 편집에 참여해 둔스탄과 함께 날카로운 풍자 검열관 노릇을 하자 다들 깜짝 놀랐다. 하일너에게는 풍자 신문을 만드는 데 필요한 재치와 독기가 충분했다. 이로써 이 작은 신문은 4주가량 온 수도원을 흥분의 도가니로 몰아넣었다.

한스는 하일너가 하는 대로 내버려 두었다. 자신에게는 이런 신문을 만들 재주도 욕구도 없었다. 심지어 최근 하일너가 저녁 시간에 스파르타실에 자주 간다는 사실조차 처음에는 알아차리지 못했다. 얼마 전부터 다른 문제에 푹 빠져 있었기 때문이다. 한스는 종일 멍한 얼굴로 느릿느릿 이리저리 서성

* 몸이 가시로 덮인 쥐목의 야행성 동물.
** 이탈리아의 시인이자 풍자 문학가(1492~1556). 성직자와 왕족, 귀족을 대담한 필치로 거침없이 풍자하고 비판했다. 대표작으로 『서간집』과 『오라치오』가 있다.

거렸다. 공부는 열심히 하지 않았고 그러고 싶은 마음도 없었다. 그런 한스에게 리비우스 수업 시간에 이상한 일이 일어났다.

교수가 텍스트 해석을 시키려고 한스의 이름을 불렀다. 그런데 한스는 일어날 생각을 하지 않았다.

"뭐 하는 건가? 왜 안 일어나나?"

교수가 화가 나서 소리쳤다.

한스는 꼼짝도 하지 않았다. 의자에 꼿꼿이 앉은 채 머리는 약간 숙이고 눈은 반쯤 감고 있었다. 교수의 호명 소리가 꿈결처럼 한스를 깨웠지만, 그 목소리는 아득히 먼 곳에서 들려오는 듯했다. 짝꿍이 옆구리를 쿡 찌르는 것 같았지만 자기와는 상관없는 일처럼 느껴졌다. 다른 사람들이 한스를 둘러싸고 손으로 건드리며 말을 걸었다. 가까운 데서 들리는 나직한 저음이었는데, 분수에서 뿜어 대는 물처럼 깊고 부드럽게 촬촬거리기만 할 뿐 말로 들리지는 않았다. 많은 눈들이 한스를 바라보고 있었다. 낯선 눈, 예감에 찬 눈, 커다란 눈, 초롱초롱한 눈들이었다. 어쩌면 한스가 방금 리비우스의 책을 읽으면서 본 로마 백성들의 눈일 수도 있었고, 예전에 꿈이나 그림에서 본 낯선 인물의 눈일 수도 있었다.

"기벤라트!" 교수가 소리쳤다. "자나?"

한스는 천천히 눈을 뜨더니 놀란 듯이 교수를 빤히 쳐다보며 고개를 가로저었다.

152

"자지 않았다고? 그럼 방금 어떤 문장을 읽고 있었는지 말해 보게. 당장!"

한스는 손가락으로 책 속의 한 문장을 가리켰다. 어느 대목을 읽고 있었는지는 정확히 알고 있었다.

"지금은 일어날 마음이 있나?"

교수가 비웃듯이 묻자 이윽고 한스가 일어났다.

"뭘 한 건가? 날 똑바로 보게!"

한스는 교수를 꼿꼿이 바라보았다. 그런데 교수는 한스의 시선이 마음에 안 드는지 의아한 표정으로 고개를 절레절레 흔들었다.

"어디 몸이 안 좋은가, 기벤라트?"

"아닙니다, 교수님."

"앉게. 그리고 수업 끝나면 내 방으로 오게."

한스는 자리에 앉아 리비우스 책 위로 고개를 숙였다. 이제는 정신이 완전히 돌아왔고, 사물도 분명히 분간이 되었다. 하지만 마음의 눈은 여전히 그 낯선 형체들을 좇고 있었다. 형체들은 반짝거리는 눈으로 한스를 주시하면서 천천히 멀어지더니 마침내 멀리 안갯속으로 사라졌다. 그와 동시에 교수의 목소리와 해석하는 학생들의 목소리, 교실 안의 자잘한 소음이 점점 가까이 다가왔고, 마지막에는 다시 예전처럼 현실로 돌아왔다. 책상과 교단, 칠판은 예전 그대로였고, 벽에도 커다란 목조 컴퍼스와 삼각자가 걸려 있었다. 학우들이 둥그렇게 앉아 있었는데, 그중 많은 아이들이 호기심이나 노골적인 반감이 담긴 눈으로 한스를 힐끔힐끔 바라보았다. 순간 한스는 화들짝 놀랐다.

'수업 끝나면 내 방으로 오게.' 이 말이 떠올랐던 것이다. 맙소사, 대체 무슨 일이 있었던 거야?

수업이 끝나자 교수는 손짓으로 한스를 불러 눈을 동그랗게 뜨고 바라보는 아이들 사이를 뚫고 밖으로 함께 나갔다.

"자네한테 무슨 일이 있었는지 말해 보게. 잠을 잔 게 아니라고?"

"네, 아닙니다."

"그럼 내가 불렀을 때 왜 일어나지 않았나?"

"그건 저도 모르겠습니다."

"내 말이 안 들렸나? 혹시 귀가 안 좋은 건 아닌가?"

"아닙니다. 교수님 말은 들었습니다."

"그런데도 안 일어났다고? 나중에는 눈빛까지 이상했어. 무슨 생각을 한 거지?"

"아무 생각도 안 했습니다. 저도 일어나려고 했습니다."

"그런데도 일어나지 못했다? 어디 안 좋은 데라도 있나?"

"그런 것 같지는 않습니다. 저도 왜 그랬는지 모르겠습니다."

"두통이 있었나?"

"아닙니다."

"음……, 알았네. 나가 보게."

식사 전에 한스는 숙사로 다시 불려 갔다. 거기에는 교장선생이 의사와 함께 기다리고 있었다. 의사는 한스를 진찰하고는 이것저것 캐물었다. 그러나 확실하게 드러난 문제는 없었다. 의사는 선하게 웃으며 대수롭지 않게 받아들였다.

"이건 자잘한 신경 문제입니다, 교장선생님." 의사가 가볍게 웃으며 말했다. "일시적인 신경 쇠약이죠. 일종의 가벼운 현기증이라고 할까요? 이 학생은 매일 신선한 공기를 쐬어야 할 것 같습니다. 두통에 도움이 될 물약도 조금 처방하겠습니다."

그때부터 한스는 날마다 식사 후 한 시간씩 야외로 산책을 나가야 했다. 한스로서는 반대할 일이 전혀 아니었다. 다만 하일너의 동행을 분명한 어조로 금지한 교장선생의 조치는 마음에 들지 않았다. 하일너는 화를 내며 욕을 퍼부었지만 따를 수밖에 없었다. 이렇게 해서 한스는 늘 혼자 산책을 나갔고 큰 기쁨을 맛보았다.

봄이 시작되고 있었다. 아름답게 굴곡진 언덕들 위로 푸릇푸릇한 새싹의 물결이 환하고 잔잔한 파도처럼 일렁거렸고, 나무들도 윤곽이 뚜렷한 갈색 그물망 같은 겨울 모습을 홀홀 벗어 던지고 어린잎들과 어우러져 생동감 넘치는 신록의 무한한 물결 같은 봄의 색깔에 녹아들고 있었다.

예전에 라틴어 학교에 다닐 때는 지금과는 다른 눈으로 봄을 바라보았다. 그때는 생기발랄한 호기심으로 대상 하나하나를 꼼꼼히 들여다보았다. 겨우내 떠났다가 돌아오는 새들의 종류를 하나하나 꼽아 보았고, 나무들이 꽃을 피우는 순서에 관심을 보였다. 그러다 5월이 오면 낚시를 시작했다. 그런데 이제는 새들의 종류를 구별하거나, 꽃봉오리를 보고 애써 관목의 종류를 구분하려 들지 않았다. 그저 자연이 만들어 내는 봄의 움직임을 지켜보고, 곳곳에서 싹트는 색깔을 즐기고, 어린잎의 향기를 맡고, 부드러우면서도 이상하게 마음을 들끓게 하는 공기를 느끼고, 감탄하며 들판을 걸었다.

그렇게 걷다 보면 이내 지쳤고, 그대로 누워 잠들고 싶었다. 그리고 자신을 둘러싼 실제 현실과는 다른 온갖 것들이 끊임없이 보였다. 그것이 정확히 무엇인지는 알 수 없었고, 그에 대해 깊이 생각하지도 않았다. 그것은 낯선 나무가 줄지어 선 가로수나 인물화처럼 한스를 에워싼 환하고 섬세하고 이례적인 꿈이었다. 그렇다고 꿈속에서 무슨 일이 일어나지는 않았다. 그저 보기 위해 존재하는 그림 같았다. 그러나 지켜보는 것은 그 자체로 하나의 실제적인 체험이었다. 자신이 낯선 공간이나 다른 사람들에게로 옮겨진 것 같고, 발밑으로 부드럽고 쾌적한 촉감이 전해져 오는 낯선 땅을 밟는 것 같고, 가볍기 그지없는 낯선 공기를 마시는 것 같고, 환상적인 향료 냄새를 맡는 것 같았다. 때로 이런 그림들 대신 희미하고 따스하고 흥분되는 감정이 나타나기도 했다. 마치 누가 가벼운 손길로 부드럽게 몸을 어루만지는 것 같은 감정이었다.

책을 읽거나 공부할 때 한스는 집중하려고 무진 애를 썼다. 그런데 관심이 없는 것들은 머릿속에서 저절로 스르르 빠져 나가 버렸다. 그래서 히브리어 단어도 수업 시간에 잊어버리지 않으려면 30분 전에 미리 봐 두어야 했다. 대신 현실 같은 상상의 순간이 자주 찾아왔다. 책을 읽을 때면 그 속에 묘사된 것들이 갑자기 눈앞에 나타나 살아 움직였다. 주변 현실보다 훨씬 생동감 넘치는 실재적인 느낌이었다. 한스는 자신의 기억력이 더는 아무것도 받아들이려 하지 않고 거의 날마다 점점 마비되고 불안정해져 가는 것을 절망적으로 알아차렸다. 반면에 과거의 기억들은 이따금 괴상하고 섬뜩할 만큼 선명하게 덮쳐 왔다. 예를 들어 수업 시간이나 책을 읽는 도중에 아버지나 가정부 안나, 또는 예전 선생이나 옛 학우의 모습이 떠올랐다. 눈앞에 이들이 또렷하게 서 있으면 한스는 한동안 그 모습에 완전히 마음을 빼앗겼다. 슈투트가르트에 머물 때나 입학시험을 치를 때, 방학 때의 장면도 반복해서 나타났다. 강물에 낚싯대를 드리운 모습이 보였고, 햇빛 비치는 강물에서 피어오르는 아지랑이 냄새가 코끝에 와 닿았다. 그와 함께 자기가 꿈꾼 그 시간들이 아득히 멀리 떨어져 있는 듯한 느낌이 들었다.

어느 날 한스는 하일너와 함께 숙사 안을 어슬렁거렸다. 춥지 않은 기온에 비가 추적추적 내리는 컴컴한 저녁이었다. 한스는 집과 아버지, 낚시, 예전 학교에 대해 이야기했다. 하일너는 이상할 정도로 조용했다. 한스의 이야기를 가만히 듣기만 했고, 가끔 고개를 끄덕거리거나 생각에 잠긴 표정으로 늘 들고 다니는 작은 자를 천천히 허공에 몇 번 내리칠 뿐이었다. 한스도 점점 말이 없어졌다. 밤이 되었다. 둘은 창턱에 앉았다.

"한스."

이윽고 하일너가 입을 열었다. 이상한 흥분이 느껴지는 떨리는 목소리였다.

"왜?"

"아냐, 아무것도."

"말해 봐. 무슨 일인데 그래?"

"그냥 생각해 봤어. 너도 이것저것 다 이야기해 주니까."

"뭔데?"

"너…… 혹시 여자애 좋아해 봤어?"

정적이 흘렀다. 이제껏 한 번도 나누지 않은 대화였다. 한스는 덜컥 두려운 마음이 들었다. 하지만 그러면서도 마법의 정원 같은 은밀한 세계로 빠져들고 싶은 생각이 들었다. 한스는 얼굴이 빨개지면서 손까지 파르르 떨었다.

"딱 한 번." 한스가 속삭이듯 말했다. "철부지 때."

다시 정적이 흘렀다.

"넌?"

하일너의 입에서 한숨이 새어 나왔다.

"에이, 그만두자. 이런 이야기는 꺼내지 말았어야 하는 건데. 다 쓸데없는 얘기야."

"아냐, 그렇지 않아."

"……좋아하는 여자애가 있어."

"네가? 정말?"

"고향의 이웃집에 사는 애야. 지난겨울에 키스를 했어."

"키스를?"

"응. 컴컴한 저녁에. 얼음 위에서. 스케이트 벗는 걸 도와주 겠다고 하면서 키스를 했어."

"아무 말도 안 해?"

"말없이 그냥 뛰어가 버렸어."

"그다음엔?"

"그다음에? 아무 일도 없었어."

하일너는 다시 한숨을 내쉬었다. 한스는 친구가 마치 금지된 정원의 문을 열고 나온 영웅처럼 보였다.

그때 종이 울렸다. 잠자리에 들어야 할 시각이었다. 등이 꺼지고 침실 안이 조용해졌는데도 한스는 한 시간 넘도록 잠들지 못하고 하일너와 여자애의 키스를 상상했다.

이튿날 한스는 조금 더 물어보고 싶었지만 창피한 마음이 들어 그만두었다. 하일너도 한스가 물어보지 않자 쑥스러운지 그 이야기는 다시 꺼내지 않았다.

한스는 점점 성적이 떨어졌다. 선생들도 이제는 대놓고 인상을 찡그리거나 못마땅한 눈초리로 한스를 흘겨보았다. 교장선생의 얼굴에도 침울함과 분노가 어렸고, 학우들도 기벤라트가 저 꼭대기에서 떨어져 1등이 되겠다는 목표를 일찌감치 포기했다는 사실을 벌써 오래전에 알아차렸다. 하일너만 아무것도 모르고 있었다. 성적 자체에 별 관심이 없었기 때문이다. 한스도 자기가 어떻게 변해 가든, 자기에게 무슨 일이 일어나든 신경 쓰지 않고 그저 흘러가는 대로 내버려 두었다.

그사이 신문 편집 일에 싫증을 느낀 하일너는 다시 한스에게로 돌아왔다. 교장선생의 금지령에도 한스의 산책에 여러 번 동행했고, 햇살을 받으며 누워 몽상에 젖거나 시를 읽거나 교장선생을 비꼬는 농담을 했다. 한스는 날마다 하일너가 연애담을 계속 털어놓기를 기대했지만, 시간이 흐를수록 그것을 캐묻기가 점점 힘들어졌다. 두 친구는 다른 학우들에게 다시 예전처럼 환영받지 못하는 존재가 되었다. 하일너가 「산미치광이」에서 악의적인 농담을 하는 바람에 모두의 신뢰를 잃었기 때문이다.

어차피 그 무렵 신문은 폐간되었다. 그나마 오래 버틴 편이었다. 원래 겨울에서 봄으로 넘어가는 지루한 몇 주 동안만 발행하기로 되어 있었기 때문이다. 이제는 아름다운 계절이 찾아오면서 식물 채집부터 산책, 야외 활동까지 놀 거리가 풍부해졌다. 매일 점심시간이면 체조하고 씨름하고 달리기하고 공놀이하는 아이들의 고함과 웃음소리로 수도원 안마당이 떠들썩했다.

그사이 교장선생은 하일너가 자신의 금지령을 우습게 여기고 거의 매일 기벤라트와 함께 산책을 나간다는 사실을 알게 되었다. 그래서 이번에는 한스를 내버려 두고, 이 모든 일의 원흉이자 자신에게 미운털이 박힌 하일너만 집무실로 불렀다. 교장선생이 하일너에게 반말을 하자 하일너는 즉시 반말하지 말라며 대들었다. 또한 교장선생이 금지령을 어긴 것을 꾸짖자, 자기는 기벤라트의 친구이며 자신들의 교제를 막을 권리는 누구에게도 없다고 주장했다. 이로써 교장과 학생 사이에 고약한 상황이 전개되었고, 그 결과 하일너는 몇 시간 동안 감금되는 벌을 받았다. 아울러 다음부터는 절대 기벤라트와 함께 산책을 나가서는 안 된다는 엄격한 금지령이 다시 떨어졌다.

이렇게 해서 이튿날 한스는 공식적으로 인정받은 산책을 혼자 나갔다가 2시에 돌아와 교실에 앉았다. 그런데 수업이 시작되었는데도 하일너가 보이지 않았다. 예전에 힌두가 없어졌을 때와 똑같은 상황이었지만, 이번에는 아무도 단순한 지각이라고 생각하지 않았다. 3시쯤에 전 학생이 인솔 교사 셋과 함께 실종자를 찾아 나섰다. 다들 뿔뿔이 흩어져 이리저리 헤매며 하일너의 이름을 외쳤다. 하일너가 스스로 목숨을 끊었을지도 모른다는 생각은 일부 학생들만의 것이 아니었다.

교사 두 명도 그렇게 생각했다. 5시쯤에는 일대의 모든 파출소에 전보를 쳐서 실종 사실을 알렸고, 저녁에는 하일너의 아버지에게 속달 편지를 보냈다. 저녁 늦은 시간까지도 하일너의 흔적은 발견되지 않았다. 학생들은 밤늦도록 잠들지 못하고 귀엣말을 주고받으며 수군거렸다. 하일너가 물에 뛰어들었을 거라고 추측하는 아이들이 대부분이었지만, 그냥 집으로 갔을 거라고 생각하는 아이도 더러 있었다. 그렇지만 하일너의 수중에 돈이 한 푼도 없었을 거라는 점에는 모두 동의했다.

다들 한스만큼은 이 일에 대해 잘 알고 있으리라고 믿는 눈치였다. 그러나 한스도 전혀 모르는 일이었다. 아니, 이 일로 가장 놀라고 걱정하는 사람은 단연 한스였다. 밤에 침실에서 아이들이 서로 질문을 던지고 추측하고, 되는대로 지껄이면서 빈정대는 소리가 곳곳에서 들려오면 한스는 이불을 푹 뒤집어쓰고는 걱정과 슬픔으로 한참을 고통스러워했다. 하일너가 다시는 돌아오지 못할 거라는 예감이 섬뜩한 칼날이 되어 가슴을 후벼 파는 듯했다. 그러다 슬픔과 근심으로 녹초가 되어 스르르 잠들었다.

그 시각 하일너는 몇 킬로미터 떨어진 숲 속에 누워 있었다. 추워서 잠이 안 왔지만, 마치 좁은 새장에 갇혀 있다가 이제야 도망친 새처럼 자유의 감정에 사로잡혀 힘차게 숨을 들이마시며 사지를 한껏 뻗었다. 점심때부터 걷기 시작해서 크니틀링겐에 들러 빵을 샀다. 봄기운이 가시지 않아 아직 잎이

162

무성하지 않은 나뭇가지들 사이로 시커먼 밤하늘과 별, 그리고 빠르게 움직이는 구름을 올려다보며 이제 그 빵을 조금씩 베어 먹었다. 어디로 가든 상관없었다. 중요한 것은 지긋지긋한 수도원을 벗어났고, 교장선생의 명령이나 금지령보다 자신의 의지가 더 강하다는 것을 보여 주었다는 사실이다.

그다음 날도 온종일 수색에 나섰지만 허사였다. 하일너는 인근 마을의 밭에 모아 둔 짚 더미 속에서 두 번째 밤을 보냈고, 아침에는 다시 숲 속으로 들어갔다. 그러고는 저녁 무렵 마을로 다시 나오다가 순찰하던 순경의 눈에 걸렸다. 순경은 약간 빈정거리면서도 다정한 말로 하일너를 안심시키며 읍사무소로 데려갔다. 거기에서 하일너는 농담과 살랑거리는 말로 읍장의 환심을 샀고, 읍장은 하일너를 재우려고 자기 집으로 데려가서는 잠자리에 들기 전 햄과 달걀로 주린 배를 실컷 채우게 했다. 이튿날 그사이 연락을 받고 도착한 아버지가 아들을 다시 수도원으로 데려갔다.

이탈자가 돌아오자 수도원은 크게 술렁였다. 하일너는 고개를 빳빳이 치켜들었고, 조금도 무단이탈을 후회하는 기색이 아니었다. 게다가 용서를 빌어도 시원찮을 판에 녀석은 곧이어 열린 교사단 징계위원회 앞에서도 전혀 위축되거나 존경심을 보이지 않았다. 교사들은 하일너를 붙잡아 보려고 했지만 녀석의 태도는 이미 도를 넘어 버렸다. 마침내 하일너는 불명예 퇴교 처분을 받고 저녁에 아버지와 함께 다시는 돌아오지 못할 길로 떠났다. 한스와도 간단히 악수하는 것으로 작별 인사를 대신했다.

교장선생은 학생들을 모아 놓고 거역과 탈선으로 물든 이 고약한 사건에 대해 비장한 어조로 긴 연설을 했다. 물론 슈투트가르트의 상급 기관에는 이 사건을 훨씬 유순하고 사무적이고 온건한 어조로 보고했다. 신학생들은 퇴교당한 괴물과의 편지 교류가 전면 금지되었다. 한스는 그런 조처에 피식 웃기만 했다. 몇 주 동안 수도원에서 가장 많이 오간 이야기는 하일너와 그의 도주에 관한 것이었다. 그런데 시간이 지나면서 하일너에 대한 평가도 서서히 바뀌었다. 많은 아이들이 사건 당시에는 겁을 먹고 하일너를 피해 다녔지만, 나중에는 좁은 새장을 탈출해 훨훨 날아간 독수리처럼 여겼다.

이제 헬라스실에는 책상 두 개가 비어 있었다. 최근에 사라진 아이는 그전에 사라진 아이만큼 빨리 잊히지 않았다. 교장선생만 이 사건이 첫 번째 사건처럼 하루빨리 잠잠해지기를 바랐다. 하일너도 더는 수도원의 평화를 깨는 짓을 하지 않았다. 한스는 기다리고 또 기다렸지만, 하일너에게서는 편지가 오지 않았다. 결국 하일너는 연기처럼 수도원에서 사라졌고, 그와 그의 도주 사건은 시간이 흐르면서 하나의 이야기로 엮이더니 급기야 전설이 되었다. 나중에 그 열정적인 아이는 특유의 기행과 방황을 거듭한 끝에 인생의 고통을 엄격한 자기 기율로 승화시켰고, 영웅까지는 아니더라도 당당한 장부로 성장했다.

혼자 남은 한스에게는 하일너의 도주를 미리 알고 있었으리라는 의심이 줄곧 따라다녔으며, 그런 의심 때문에 교사들은 이제 한스에게서 완전히 호의를 거두었다. 심지어 어떤 선생은 수업 시간에 한스가 몇 가지 질문에 답하지 못하자 이렇게 말하기까지 했다.

"왜 자네는 그렇게 친하게 지내던 하일너와 함께 가지 않았나?"

교장선생은 한스를 방치해 두면서, 마치 성경에서 바리새인이 세리(稅吏)를 바라보듯 경멸에 찬 연민의 시선으로 한스를 흘끔흘끔 바라보았다. 이제 한스는 더는 무리에 끼지 못했고, 모두가 피하는 문둥이 같은 존재가 되었다.

5장

　햄스터가 저장해 둔 먹이를 야금야금 먹으며 버티듯 한스도 예전에 공부해 놓은 지식으로 얼마간 더 버틸 수 있었다. 그러나 그마저도 바닥나자 곤궁의 시기가 찾아왔다. 몇 차례 마음을 다잡고 다시 공부에 매달려 봤지만 이미 열정이 떨어진 상태라 곧 주저앉았고, 그런 절망적인 노력에 스스로 쓴웃음만 짓고 말았다. 이제는 스스로를 괴롭히는 그런 시도조차 그만두었다. 그래서 처음에는 모세5경을, 그다음에는 호메로스와 크세노폰과 대수를 차례로 포기했다. 선생들이 한스를 바라보는 시선도 처음의 호감에서 차츰 나빠져, 나중에는 혐오감으로 싹 변해 버렸다. 그걸 보면서도 한스는 별 느낌이 없었다. 이제는 두통도 일상이 되었는데, 그런 두통이 없는 시간에는 눈을 크게 뜨고 가볍게 꿈을 꾸거나 몇 시간씩 몽상에 잠겼다. 최근에는 선생들의 거듭되는 꾸지람에도 그저 멍하니 비굴한 웃음만 지을 뿐이었다. 다정하고 젊은 성직자 비트리히 선생만 한스의 그런 무기력한 웃음을 가슴 아프게 생각하며 궤도에서 이탈한 이 소년을 동정 어린 관용으로 대해 주었다. 나머지 선생들은 한스에게 화를 참지 못했고, 수업 뒤 교실에 남아 공부하게 하는 치욕적인 벌을 주거나, 이따금 한스의 내면에 잠들어 있는 야망을 일깨우려고 슬그머니 비꼬는 말을 던지기도 했다. 예를 들면 이런 식이었다.

"자네가 방금 자고 있지 않았다면, 이 문장을 한번 읽어 달라고 부탁해도 되겠나?"

교장선생도 한스를 보면 화를 누르지 못했다. 원래부터 권위적인 자신의 시선에 굉장히 자부심을 느끼는 사람인데, 그런 위엄 있고 위협적인 시선에 한스가 계속해서 비굴하고 무기력하게 웃기만 하자 완전히 이성을 잃어버렸다. 한스가 자기를 우습게 여기는 것 같았기 때문이다.

"그렇게 바보같이 웃지 말게! 지금 웃음이 나오나? 울어도 시원찮을 판에!"

한스의 가슴속에 더 깊이 다가온 것은 경악 속에서 마음을 되돌리려 애쓰는 아버지의 편지였다. 그전에 교장선생이 한스의 아버지에게 편지를 보낸 것이다. 사정 이야기를 들은 아버지는 소스라치게 놀랐다. 아들에게 보낸 편지에는 성실한 인간이 내놓을 수 있는 온갖 위로와 도덕적 훈계가 다 들어 있었는데, 그 가운데 눈물을 흘리며 하소연하는 아비의 마음이 언뜻언뜻 읽혀 아들의 마음은 무척 쓰라렸다.

교장선생부터 교수와 성직자 강사들, 그리고 한스 아버지에 이르기까지 어린 청춘들을 올바른 길로 이끌어야 한다는 의무감에 사로잡힌 이 어른들은 자기들의 소망을 가로막는 장애물이 바로 한스의 마음속에 있다고 생각했다. 사내애의 고집과 나태함 같은 것이었는데, 그들은 이런 속성을 강제로라도 바로잡아 다시 옳은 길로 이끌어야 한다고 믿었다. 그래서 한스에게 연민을 느낀 그 성직자 강사 정도만 빼놓고는, 갸름한 소년의 얼굴에 피어오른 무기력한 웃음 뒤로 한 영혼이 신음하며 쓰러져 가고, 질식할 것처럼 불안하고 절망적인 표정으로 주위를 두리번거리는 것을 본 사람은 없었다. 더구나 이 가냘픈 아이를 그 지경으로 만든 것이 바로 학교이자, 아버지와 몇몇 선생의 야만적인 욕심이었다는 사실을 깨달은 이도 없었다. 생각해 보라. 그렇게 예민하고 위험천만한 나이에 한스는 왜 날마다 밤늦게까지 공부만 해야 했던가? 왜 좋아하던 토끼까지 빼앗기고 친구들과 노는 것조차 허용되지 않았던가? 왜 낚시와 길거리를 어슬렁거리는 일조차 못 하게 하고, 사람을 녹초로 만드는 그 공허하고 하찮은 야망만 소년의 가슴속에 심어 주었던가? 왜 입학시험 뒤의 방학에 마땅히 쉬어야 할 권리조차 보장받지 못했던가?

이제 한스는 남들의 재촉에 무작정 앞만 보고 달려가다가

168

파김치가 된 어린 말처럼 길가에 쓰러져 더는 쓸모없는 존재가 되고 말았다.

여름이 시작될 무렵 의사는 다시 한 번 한스를 살펴보더니 성장기에 주로 나타나는 신경 쇠약 증세라고 진단 내리면서, 방학 때 많이 먹고 숲 속을 자주 거닐고 야외 활동을 많이 하면 좋아질 거라고 했다.

그러나 안타깝게도 그 시간까지 가지 못했다. 방학 3주 전 한스는 오후 수업 시간에 교수에게 심한 꾸지람을 들었다. 교수가 계속 욕을 퍼부으며 나무라자 한스는 의자에 털썩 주저앉더니 겁에 질려 벌벌 떨기 시작했고, 곧 울면서 발작을 일으켰다. 그로써 수업은 중단되었고, 한스는 반나절 동안 침대에 누워 있어야 했다.

그 이튿날 한스는 수학 시간에 선생의 호명으로 앞으로 나가 칠판에 도형을 그리고 증명을 하라는 지시를 받았다. 그런데 칠판 앞에 서는 순간 머리가 어질어질했다. 분필과 자로 아무렇게나 도형을 그리는데 갑자기 둘 다 손에서 툭 떨어졌다. 한스는 집으려고 몸을 숙였지만 오히려 바닥에 무릎을 꿇은 채로 더는 일어나지 못했다.

의사는 자신의 환자가 이런 어처구니없는 일을 당한 사실에 몹시 화가 났다. 그는 조심스럽게 의견을 말하고는 즉각적인 요양과 신경과 전문의와의 상담을 추천했다.

"지금은 무도병* 증세까지 보입니다."

의사가 교장선생의 귀에 대고 속삭였다. 교장선생은 머리를 끄덕거리면서 무지하게 화난 표정을 자상하고 안타까운 아버지의 표정으로 바꾸는 것이 좋겠다고 생각했다. 그에게 표정을 바꾸는 것은 어려운 일이 아니었고, 어떤 면에서는 자상한 표정이 더 잘 어울리기도 했다.

교장선생과 의사는 각자 한스 아버지에게 편지를 한 통씩 써서 한스의 주머니에 챙겨 넣어 주고는 한스를 집으로 돌려보냈다. 교장선생의 불쾌감은 큰 걱정으로 바뀌었다. 바로 얼마 전에 일어난 하일너 사건으로 불편해하고 있을 교육청이 또다시 이런 불행한 일이 터진 것을 어떻게 생각할지 걱정스러웠던 것이다. 심지어 이번 일과 관련해서는 다들 놀랍게도 일장 연설을 하지 않았고, 떠나기 전까지 한스를 무척 따뜻하게 대해 주었다. 이대로 요양을 떠나면 한스가 영영 돌아오지 못할 것이 분명했다. 설사 회복되더라도, 현재 학업이 한참 뒤진 이 아이가 몇 달, 아니 몇 주의 공백을 따라잡기는 불가능할 거라고 생각했다. 물론 헤어질 때는 격려 차원에서 진심으로 "또 보자."고 말하기는 했다. 교장선생은 한스를 보내 놓고 난 뒤 헬라스실에 들어가 빈 책상 세 개를 보면서 마음이 쓰

---

* 얼굴과 손발, 혀 따위가 뜻대로 움직이지 않고 춤을 추듯 멋대로 움직인다고 해서 붙여진 신경병 이름.

라렸다. 아울러 재능 있는 두 아이가 이렇게 학교를 떠난 데에는 혹시 자신에게도 일부 책임이 있는 게 아닌가 하는 생각을 지우려고 안간힘을 썼다. 그러나 원체 배짱이 두둑하고 도덕적으로 자신감이 넘치는 사람이라 그런 쓸데없고 음침한 의심은 마음속에서 곧 몰아내 버렸다.

달랑 작은 여행 가방 하나만 들고 떠나는 신학생 한스 뒤로 교회와 정문, 합각머리 지붕, 탑들로 이루어진 수도원 건물이 서서히 가라앉았고, 숲과 언덕의 선들이 천천히 사라졌다. 대신 바덴 경계의 비옥한 과수원 지대에 이어 포르츠하임이 나타났고, 바로 그 뒤에는 슈바르츠발트의 거뭇거뭇한 전나무 숲이 모습을 드러내기 시작했다. 골골이 물이 흐르고 뜨거운 여름날에는 다른 곳보다 한결 푸르고 서늘하고 그늘진 숲이었다. 소년은 고향 냄새가 물씬 풍기는 정경을 즐거운 마음으로 바라보았다. 그러다 고향 도시가 가까워지자 아버지의 모습이 퍼뜩 떠오르면서 여행의 즐거움은 순식간에 달아나고 고통스러운 불안감이 마음속에 똬리를 틀었다. 문득 슈투트가르트로 주 시험을 치러 갈 때와 마울브론 신학교에 입학할 때의 긴장되면서도 불안하고 설레던 순간이 다시 떠올랐다. 그러나 그 모든 게 이제 무슨 소용이란 말인가?

한스는 이제 자기가 다시는 신학교로 돌아갈 수 없고, 대학 진학을 비롯해 다른 모든 야심 찬 희망이 물거품이 되었다는 사실을 교장선생만큼 똑똑히 알고 있었다. 하지만 지금 가

171

습속에 슬픔이 밀려드는 건 그 때문이 아니었다. 오직 자기 하나에게 모든 희망을 걸고 있는 아버지를 실망시켰다는 사실 때문에 마음이 무거울 뿐이었다. 한스가 지금 바라는 것은 한 가지였다. 쉬고 싶었다. 늘어지게 자고, 펑펑 울고, 마음껏 꿈꾸고, 온갖 고민과 괴로움을 떨치고 한 번이라도 제대로 푹 쉬고 싶었다. 그러나 아버지 집에서는 그럴 수 없을 것 같았다.

기차 여행이 끝나 갈 무렵 한스는 머리가 깨질 듯이 아팠다. 그래서 어릴 때 자신이 정신없이 뛰놀고, 그렇게 사랑하던 고향의 언덕과 숲이 주마등처럼 펼쳐지는데도 창밖을 내다볼 수 없었다. 그러다 하마터면 고향의 친숙한 정거장에 내리지 못할 뻔했다.

이제 아들은 우산과 가방을 든 채 아버지 앞에 섰다. 아버지는 아들이 건넨 교장선생의 편지를 읽었다. 잘못된 길로 빠진 아들을 향한 실망과 분노는 곧 당혹스러운 공포로 바뀌었다. 아버지는 아들을 찬찬히 살펴보았다. 편지를 읽고는 세상이 끝날 것 같은 비참한 몰골을 예상했는데, 자세히 보니 비쩍 마르고 허약하긴 해도 아직은 두 발로 걸어 다닐 정도로 건강에는 큰 문제가 없는 것 같았다. 그 모습에 아버지는 조금 마음이 놓였다. 그러나 속으로 크게 걱정하는 것은 따로 있었다. 의사와 교장선생이 편지에 적은 신경병에 대한 두려움이었다. 지금껏 그의 집안에는 신경병을 앓은 사람이 없었다. 혹시 그런 사람이 있으면 늘 이해가 안 된다는 듯이 비웃거나, 정신병자인 것처럼 경멸 섞인 동정심으로 말하곤 했다. 그런데 이제 아들이 그런 병을 안고 집으로 돌아온 것이다.

첫날, 아들은 아버지가 자신을 나무라지 않고 맞아 준 것이 기뻤다. 그런데 곧 아버지의 이상한 태도가 눈에 띄었다. 뭔가 불안한 듯 쭈뼛거리며 자기한테 잘해 주려고 하는 태도에서 내키지 않는데 억지로 하는 듯한 인상을 받은 것이다. 또한 이따금 아버지가 이상한 눈초리로 검사하듯이 자기를 바라보거나, 섬뜩한 호기심으로 자기 눈치를 살피거나, 일부러 부드러운 어조로 말을 걸거나, 자신을 몰래 유심히 관찰하고 있음을 알아차렸다. 그럴수록 한스는 더욱 움츠러들었고, 자신의 상태에 대해 알 수 없는 불안감으로 몸서리쳤다.

날이 좋으면 한스는 몇 시간씩 숲 속에서 지냈다. 그게 편했다. 숲 속에 누워 있으면 어릴 때의 행복했던 순간이 가끔 희미한 불꽃이 되어 자신의 상처받은 영혼을 어루만지고 지나가는 기분이었다. 꽃과 풍뎅이를 들여다보고, 새들의 노랫소리에 귀를 기울이고, 야생 동물의 흔적을 쫓는 것도 즐거웠다. 그러나 그것도 잠시였다. 한스는 대개 이끼 위에 힘없이 누워 있었고, 심한 두통으로 괴로워했으며, 다른 무언가를 생각하려고 헛되이 노력하다가 결국 다시 찾아온 꿈들에 의해 다른 공간 속으로 끌려갔다.

한번은 이런 꿈을 꾸었다. 헤르만 하일너가 죽어서 관에 누위 있었다. 한스가 다가가려 하자 교장선생을 비롯해 다른 선생들이 밀쳐 냈고, 한스가 계속 앞으로 뚫고 나가려고 하자 선생들은 주먹을 휘두르기까지 했다. 거기에는 신학교 교수와 성직자 강사들뿐만 아니라 라틴어 학교의 교장선생과 슈투트가르트의 입학시험 시험관들도 있었는데 모두 엄하고 무서운 표정이었다. 그러다 장면이 확 바뀌었다. 관 속에는 익사한 힌두가 누워 있고, 그 옆에는 힌두 아버지가 슬픔에 잠긴 얼굴로 서 있었다. 긴 원통형 모자를 쓰고 흰 다리로 서 있는 모습이 퍽 어수룩해 보였다.

이런 꿈도 있었다. 한스는 수도원에서 도망친 하일너를 찾으러 숲 속을 돌아다녔다. 나무 사이로 하일너의 모습이 계속 보였지만, 소리쳐 부를 때마다 하일너의 모습은 연기처럼 사라졌다. 마침내 하일너가 걸음을 멈추고 한스가 다가오게 내버려 두더니 이렇게 말했다. "한스, 난 여자친구가 있어." 그러고는 과장되게 웃고 나서 덤불 속으로 사라졌다.

언젠가는 꿈속에서 마르고 아름다운 남자가 배에서 내리는 것이 보였다. 눈은 고요하고 거룩했으며, 손은 아름답고 평화로워 보였다. 한스는 남자에게로 달려갔다. 순간 모든 것이 다시 사라졌다. 한스는 꿈속에서 이게 어떤 상황인지 곰곰이 생각했다. 그러자 그리스어 신약성서의 그 대목이 문득 떠올랐다. "배에서 내리니 사람들이 곧 예수인 줄 알고 달려갔나니." 그런데 그리스어가 떠오르자 이 문장에서 'περιέδραμον'가 어떤 변화형인지 자동으로 숙고하기 시작했다. 그와 함께 이 동사의 현재형과 부정형, 완료형, 미래형은 무엇이고, 주어가 단수와 양수, 복수일 때는 어떻게 변하는지 기억해 내려 했다. 중간에 막히면 덜컥 겁이 나고 식은땀이 흘렀다. 이 꿈에서 깨어나 정신을 차렸을 때 한스는 머릿속 곳곳이 상처 투성인 것 같았고, 자기도 모르게 얼굴이 일그러지면서 체념과 죄의식에 사로잡힌 그 졸린 듯한 웃음을 지었다. 그 즉시 교장선생의 목소리가 들려왔다. "대체 그 멍청한 웃음은 뭔가? 아직도 그런 웃음이 나오나?"

가끔 상태가 괜찮은 날도 있었지만 전체적으로 한스의 상태는 진전이 없었다. 아니, 오히려 더 나빠지는 듯했다. 예전에 한스의 어머니를 치료하고 어머니의 사망 진단서까지 끊어 준 마을 의사는 실망스러운 표정을 지으며 명확한 의견을 말하는 것을 차일피일 미루었다. 지금은 가끔 아버지가 찾아가 통풍 치료를 받는 의사였다.

이제야 한스는 라틴어 학교 마지막 2년 동안 다른 친구들과 담을 쌓고 살았다는 사실을 깨달았다. 그때의 학우들은 타지로 떠났거나 이 도시에서 수습생으로 일하고 있었다. 그들중 뭔가 한스와 연결될 끈이 있거나, 한스를 위로하거나 염려해 줄 친구는 아무도 없었다. 기껏해야 예전의 교장선생이 두어 번 찾아와 다정하게 몇 마디 던져 주거나, 라틴어 교사와 주임 목사가 길에서 만나면 호의적으로 고개를 끄덕거려 주는 것이 전부였다. 그러나 이제 그들에게도 한스는 아무 상관이 없는 존재였다. 한스는 온갖 희망을 채워 넣을 수 있는 그릇도 아니었고, 많은 씨를 뿌려서 풍성하게 거둘 수 있는 밭도 아니었다. 그런 아이에게 시간과 정성을 쏟는 것은 보람이 없는 일이었다.

주임 목사만이라도 한스를 따뜻하게 안아 주었더라면 좋지 않았을까? 그러나 그가 무엇을 할 수 있겠는가? 이 목사가 할 수 있는 일이라고는 지식을 전달하거나 지식을 추구하는 자세를 가르치는 것뿐이었다. 그런 것들은 이미 예전에 한스에게 아낌없이 주어서 이제는 더 줄 것이 없었다. 그는 라틴어에 합당한 의심을 품는 목사도, 잘 알려진 원전에 기대어 설교하는 목사도 아니었으며, 그렇다고 고난이 닥쳤을 때 찾아가 위로를 구하고 싶은 목사도 아니었다. 마음의 고통을 어루만져 줄 따스한 눈빛과 다정한 말이 부족한 사람이었다. 아버지 기벤라트 역시 아들에 대한 실망과 분노를 숨기려고만 할 뿐, 한스가 진정으로 위로받거나 따뜻하게 기댈 수 있는 사람은 아니었다.

한스는 자신이 모두에게 꺼림칙하고 버림받은 존재라는 느낌이 들었다. 그래서 하루 종일 정원에 나가 햇볕을 쬐거나, 숲 속에 누워 몽상에 젖고 괴로운 생각에 빠졌다. 책을 읽는 것도 도움이 되지 않았다. 책을 읽으면 곧 눈과 머리가 아팠다. 또한 어떤 책이건 펼칠 때마다 수도원 생활의 유령과 그곳에서 지낼 때의 불안감이 슬그머니 되살아나 한스를 숨 막히도록 무서운 꿈의 세계로 몰아가서는 이글거리는 눈빛으로 그곳에 옭아맸다.

　이러한 고통과 외로움 속에서 병든 소년에게 위안의 가면을 쓴 다른 유령이 서서히 접근하더니 한스의 마음속에 없어서는 안 될 존재로 자리 잡았다. 죽음에 대한 생각이 그것이었다. 권총을 구하거나 숲 속 어딘가에 밧줄을 매다는 것은 어렵지 않았다. 산책을 나갈 때마다 이 생각이 머릿속에서 떠나지 않았다. 한적한 장소들을 둘러보다가 마침내 아름다운 종말을 장식할 적당한 장소를 찾아냈고, 그곳을 최후의 보금자리로 점찍었다. 그 뒤 틈만 나면 이곳에 앉아, 머잖아 사람들이 여기서 자신의 시체를 발견하게 되리라는 상상을 하며 야릇한 쾌감을 느꼈다. 밧줄을 걸 적당한 나뭇가지도 물색했고, 나뭇가지가 얼마나 튼튼한지 시험도 해 보았다. 이제 자신의 길을 가로막을 장애물은 없었다. 시간을 두고 아버지에게는 짧은 편지를, 하일너에게는 장문의 편지를 써 두었다. 이 편지들은 나중에 시체 옆에서 발견될 것이다.
　이렇게 준비가 끝나고 결심까지 굳히고 나자 한스는 한결 마음이 편안해졌다. 숙명적인 나뭇가지 아래 몇 시간씩 앉아 있으면 그동안 가슴을 짓눌렀던 압박감이 사라지면서 안온한 즐거움에 가까운 감정이 몰려왔다.

왜 그전에는 이 나뭇가지에 매달릴 생각을 하지 못했는지 자신도 신기할 지경이었다. 이제 그 생각은 단호했고, 죽음은 이미 결정된 일이었다. 그리고 나니 한동안 마음이 아늑해지면서 머나먼 여행을 앞둔 사람들이 그렇듯, 마지막 남은 시간 동안 아름다운 햇빛과 고독한 몽상을 만끽하고 싶었다. 한스는 언제든 떠날 수 있었다. 문제가 될 것은 없었다. 또한 일상 환경에 자발적으로 머물면서 자신의 위험한 결심을 전혀 알지 못하는 사람들의 얼굴을 바라보고 있노라면 씁쓸하면서도 특별한 쾌감이 느껴졌다. 의사를 마주할 때도 이런 생각이 들었다. '애쓰지 마세요. 무슨 일이 일어날지 곧 알게 될 테니까.'

운명의 여신은 한스가 어두운 계획을 만끽하고, 날마다 죽음의 독배에서 기쁨과 생명의 기운을 조금씩 즐기는 모습을 가만히 지켜보았다. 만신창이가 된 이 젊은 친구에게는 이 운명이 너무 가혹할 수도 있지만, 운명의 여신 편에서는 기왕 시작된 이상 일단 계획을 수정하지 않고 삶의 씁쓸한 달콤함을 조금 맛보게 한 뒤 마무리를 짓는 것도 나쁘지 않다고 생각하는 듯했다.

피해 갈 수 없는 고통스러운 상상은 점점 줄어들었고, 대신 될 대로 되라는 식의 나른한 기분, 즉 아무 고통 없는 느긋한 기분이 한스를 휘감았다. 이런 기분 속에서 한스는 하루하루 흘러가는 세월을 아무 생각 없이 바라보고 푸른 하늘을 무심히 올려다보았다. 어떤 때는 그런 모습이 몽유병 환자나 바보처럼 보였다.

어느 날 한스는 나른한 몽상에 젖어 정원의 전나무 아래 앉아 있었다. 문득 라틴어 학교에 다닐 때 배웠던 시구가 떠오르면서 자기도 모르게 계속 읊조렸다.

아, 너무 지쳤어,
아, 너무 고단해.
지갑에 돈 한 푼 없고
보따리에 든 것도 없구나.

한스는 이 시구에 옛 멜로디를 붙여 흥얼거렸다. 그것도 아무 생각 없이 스무 번씩이나. 창가에 서서 그 모습을 지켜보던 한스 아버지는 가슴이 철렁 내려앉았다. 그의 메마른 감정으로는 정신이 나간 양 조곤조곤 읊어 대는 이 밋밋한 노래를 도무지 이해할 수 없었다. 아버지는 한숨을 내쉬며 이를 정신 장애의 절망적인 신호로 보았다. 그때부터 아들을 더더욱 불안한 눈으로 관찰했고, 아들도 아버지의 그런 시선을 눈치채고 더욱더 괴로워했다. 물론 그렇다고 당장 밧줄을 챙겨 들고 그 튼튼한 나뭇가지로 달려가 목을 매다는 일은 일어나지 않았다.

그사이 뜨거운 계절이 찾아왔다. 주 시험을 치고 나서 맞은

179

여름방학이 바로 엊그제 같은데 벌써 1년이 지났다. 한스는 이따금 그 시절을 떠올려 봤지만 특별한 감흥은 일지 않았다. 감정은 메마른 가지처럼 둔감해져 있었다. 한스는 다시 낚시를 시작하고 싶었지만 아버지에게 그 이야기를 꺼낼 용기가 나지 않았다. 그래서 물가에 서 있을 때마다 마음이 괴로웠다. 간혹 보는 사람이 없는 물가에 서서 소리 없이 물살을 가르는 물고기들의 희미한 움직임을 애잔한 눈으로 한참 동안 지켜보았다.

날마다 저녁 무렵이면 수영을 하러 강 상류 쪽으로 한참을 올라갔다. 그때마다 감독관 게슬러의 집을 지나쳤는데, 우연히 그 집 딸 엠마가 다시 집에 온 것을 알게 됐다. 3년 전 짝사랑했던 아이였다. 한스는 호기심에 몇 번 엠마를 지켜봤지만 예전만큼 마음에 들지는 않았다. 옛날에는 호리호리한 몸매의 청순한 소녀였다면 지금은 큰 키에 몸짓도 부드럽지 않을 뿐 아니라 어린애 같지 않은 최신식 머리 모양 탓에 예전의 청순함은 온데간데없었다. 긴 옷도 어울리지 않았고, 숙녀처럼 보이려는 행동도 꼴 보기 싫었다. 한스는 그런 엠마가 무척 한심하게 여겨졌고, 그러면서도 예전에 엠마를 볼 때마다 야릇한 달콤함에 가슴이 두근거렸던 기억을 떠올리며 안타까워했다.

예전에는 모든 것이 달랐다. 지금보다 훨씬 아름답고 밝고 생동감이 넘쳤다. 그런데도 한스는 긴 시간 동안 오직 라틴어와 역사, 그리스어, 주 시험, 신학교, 두통밖에 모르고 살았다. 하지만 그전에는 아름다운 동화책과 도둑 이야기책이 있었고, 정원에서는 한스가 직접 만든 물레방아가 돌아갔으며, 저녁이면 토어베크 거리의 나숄트 리제 아줌마 집에서 손에 땀을 쥐는 모험담을 들었고, '가리발디'라는 별명으로 불린 이웃집 그로스요한 아저씨를 한동안 강도 살인범이라고 여기며 밤에는 그 아저씨 꿈을 꾸기도 했다. 또한 1년 내내 한 달에 한 번꼴로 가슴 설레며 기다리던 일도 있었다. 어떤 때는 꼴 베는 일을, 어떤 때는 토끼풀 베는 일을, 그다음에는 첫 낚시나 도랑에서 가재 잡는 일을, 또 그다음에는 타작이 시작될 날을 기다렸다. 이것들 외에 중간중간의 흥겨운 일요일과 축제일은 덤이었다.

그 밖에 한스를 비밀스러운 마법의 힘으로 유혹하던 다른 일도 많았다. 집과 골목, 계단, 헛간, 우물, 울타리, 각양각색의 사람과 동물이 하나같이 사랑스럽거나 친숙했고, 아니면 수수께끼 같은 유혹으로 다가왔다. 또한 홉 따는 일을 거들 때는 다 큰 처녀들이 부르는 노래에 귀를 기울였고, 가사를 가슴에 새겼다. 가사는 대부분 웃음이 나올 정도로 익살맞았지만, 가끔은 목구멍으로 뜨거운 것이 치밀 정도로 야릇한 슬픔을 자아내기도 했다.

이 모든 것이 한스도 모르는 새에 하나둘 사라지고 끝을 맺었다. 처음에는 저녁때 리제 아줌마 집에서 이야기 듣는 일을 그만두었고, 그다음에는 일요일 오전에 사금 가루 줍는 일을, 또 그다음에는 동화책 읽기를 그만두었다. 이렇게 하나둘 사라지더니 마침내 홉 따는 일과 정원에서의 물레방아 놀이도 끝나 버렸다. 아, 모두 어디로 사라졌단 말인가?

일찍 성숙해 버린 한스는 이제 병든 시간 속에서 그 어린 시절을 비현실적으로 다시 경험하고 있었다. 어린 시절을 도둑맞은 마음속으로 갑자기 분출한 그리움과 함께 노을빛 찬연한 아름다운 시간이 찾아오면서 한스는 마치 마법에 걸린 사람처럼 기억의 숲 속을 어지러이 돌아다녔다. 어찌 보면 병적일 정도로 선명하고 강렬한 기억들이었다. 한스는 이 모든 것을 예전의 실제 경험에 못지않은 따스함과 열정으로 체험했다. 빼앗기고 유린당한 어린 시절이 오랫동안 억눌려 온 샘물처럼 가슴속에서 힘껏 솟구쳤다.

나무 꼭대기를 자르면 뿌리 근처에서 다시 새싹이 돋아나듯 한창 꽃필 나이에 병들고 시들어 버린 한 영혼도 이제 처음의 그 봄날 같은 시간과 예감으로 충만했던 어린 시절로 돌아갈 때가 많았다. 마치 거기서 새 희망을 찾고, 끊어진 삶의 끈을 다시 이을 수 있을 것처럼. 그러나 뿌리 근처에서 돋아난 싹은 아무리 허겁지겁 튼실하게 자라난다 해도 가짜 삶에 지나지 않기에 다시 올바른 나무로 자랄 수는 없는 법이다.

한스 기벤라트도 그랬다. 그렇기에 한스가 꿈꾸는 어린 시절의 세계를 조금 들추어 보는 것도 필요할 듯하다.

오래된 돌다리 근처 기벤라트의 집은 성격이 완전히 다른 두 길이 만나는 모퉁이 지점에 있었다. 한쪽은 이 도시에서 가장 길고 넓고 기품이 넘치는 길로 이름은 '게르버가세'였다. 한스의 집도 이 길에 속해 있었다. 다른 한쪽은 가파른 경사에 짧고 좁고 지저분한 길로 이름은 '춤 팔케'*였다. 오래전에 문을 닫은, '매'를 가게의 상징으로 삼았던 케케묵은 한 술집 때문에 붙은 이름이었다.

게르버가세에는 집집마다 건실한 토박이 시민들이 살았고 교회 광장도 따로 있었다. 정원이 딸린 집들은 모두 거주자들 소유였는데, 뒤편에 테라스가 있는 정원은 산 쪽으로 경사져 올라가다가 금잔화로 뒤덮인 철둑과 이어졌고, 정원 울타리에는 '70'이라는 건립 연도가 적혀 있었다. 고상함 면에서 게르버가세와 견줄 수 있는 곳은 교회와 지방청, 법원, 시청, 교구청이 자리하고 순백의 품위 속에서 도시의 세련된 인상을 풍기는 시장 광장뿐이었다. 게르버가세에는 관청이 없는 대신 육중한 대문이 달린 낡거나 새로 지은 가옥과 고풍스러운 목조 건축물, 편안한 느낌을 주는 환한 박공지붕이 줄지어 있었다. 이처럼 집들만 죽 이어져 있다 보니 거리는 밝고 편안하고 쾌적한 느낌을 주었다. 게다가 길 건너편에는 나무 난간을

* '매한테 가는 길'이라는 뜻이다.

설치한 담벼락이 강을 따라 야트막하게 세워져 있었다.

게르버가세가 길고 넓고 환하고 산뜻하고 고상한 동네라
면 춤 팔케는 그 반대였다. 이 길의 집들은 쓰러질 듯이 음침
하고, 벽은 더럽고 곳곳에 회칠이 벗겨져 내렸으며, 박공지붕
은 건물 앞으로 튀어나오고, 문과 창문은 부서지고 수선한 흔
적이 역력했으며, 굴뚝은 삐딱하고, 지붕 홈통은 파손되어 있
었다. 집들은 햇볕이 들 공간이 없을 정도로 다닥다닥 붙어
있었고, 골목길은 좁고 기괴하게 휘었으며, 늘 어둑어둑해서
비가 오거나 해가 떨어지면 완전히 음습한 어둠으로 변해 버
렸다. 창문 앞에는 막대기에 줄을 연결해서 빨래를 잔뜩 널
어 두었다. 거리는 좁고 불결할 뿐 아니라 너무 많은 가족들
이 모여 살았다. 남의 셋집에 또 세 들어 사는 사람과 잠시 숙
박만 하고 가는 사람을 비롯해 쓰러져 가는 집들 구석구석에
사람들이 빼곡 들어찼고, 가난과 악덕, 질병이 만연했다. 혹시
티푸스가 발병해도 이곳이었고, 살인이 발생해도 여기였으며,
어디서 도둑을 당해도 맨 먼저 이곳부터 뒤졌다. 떠돌이 행상
들도 이곳에 여장을 풀었다. 그 행상들 중에는 가루 세제를
파는 익살꾼 호테호테와 칼 갈아 주는 아담 히텔이 있었는데,
사람들은 이 히텔을 범죄 냄새가 폴폴 나는 악독한 인간이라
며 수군거렸다.

한스는 학교에 입학하고 처음 몇 년 동안은 이 팔케 거리를
자주 들락거렸다. 허름한 옷을 입은 수상쩍은 금발 소년들 틈

에 끼어 악명 높은 로테 프로뮐러 아줌마의 살인 이야기를 듣
곤 했다. 로테 아줌마는 작은 술집을 운영하던 남자와 이혼했
는데, 감옥에 5년 있다가 나왔다. 젊을 때는 미모로 이름을 날
렸고, 많은 공장 노동자와 염문을 뿌렸으며, 스캔들을 자주 일
으켜 남자들 사이에 칼부림의 원인이 되기도 했지만, 지금은
외롭게 살았다. 공장 일이 끝나면 커피를 끓이고 사람들에게
이야기를 들려주는 것으로 저녁 시간을 보냈다. 그 시간이 되
면 로테 아줌마의 현관문은 활짝 열렸고, 여자들과 젊은 노동
자들뿐 아니라 이웃 아이들까지 문지방에 서서 황홀하고 오
싹한 느낌으로 이야기에 귀를 기울였다. 새까만 돌 아궁이에
서는 주전자의 물이 끓었고, 그 옆에는 나뭇진으로 만든 초가
푸르스름한 석탄 불빛과 함께 사람들로 꽉 찬 어둑어둑한 공
간을 이상야릇한 모험의 불꽃으로 희미하게 밝혔다. 그럴 때
면 섬뜩한 유령처럼 움직이는 청중의 그림자가 벽과 천장을
가득 채웠다.

　이 거리에서 여덟 살 소년 한스는 핀켄바인 형제를 알게 되
었고, 아버지의 엄한 금지령에도 이들과 1년쯤 친하게 지냈
다. 형제의 이름은 돌프와 에밀이었는데, 둘 다 여기서 가장
불량한 아이들로 소문나 있었다. 과일 서리나 숲에서의 불법
사냥을 예사로 저질렀고, 여러 가지 뛰어난 손재주를 못된 장
난질에 써먹는 아이들이었다. 그 밖에 새알과 납탄, 까마귀 새
끼, 찌르레기, 토끼를 몰래 내다 팔았고, 금지된 밤낚시도 서

습없이 했으며, 어느 집 정원이건 마치 제집처럼 들락거렸다. 이 아이들이 쉽게 넘을 수 없을 만큼 뾰족한 정원 울타리나 유리 조각이 촘촘히 박힌 담장은 없었기 때문이다.

한스가 특히 가깝게 지낸 친구는 팔케 거리에 사는 헤르만 레히텐하일이었다. 고아였는데, 아픈 몸에 조숙하고 유별난 아이였다. 한쪽 다리가 너무 짧아 늘 지팡이를 짚고 다녔고, 그래서 아이들의 골목 놀이에도 끼지 못했다. 몸은 홀쭉하고, 핏기 없는 얼굴은 시름으로 가득했으며, 입매는 어린아이 같지 않게 날카롭고, 턱은 지나치게 뾰족했다. 손재주가 아주 뛰어나 못 만드는 것이 없었다. 특히 낚시를 무척 좋아했는데, 낚시를 향한 열정은 한스에게도 고스란히 전달되었다. 한스는 아직 낚시 허가증이 없는 상태라 둘은 남들의 눈에 띄지 않는 장소에서 몰래 낚시를 즐겼다. 원래 허가받은 사냥보다 밀렵이 훨씬 더 큰 쾌감을 주는 법이다.

절름발이 레히텐하일은 한스에게 낚싯대를 알맞은 크기로 자르는 법과 말총을 엮고, 줄에다 색을 넣고, 줄을 돌려 올가미 모양으로 만들고, 낚싯바늘을 날카롭게 가는 법을 가르쳤다. 또한 날씨를 읽고, 물을 관찰하고, 밑밥을 던지고, 알맞은 미끼를 고르고, 미끼를 제대로 매다는 법도 알려 주었으며, 그 밖에 고기 종류를 구별하고, 낚시할 때 고기의 움직임을 느끼고 줄을 적당한 깊이에 넣는 법도 가르쳐 주었다. 낚싯줄을 당기거나 늦추어야 할 때의 요령과 섬세한 감각은 말없이 시범을 보이거나, 실전에서 몸으로 보여 주었다. 게다가 가게에서 파는 멋진 낚싯대와 코르크, 낚싯줄, 다른 인공적인 낚시 도구들은 모두 무시하고 경멸했는데, 그런 확신이 옆 사람에게까지 그대로 전염되어 한스 또한 자기가 하나하나 직접 만들어 조립하지 않은 도구로는 결코 고기를 잡을 수 없다고 믿기에 이르렀다.

한스는 핀켄바인 형제와는 심하게 다툰 뒤 헤어졌다. 그러나 조용한 레히텐하일과는 싸움이 없었는데도 녀석은 어느 날 갑자기 한스 곁을 떠나고 말았다. 2월의 어느 날이었다. 레히텐하일은 옷을 걸쳐 둔 의자에 지팡이를 올려 두고 초라한 침대에 누워 있었다. 그런데 서서히 열이 오르기 시작하더니 곧 조용히 숨을 거두었다. 팔케 거리는 그런 녀석이 있었는지 없었는지도 모를 정도로 재빨리 잊었지만, 한스만큼은 오랫동안 좋은 느낌으로 녀석을 기억했다.

레히텐하일 하나 없어졌다고 해서 팔케 거리에서 유별난 주민의 수가 확 줄어든 것은 아니었다. 이 동네에서 술버릇 때문에 해고당한 전직 우편배달부 뢰텔러를 모르는 사람이 있을까? 2주에 한 번꼴로 만취해서 길거리에 뻗어 있거나, 한밤중에는 소란을 피우지만 평소에는 어린아이처럼 순하고 늘 다정한 웃음을 짓는 사람이었다. 뢰텔러는 타원형 담배통을 열어 한스에게 코담배 맛을 보게 했고, 가끔 한스가 잡은 물고기를 받아서 버터에 구워 함께 먹었다. 그 밖에 뢰텔러에게는 유리 눈이 박힌 박제 말똥가리가 하나 있었고, 일정한 시각이 되면 곱고 가는 톤으로 옛날 춤곡을 연주하는 낡은 시계도 있었다.

그 밖에 기계공 포르슈 영감을 모르는 사람이 있을까? 맨발로 다니면서도 셔츠 소맷부리 단추는 꼭 채우고 다니는 사람이었다. 그는 낡은 시골 학교 호랑이 선생의 아들로 태어나 성경을 반이나 외우고, 금언과 도덕적 명언도 줄줄이 꿰고 있었다. 그러나 좋은 말을 아무리 많이 외우고 머리가 허옇게 셀 정도로 나이가 많이 들어도 치마만 둘렀다 하면 아무 여자에게나 집적거리고 술에 취해 주정을 부리는 버릇은 버리지 못했다. 그래서 술이 조금 들어갔다 싶으면 기벤라트 집의 모서리 갓돌에 앉아 사람들이 지나갈 때마다 이름을 부르며 자기가 아는 금언을 쏟아 냈다.

"어이, 한스 기벤라트. 내 귀한 아들. 내 말 좀 들어 봐! 너 성경 「집회서」에서 뭐라고 했는지 알아? 남에게 나쁜 충고를 하지 않고, 그걸로 양심의 가책을 받지 않는 사람한테는 복을 내린다고 했어. 마치 아름다운 나무에 매달린 푸른 잎사귀 같은 거지. 어떤 건 시들어 떨어지고 어떤 건 다시 자라난다고. 그건 인간도 마찬가지야. 누군가는 죽고 누군가는 태어나. 자, 이젠 집에 가도 돼, 귀여운 녀석!"

포르슈 영감은 경건한 금언 외에 유령 이야기나 그 비슷한 다른 음산한 전설도 많이 알고 있었다. 유령들이 출몰하는 곳도 알고 있었다. 그러나 자기가 이야기하면서도 항상 스스로 긴가민가하는 태도를 보였다. 처음에는 대개 어깨에 잔뜩 힘을 주고 의심하고 무시하듯 이야기를 시작했다. 이야기 자체와 이 이야기를 듣고 있는 사람들을 깔본다는 듯이 말이다. 그러나 이야기가 서서히 진행되면 그의 목은 잔뜩 움츠러들고 목소리까지 차츰 낮아지면서 급기야 겁에 질려 다급하게 속삭이는 어조로 바뀌었다.

이 좁고 가난한 동네에 섬뜩하고 이해할 수 없으면서도 어두운 유혹을 담은 것들이 얼마나 널려 있던지! 금속공 브렌들레도 이 거리에 살고 있었는데, 가게를 폐업한 뒤 그의 작업장은 사람 손길이 닿지 않아 완전히 엉망으로 변해 버렸다. 그는 반나절 정도 자기 집 창가에 앉아서 음침한 눈으로 생기 넘치는 골목을 지켜보곤 했다. 그러다 가끔 씻지도 않은 꾀죄죄한 옷차림의 아이들이 이웃집에서 나오다 그의 손에 걸리면 마음껏 괴롭히면서 고소해했고, 귀와 머리를 낚아채거나 온몸에 멍이 들 정도로 꼬집었다. 그러던 어느 날, 브렌들레가 자기 집 계단에서 철사에 목을 매단 채 발견되었다. 그 광경이 너무 참혹해서 누구 하나 선뜻 다가가지 못하고 있는데, 포르슈 영감이 나타나 뒤에서 가위로 철사를 잘랐다. 그러자 혀를 쑥 내민 시체는 풀썩 바닥에 쓰러지더니 계단을 데굴데굴 굴러 사색이 된 구경꾼들 사이로 떨어졌다.

한스는 밝고 넓은 게르버가세 거리에서 어둡고 음습한 팔케 거리로 접어들 때마다 질식할 듯 야릇한 공기와 함께 쾌감이 스멀거리는 오싹한 공포를 느꼈다. 호기심과 두려움, 양심의 가책, 설레는 모험심이 한데 섞인 감정이었다. 이 거리는 동화의 세계에서나 일어날 법한 사건과 기적, 전대미문의 무서운 일이 여전히 일어날 수 있고, 마법과 유령 같은 존재가 있을 것 같고, 추잡한 로이트링거 소설책이나 설화를 읽을 때처럼 아릿하면서도 짜릿한 전율을 맛볼 수 있는 유일한 곳이었다. 선생들이 보기만 해도 즉시 압수해 버리는 이런 책들 속에는 존넨비르틀레, 신더하네스, 메서카를레, 포스트미헬처럼 어두운 세계의 영웅과 중범죄자, 모험가들의 추악한 죄상과 징벌의 내용이 상세히 기술되어 있었다.

일반적인 장소와는 달리 음침한 바닥과 기괴한 공간에서 뭔가를 체험하거나 듣거나, 자기를 잊고 뭔가에 푹 빠질 수 있는 곳이 팔케 거리 말고 한 군데 더 있었다. 근처의 큰 제혁 공장이 그랬다. 어스름한 바닥 위에는 큼직한 동물 가죽이 걸려 있고, 보이지 않는 지하 굴과 출입이 금지된 통로가 있는 낡고 거대한 건물이었다. 저녁이면 여기서 리제 아줌마가 아이들에게 아름다운 동화를 들려주었다. 여기는 건너편 팔케 거리보다 더 조용하고 따뜻하고 인간적이면서도 팔케 거리 못지않게 비밀스러움이 숨어 있었다. 굴과 지하실, 무두질 공간과 다락방에서 제혁 공장 일꾼들이 일하는 모습은 이상하리만큼 독특했고, 아가리를 벌린 것 같은 큰 공간들은 매력적이면서도 섬뜩하고 고요했으며, 고압적이고 무뚝뚝한 건물주는 식인종처럼 무섭고 두려웠다. 리제 아줌마는 이 이상한 집에서 요정처럼 하늘하늘 돌아다녔는데, 아이들과 새, 고양이, 개들을 동화와 노래로 지켜 주는 선한 어머니 같았다.

이제 한스의 생각과 꿈은 오래전에 낯설어진 이 세계 속에서 움직이고 있었다. 현실 속의 환멸과 절망을 피해 과거의 좋았던 시절로 도망친 것이다. 아직 희망으로 가득 차 있고, 세상이 거대한 마법의 숲처럼 자기 앞에 펼쳐져 있던 시절이었다. 그 마법의 숲에는 한 치 앞도 알 수 없는 위험과 저주에 걸린 공주, 에메랄드 성이 깊숙이 숨겨져 있었다. 한스는 예전에 이 야생의 숲으로 조금 걸어 들어가 봤지만, 기적이 일어나기 전에 곧 지쳐 버렸다. 그리고 이제, 수수께끼 같은 어둠에 잠긴 그 숲의 어귀에 다시 섰다. 이번에는 한가한 호기심에 사로잡힌 국외자의 신분이었다.

한스는 팔케 거리를 몇 번 다시 찾았다. 침침한 분위기와 역겨운 냄새, 음산한 구석과 햇빛 한 점 들지 않는 계단은 하나도 변하지 않았다. 머리가 허옇게 센 여자와 남자들이 문앞에 앉아 있는 것도 똑같았고, 씻지 않은 얼굴에 볏짚 같은 색깔의 금발 아이들이 고함을 지르며 골목길을 몰려다니는 것도 똑같았다. 예전보다 더 늙어 버린 포르슈 영감은 한스를 알아보지 못했고, 한스의 쭈뼛거리는 인사에도 그저 조롱

기 섞인 투덜거림으로 답할 뿐이었다. '가리발디'라는 별명으
로 불리던 그로스요한은 벌써 죽었고, 로테 프로뮐러도 이 세
상 사람이 아니었다. 전직 우편배달부 뢰텔러는 아직 살아 있
었다. 그는 개구쟁이 녀석들이 음악 소리 나는 자기 시계를
망가뜨렸다고 하소연하면서 한스에게 코담배 맛을 보여 주더
니 손을 내밀며 돈을 구걸했다. 핀켄바인 형제에 관한 소식도
그에게서 들었다. 형제 중 하나는 지금 담배 공장에 다니는데
벌써 어른처럼 술을 퍼마신다고 했고, 다른 하나는 교회 건립
기념 축제 때 칼부림을 벌인 뒤 도망쳐서 1년 전부터 코빼기
도 비치지 않는다고 했다. 모든 게 슬프고 비참해 보였다.

어느 날 저녁 한스는 토어베크 거리를 따라 길 건너 제혁
공장을 찾았다. 마치 이 커다란 낡은 집 속에 어린 시절의 잃
어버린 기쁨이 모두 숨어 있기라도 하듯 축축한 마당으로 빨
려 들어갔다.

굽은 계단과 포석이 깔린 통로를 지나 컴컴한 계단에 이르
자 한스는 가죽이 팽팽하게 널려 있는 다락으로 더듬거리며
올라갔다. 코를 찌르는 가죽 냄새와 함께 기억 뭉치가 갑자기
뭉게구름처럼 몽실몽실 솟구쳐 올랐다. 한스는 다시 내려가
뒤뜰로 돌아갔다. 거기에는 무두질 굴과 무두질용 나무껍질을
땔감으로 말리는 건조대가 있었고, 건조대 위에는 길쭉한 차
양이 설치되어 있었다. 벽에 붙은 벤치에서는 리제 아줌마가
감자를 한 바구니 가득 담아 두고 껍질을 벗겼고, 주위에서는

몇몇 아이들이 아줌마 이야기에 귀를 기울이고 있었다.

한스는 어두운 문 뒤에 서서 안에서 새어 나오는 이야기를 엿들었다. 땅거미가 깔리는 공장 뜰 안에는 평화로움이 가득했다. 마당 담벼락 뒤로 흘러가는 강물의 희미한 소리 말고는 리제 아줌마가 사각사각 감자 깎는 소리와 이야기하는 소리만 들릴 뿐이었다. 아이들은 조용히 웅크리고 앉아 꼼짝도 하지 않았다. 리제 아줌마는 성 크리스토포루스* 이야기를 하고 있었다. 밤중에 강 건너편에서 어린아이 하나가 크리스토포루스를 부르는 대목이었다.

한스는 한동안 이야기를 듣다가 살며시 시커먼 입구로 돌아 나와 집으로 향했다. 이제 다시는 어린아이로 돌아갈 수 없고 저녁이면 제혁 공장의 뜰에서 리제 아줌마의 이야기를 들을 수 없음을 여실히 깨달았다. 그 뒤로 팔케 거리는 물론이고 제혁 공장도 찾지 않았다.

---

* 고대 로마 시대의 가톨릭 성인(?~250?). 어린아이의 모습으로 나타난 예수를 어깨에 메고 강을 건네주었다고 한다.

6장

계절은 벌써 가을로 성큼 접어들었다. 어두운 전나무 숲에
서는 활엽수 잎이 횃불처럼 노랗게 빨갛게 물들어 갔고, 계곡
은 짙은 안개에 잠겼으며, 강에서는 아침이면 서늘한 물안개
가 피어올랐다.

창백한 얼굴의 신학생 한스는 여전히 매일같이 밖을 떠돌
았다. 삶에 지쳐 의욕이 없고 남들과의 교류도 되도록 피했다.
의사는 물약과 간유, 달걀, 냉수욕을 처방했다.

이것들이 아무 도움이 되지 못한 것은 어쩌면 당연한 일이
었다. 건강한 사람이라면 마음속에 무엇이건 내용이나 목표가
있지만, 이 젊은 기벤라트에게는 그런 것이 하나도 남아 있지
않았기 때문이다. 이제 아버지는 아들을 서기나 기계공으로
만들기로 결심했다. 아직 아들이 허약하고 기력을 회복하려면

좀 더 기다려야 했지만, 이젠 진지하게 아들의 장래를 생각해 볼 시간이 되었다고 판단한 것이다.

초기의 혼란스러운 감정들이 누그러지고 더는 자살을 떠올리지 않게 되면서 한스는 흥분되고 변덕스러운 불안 상태에서 벗어나 마치 물렁물렁한 진흙 바닥에 무방비로 천천히 빠져들듯 일정한 우울증 상태에 빠졌다.

가을 들녘을 돌아다니다 보니 계절의 영향이 가슴속 깊이 파고들었다. 깊어 가는 가을, 조용히 떨어지는 낙엽, 누렇게 변해 가는 초원, 짙어지는 새벽안개, 삶에 지쳐 죽어 가는 식물이 한스를 무겁고 절망적인 분위기와 슬픈 생각으로 몰아갔다. 그건 마음의 병을 앓는 사람이라면 누구나 마찬가지일 것이다. 한스는 이 자연과 함께 떠나고 잠들고 죽고 싶었다. 그러면서도 자신의 청춘이 그런 소망에 반기를 들고 생에 끈질긴 집착을 보이는 것 같아 괴로웠다.

한스는 나무들이 울긋불긋 물들더니 잎을 하나둘 털어 내고 앙상하게 변해 가는 모습을 지켜보았다. 숲에서 피어오르는 우윳빛 안개도 지켜보았고, 마지막 과일 수확이 끝난 뒤 생명이 사그라지고 아무도 시든 과꽃에 시선을 주지 않는 과수원을 바라보았으며, 마른 잎으로 뒤덮이고 차가운 물가에 이제 제혁 공장 일꾼들만 끈질기게 버티고 있는 강을 살펴보았다. 며칠 전부터 어디를 가나 과즙 찌꺼기가 보였다. 압착장과 물레방앗간마다 부지런히 과즙을 짜내는 시기가 다가온 것이다. 이제는 골목골목마다 과즙이 발효하는 냄새가 은은히 배어 있었다.

구두장이 플라이크도 아랫동네 물방앗간에서 작은 압착기를 빌렸고, 과즙을 내는 날 한스를 초대했다.

물방앗간 앞마당에는 크고 작은 압착기들과 수레, 광주리, 과일 보따리, 들통, 나무통, 양동이, 대야, 산더미처럼 쌓인 갈색 과즙 찌꺼기, 나무 지렛대, 달구지, 빈 차들이 서 있었다. 압착기들은 부지런히 뿌지직 빠드득 으깨고 갈며 돌아갔다. 대부분의 압착기는 초록색으로 칠해져 있었는데, 이 색과 황갈색 과즙 찌꺼기, 사과 광주리, 연둣빛 강물, 맨발로 뛰노는 아이들, 맑은 가을 하늘이 어우러져 그것을 지켜보는 이들에게 삶의 기쁨과 의욕, 풍요로운 인상을 유혹하듯 던져 주었다. 사과 으깨지는 소리를 듣노라면 저도 모르게 입에 침이 고였는데, 그 소리를 들은 사람은 재빨리 사과 하나를 집어 들고 한입 덥석 깨물지 않을 수 없었다. 압착기 대롱에서는 갓 짜낸 달콤한 적황색 과즙이 걸쭉하게 흘러내렸다. 마치 가을 해를 보고 환하게 웃는 모습 같다고 할까! 가까이에서 그것을 본 사람은 즉시 한 잔을 청해 맛보지 않을 수 없었고, 그러고 나면 잠시 선 채로 눈물까지 글썽이며 이유 모를 달콤한 쾌감의 물결이 몸속을 타고 내려가는 것을 느꼈다.

이 달콤한 과즙이 만들어 내는 달뜨고 향긋한 냄새는 멀리까지 진하게 퍼져 나갔다. 사실 이 향기야말로 1년을 통틀어

가장 값진 결실이었다. 그간의 성숙과 수확을 구체적으로 보여 주는 징표였으니 말이다. 겨울을 코앞에 두고 이 향기를 한껏 들이마실 수 있다는 것은 그 자체로 큰 보람이었다. 이 향기를 맡고 있으면 수많은 좋았던 일들이 감사의 마음으로 떠올랐기 때문이다. 예를 들어 부드럽게 대지를 적신 5월의 가랑비, 후드득 쏟아진 여름비, 서늘한 가을 아침이슬, 어린 새싹처럼 곱던 봄 햇살, 따갑게 내리쬐던 여름 뙤약볕, 환하게 빛나던 희고 붉은 꽃들, 수확을 앞둔 농익은 과일나무의 적갈색 광채, 그 밖에 한 해가 지나는 동안 중간중간에 있었던 모든 즐겁고 아름다웠던 일들…….

과즙을 짜는 날은 온 동네가 축제였다. 평소 거드름을 피우는 부자들도 체면 따위는 벗어던지고 직접 현장을 찾아 자기 밭에서 나온 탐스러운 사과를 손에 들고 무게를 가늠해 보고, 수십 개에 이르는 사과 자루를 직접 세고, 그러면서 자신들의 과즙에는 물 한 방울 섞지 않는다고 넌지시 자랑을 늘어놓았다. 가난한 사람들 역시 달랑 과일 자루 하나로만 과즙을 내고, 유리잔이나 질그릇으로 과즙을 시음하고, 과즙에 물을 타면서도 자부심과 행복감만큼은 결코 부자들에게 뒤지지 않았다. 이런저런 이유로 과즙을 짜지 못하는 사람들은 지인이나 이웃의 압착기를 돌아다니며 한 잔씩 얻어먹거나 사과를 한 톨씩 주머니에 찔러 넣었고, 그러면서 자기도 이 일에 일가견이 있다는 듯 한마디씩 참견했다. 아이들도 가난한 집 아이건,

잘사는 집 아이건 할 것 없이 자그마한 잔을 들고 쉴 새 없이 돌아다녔는데, 다들 손에는 베어 먹은 사과와 빵이 하나씩 들려 있었다. 근거는 없는 얘기지만, 과즙 짜는 날에 빵을 먹으면 배앓이 걱정 없이 한 해를 날 수 있다는 속설 때문이었다.

이런 날이면 정신없이 떠드는 아이들의 고함은 말할 것도 없고 어디를 가건 시끌벅적했다. 하나같이 바쁘고 달뜨고 즐거운 목소리였다.

"어이, 하네스. 이리 와 한잔하게!"

"고맙기는 한데, 벌써 배가 살살 아파 오네."

"자넨 50킬로그램에 얼마나 줬나?"

"4마르크. 좀 비싸지만 맛이 기가 막혀. 한번 맛보겠나?"

때로 자그마한 사고도 있었다. 자루가 터져 사과가 바닥에 와르르 쏟아진 것이다.

"이런, 내 사과, 내 사과! 좀 도와주시오!"

주변 사람들이 모두 나서서 떨어진 사과를 집어 주었다. 그중의 몇몇 개구쟁이는 사과를 슬쩍 품속에 챙겼다.

"야, 이놈들아! 주머니엔 넣지 마! 주둥이에 처넣는 거야 들어가는 것만큼 넣어도 되지만, 주머니는 안 돼! 이 녀석아, 거기 놔두지 못해!"

"어이, 이웃 양반! 그만 자랑하시고 내 것도 맛 좀 보쇼!"

"꿀맛이구먼! 정말 꿀맛이야! 얼마나 짰수?"

"두 통밖에 안 짰지만 재미는 짭짤했수."

198

"한여름에 짜지 않아 얼마나 다행인지 모르겠소. 그랬으면 벌써 시큼해졌을 텐데."

올해도 까탈스러운 노인 몇이 참석했다. 어느 자리건 빠지지 않고 참석해서 이것저것 참견하기를 좋아하는 사람들이었다. 이들은 벌써 오래전에 과즙 짜는 일에서 손을 뗐지만, 이 일과 관련해서 누구보다 아는 것이 많았고, 과일을 거의 공짜나 마찬가지로 살 수 있었던 옛 시절을 이야기했다. 그때는 모든 것이 훨씬 싸면서도 더 좋았고, 설탕도 전혀 넣지 않았으며, 나무에 열리는 과일들도 달랐다고 했다.

"그때가 진짜 수확이었지. 사과나무 한 그루에서 무려 250킬로그램이나 땄으니까."

그런데 그때보다 훨씬 나쁜 시절이 되었는데도 이들은 올해도 여기저기 돌아다니며 배 터지게 과즙 맛을 보았고, 아직이가 있는 사람들은 부지런히 사과를 베어 물었다. 심지어 어떤 노인은 누런 배까지 무리하게 몇 개나 더 먹더니 결국 배앓이를 했다.

"빌어먹을!" 그 노인이 투덜거렸다. "왕년에는 이런 건 열 개를 먹어도 끄떡없었는데." 이어서 노인은 땅이 꺼져라 한숨을 내쉬더니 커다란 배를 열 개나 먹고도 배앓이 따위는 걱정하지 않던 시절을 회상했다.

플라이크 씨는 북새통 속에 압축기를 설치해 놓고 조금 나이 든 수습공의 도움을 받아 과즙을 짰다. 바덴 주에서 사들인 사과로 짠 과즙은 늘 최상품이었다. 플라이크 씨는 흐뭇한 기분에, 맛을 보려고 오는 사람은 누구도 내치지 않았다. 그의 아이들은 더 신이 난 듯했다. 사방으로 뛰어다녔고, 나중에는 다른 아이들과 떼를 지어 신 나게 돌아다녔다. 그러나 겉으로 티는 내지 않지만 속으로 가장 행복해하는 사람은 단연 플라이크 씨의 수습공이었다. 이 친구는 이렇게 사람들이 많은 데서 함께 어울리고 일한다는 것 자체가 뼛속 깊이 좋았다. 두메산골의 가난한 농가에서 태어나 이런 흥겨운 분위기를 겪어 본 적이 없기 때문이다. 게다가 과즙의 달콤한 맛도 혀에 착착 감길 정도로 기가 막혔다. 이 건강한 시골 청년의 얼굴에서는 익살꾼의 가면 같은 웃음이 떨어지지 않았고, 평소 가죽을 만지던 두 손도 여느 일요일보다 깨끗했다.

처음 여기 나타났을 때 한스 기벤라트는 말이 없고 불안해했다. 원래는 올 생각도 없었다. 압축기에서 즙이 흘러나왔을 때 누가 한스에게 바로 잔을 내밀었다. 나숄트 리제 아줌마였다. 한스는 입안 가득 느껴지는 달콤하고 강렬한 과즙 맛과 함께 어린 시절 가을의 즐거운 기억이 한꺼번에 몰려오면서 이 축제를 다시 한 번 같이 즐기고 싶은 소심한 욕구가 일었다. 아는 사람들이 한스에게 말을 걸며 잔을 건넸다. 이런 식으로 플라이크 씨의 압축기에 이르렀을 때 한스는 우울한 옷을 벗고 사람들의 즐거운 분위기에 전염되어 있었다. 그래서 구두장이에게 쾌활하게 인사했고, 나중에는 과즙과 관련해서 사람들이 잘하는 농담까지 몇 마디 덧붙였다. 구두장이 플라이크는 속으로 놀라움을 감추며 반갑게 한스를 맞았다.

반 시간쯤 지났을 때 파란색 치마를 입은 한 처녀가 나타나 플라이크 씨와 수습공에게 웃으며 인사하더니 일을 거들기 시작했다.

구두장이가 말했다.

"참, 인사해라. 여긴 하일브론에서 온 내 조카딸이다. 그 지방은 이곳 가을 축제와는 풍경이 좀 달라. 거긴 포도가 많이 나거든."

처녀애는 열여덟이나 열아홉 살쯤 되어 보였는데, 저지대 사람들 특유의 활달함과 쾌활함이 배어 있었다. 키는 크지 않았지만 균형 잡힌 몸매에 몸도 풍만했다. 얼굴은 동그랬고, 따뜻함이 담긴 짙은 눈은 유쾌하고 영민해 보였으며, 입은 키스하고 싶을 만큼 귀여웠다. 전체적으로 건강하고 밝은 하일브론 처녀이지 결코 경건한 구두장이의 친척 같아 보이지는 않았다. 한마디로 세속적인 이 세계에 속한 사람이었다. 밤마다 성경과 고스너*의『보물 상자』를 읽는 눈이 아니라는 말이다.

한스는 갑자기 다시 침울해져서 엠마가 얼른 가 주기를 간

---

* 요하네스 에반겔리스타 고스너(1773~1858). 가톨릭에서 개신교로 개종한 독일의 유명한 목사이자 종교서 저자.

절히 바랐다. 그러나 엠마는 가지 않고 계속 남아서 웃고 떠들었으며, 누가 농담을 던져도 재치 있게 슬쩍 받아넘겼다. 한스는 부끄러워 입을 열지 못했다. 존댓말을 써야 하는 아가씨와 이렇게 한자리에 있는 것이 두려웠다. 더구나 이 아가씨는 몹시 생동감이 넘치고 수다스러울 뿐 아니라 옆에 있는 한스가 수줍어하는 것에도 전혀 개의치 않았다. 그래서 한스는 당황스럽고 약간 모욕을 당한 기분에 자기 속으로 잔뜩 움츠러들었다. 마치 수레바퀴가 곁을 스치고 지나가면 바로 더듬이를 집어넣고 몸을 움츠리는 달팽이처럼.

한스는 계속 입을 다문 채 지루한 표정을 지으려고 했다. 그러나 잘되지 않았다. 오히려 방금 누가 죽은 것 같은 얼굴만 될 뿐이었다. 한스의 그런 상태에 관심을 보이는 사람은 없었다. 특히 엠마는 더 그럴 여유가 없었다. 한스가 듣기로 엠마는 2주 전부터 플라이크 아저씨 집에 묵고 있다고 했는데, 벌써 온 동네에 모르는 사람이 없었다. 여기서도 마찬가지였다. 엠마는 신분이 높든 낮든 가리지 않고 이곳저곳 돌아다니면서 과즙을 맛보고 농담을 던지고 웃음을 터뜨리고는 다시 돌아와 열심히 일하는 시늉을 하다가 가끔 지나가는 아이들에게 사과를 나누어 주고, 가는 곳마다 웃음과 즐거움을 퍼뜨렸다.

개구쟁이 아이들이 지나가면 엠마는 이렇게 말했다.

"사과 먹고 싶지 않니?"

그러고는 빨갛게 잘 익은 사과를 하나 집어 들고 양손을 등 뒤에 숨긴 뒤 어느 손에 사과가 있는지 맞혀 보게 했다.

"오른쪽일까, 왼쪽일까?"

아이들은 한 번도 사과가 있는 손을 제대로 맞히지 못했다. 그래서 아이들의 입이 불만스럽게 삐죽 튀어나오면 그제야 엠마는 사과를 하나 건네주었다. 물론 작은 풋사과였다. 엠마는 한스에 대해서도 이미 알고 있는 듯했다. 그래서 늘 두통이 있다는 아이가 맞느냐고 한스에게 물었다. 그런데 한스가 뭐라고 대답도 하기 전에 엠마는 벌써 딴 사람과 대화를 주고받았다.

한스가 슬그머니 자리에서 일어나 집으로 갈 생각을 하는 순간 플라이크 씨가 압착기 손잡이를 한스에게 넘겼다.

"이제 네가 좀 해 보겠니? 엠마가 거들어 줄 거다. 난 작업장에 가 봐야 해서."

구두장이가 가고, 수습공은 구두장이 부인과 함께 과즙을 날랐다. 엠마와 단둘이 남은 한스는 이를 악물고 미친 듯이 압축기 손잡이를 돌렸다.

그런데 어느 순간 손잡이가 무거워진 느낌이 들어 고개를 들어 보니 엠마가 폭소를 터뜨렸다. 반대편에 서서 장난으로 손잡이가 돌아가는 것을 막고 있었던 것이다. 한스가 화를 내며 다시 힘껏 손잡이를 돌리려고 하자 엠마도 지지 않고 제동을 걸었다. 한스는 한마디도 하지 않았다. 그런데 엠마가 가로막는 손잡이를 계속 돌리려는 자신이 불현듯 창피하고 못났다는 생각이 들어 차츰 손잡이에서 힘을 뺐다. 순간, 달콤한 공포가 밀려왔다. 이 젊은 아가씨가 한스의 얼굴을 빤히 들여다보고 웃을 때는 문득 그녀의 얼굴도 달라 보이는 듯했다. 더 친해진 듯하면서도 더 낯설어진 느낌이라고 할까? 한스도 이제 살며시 웃었다. 어색한 친숙함이 스민 웃음이었다.

곧이어 손잡이는 완전히 멈추었다.

엠마가 말했다.

"우리 악착같이 일하진 말아요."

엠마는 자기가 마시다 만, 반쯤 남은 과즙 잔을 건넸다.

한스는 잔을 들이켜면서 그전에 마신 것보다 한결 진하고 달콤하다고 느꼈다. 심지어 다 마신 뒤에는 아쉽다는 듯 빈 잔 속을 들여다보았고, 그와 함께 갑자기 심장이 쿵쾅쿵쾅 뛰면서 숨이 가빠 오는 것을 이상하게 생각했다.

이어서 둘은 다시 일을 시작했다. 그런데 한스는 이 처녀의 치마가 자기한테 살짝 스치거나 그녀의 손이 자기 손에 슬며시 닿도록 일부러 몸을 움직이는 자신을 보면서 지금 자기가 대체 무슨 짓을 하고 있는지 알 수 없었다. 그러면서도 실제로 그런 일이 일어나면 한스는 떨리는 환희에 심장이 멎을 것 같았고, 기분 좋은 나른함에 젖어 무릎이 후들거리고, 머릿속이 왱왱거리는 것처럼 어질어질해졌다.

한스는 자기가 무슨 말을 하는지 몰랐다. 엠마의 말과 대답이 들리기는 했다. 그녀가 웃으면 따라 웃었고, 그녀가 몇 번 짓궂은 장난을 칠라치면 손가락질로 경고했으며, 그녀가 건네주는 잔을 두 번이나 더 받아서 마셨다. 그와 동시에 예전의 기억이 산더미처럼 몰려왔다. 저녁때 현관에서 사내들과 함께 서 있던 하녀들의 모습부터 이야기책 속의 몇몇 문장들, 헤르만 하일너의 입맞춤, '여자애들'에 대한 이야기, '애인이 생기면 어떨지'를 두고 남자애들끼리 은밀하게 속삭이던 이야기까지 온갖 기억이 떠올랐다. 한스는 산비탈을 오르는 말처럼 숨이 가빠졌다.

그 뒤로 세상이 달라 보였다. 사람들과 사람들의 움직임은 마치 형형색색으로 웃는 구름 덩어리처럼 하나로 녹아들었고, 띄엄띄엄 들리는 목소리와 욕설과 폭소는 약한 바람 소리처럼 잦아들었으며, 저 멀리 강물과 낡은 다리는 마치 하나의 그림처럼 다가왔다.

엠마의 모습도 달라 보였다. 이제 그녀의 얼굴은 보이지 않고 쾌활한 검은 눈과 붉은 입술, 하얀 치아만 보였다. 형체가 녹아 없어지면서 몸의 일부분만 보인 것이다. 어떤 때는 검은 스타킹을 신은 단화가, 어떤 때는 어지럽게 물결치듯 내려온 목덜미께의 긴 머리칼이, 어떤 때는 푸른 목도리에 감추어진 약간 그을린 둥근 목이, 어떤 때는 팽팽한 어깨가, 어떤 때는 숨 쉴 때마다 아래위로 일렁이는 가슴이, 어떤 때는 머리카락 사이로 언뜻언뜻 불그스름한 귀가 보였다.

얼마 뒤 엠마는 과즙 통에 빠뜨린 잔을 주우러 허리를 숙였다. 통 가장자리에서 무릎이 한스의 손목을 눌렀다. 한스도 몸을 숙였다. 천천히. 엠마의 머리카락이 한스의 얼굴에 닿을락 말락 다가왔다. 머리카락에서는 은은한 향기가 났고, 물결치듯 내려가는 머리카락 안쪽에서는 아름다운 목이 따뜻한 갈색으로 빛나며 푸른색 윗옷 속으로 자취를 감추었다. 몸에 착 달라붙는 윗옷의 팽팽하게 채워진 고리들 사이로 속살이 살며시 비쳤다.

엠마가 몸을 일으키자 무릎이 한스의 팔을 따라 미끄러졌다. 머리카락이 한스의 뺨을 스쳤고, 몸을 숙였다 일어서는 바람에 그녀의 얼굴이 빨개졌을 때 한스는 온몸을 타고 내리는 격렬한 전율을 느꼈다. 얼굴까지 백지장처럼 하얘지면서 압착기를 붙들고 서 있어야 할 정도로 깊은 나른함이 온몸을 덮쳤다. 심장은 경련을 일으킬 듯 쿵쾅거렸고, 팔심이 쭉 빠지며 어깨까지 아파 왔다.

그때부터 한스는 거의 한마디도 하지 않고 엠마의 눈길을 피했다. 대신 엠마가 다른 곳을 보면 즉시 눈을 돌려 엠마를 뚫어지게 바라보았다. 그 시선에는 알 수 없는 환희와 훔쳐보는 것에 따른 양심의 가책이 뒤섞여 있었다. 한스의 내면에서 무언가 뚝 끊어지면서 낯선 유혹을 담은 새로운 땅이 그의 영혼 앞에 활짝 펼쳐지는 듯했다. 멀리 푸른 해안이 보이는 땅이었다. 마음속에 일렁이는 이 불안과 달콤한 고통이 무엇인지 어렴풋이 예감만 할 수 있을 뿐 고통과 환희 중에서 어느 것이 더 큰지도 알지 못했다.

이 환희는 처음 물오른 사랑의 승리이자 엄청난 생명력에 대한 첫 예감이었다. 반면에 고통은 아침의 고요가 깨지고, 그의 영혼이 다시는 돌아가지 못할 어린 시절의 영토를 영원히 떠나는 것을 의미했다. 첫 난파의 위험에서 막 간신히 빠져나온 한스의 조각배는 이제 새롭게 휘몰아치는 폭풍과 입을 쩍 벌리고 기다리는 심해, 위태로운 암초들 사이로 거칠게 빨려들어갔다. 아무리 교육을 잘 받은 청년이라도 이제는 인도자 없이 제힘으로 이 험로를 헤쳐 나가야 했다.

때마침 수습공이 압착기 작업을 교대하러 왔다. 한스는 교대한 뒤에도 한동안 자리를 뜨지 않았다. 엠마와의 은근한 접촉이나 엠마의 다정한 말 한마디를 기대했던 것이다. 그러나 엠마는 다시 과즙 짜는 사람들을 찾아다니며 수다를 떠느라 바빴다. 한스는 왠지 수습공에게 부끄러운 마음이 들어 얼마 뒤 인사도 없이 슬그머니 일어나 집으로 향했다.

온 세상이 야릇하게 달라졌다. 굳이 표현하자면 아름답고 설렘으로 가득 차 있었다. 과즙 찌꺼기를 먹어 통통해진 참새들이 소란스럽게 지저귀며 하늘로 날아올랐는데, 이제껏 그렇게 높고 아름답고 그리움이 사무칠 정도로 푸른 하늘은 보지 못했다. 강물도 청록의 거울처럼 그렇게 맑고 환하게 웃은 적이 없었고, 물방앗간 둑도 지금처럼 그렇게 눈부시게 흰 거품을 내뿜은 적이 없었던 것 같았다. 모든 것이 맑고 생생한 유리판을 댄 예쁜 그림처럼 새로 그려진 듯했고, 모든 것이 들뜬 축제의 시작을 기다리는 듯했다. 한스의 가슴속에서도 야릇하고 대담한 감정과 특이하고 눈부신 희망이 불안과 달콤함을 동시에 담은 물결처럼 힘차게 굽이치고 있었다. 물론 그런 감정에는 이것이 꿈일 거라는, 결코 실현될 수 없을 거라는 소심한 의심과 공포도 곁들여져 있었다. 이런 모순적인 감정이 어둡게 용솟음치는 샘물로 부풀어 올랐다. 마치 너무 강한 어떤 것이 한스의 내면에서 풀려나와 숨을 쉬려고 하는 감정 같기도 했다. 물론 그것은 울먹임일 수도, 노래일 수도, 아니면 비명이나 큰 웃음일 수도 있었다. 집에 도착해서야 흥분이 조금 가라앉았다. 집에서는 모든 것이 예전과 똑같았다.

"어디 갔다 오니?"

아버지가 물었다.

"물방앗간에요. 플라이크 아저씨가 오늘 과즙을 짰거든요."

"얼마나 짰던?"

"두 통 정도요."

한스는 나중에 우리 집도 과즙을 짤 때 플라이크 아저씨의 아이들을 부르게 해 달라고 부탁했다.

"물론이지." 아버지가 웅얼거렸다. "다음 주에 짤 생각인데, 그때 부르도록 해라."

저녁 식사까지는 아직 한 시간이 남아서 한스는 정원으로 나갔다. 전나무 두 그루 말고는 이제 푸른색을 띤 것은 없었다. 한스는 개암나무 가지를 꺾어 쌩 하고 허공에 휘두르고는 시든 잎사귀들을 흩트려 떨어뜨렸다. 해는 벌써 산등성이 뒤로 넘어갔다. 시커먼 산은 정원의 뾰족한 전나무 우듬지와 함께 습기 머금은 푸르스름한 저녁 하늘을 가르고 있었다. 수평으로 뻗은 잿빛 구름은 서서히 황갈색으로 물들어 가면서, 고향 항구로 돌아가는 한 척의 범선처럼 옅은 황금빛 대기를 뚫고 골짜기 위쪽으로 유유히 흘러갔다.

한스는 황혼의 색조로 무르익는 저녁의 아름다움에 흠뻑 취해 정원을 거닐었다. 여기 살면서 이런 아름다움을 느끼기는 처음이었다. 한스는 이따금 걸음을 멈춘 뒤 눈을 감고 엠마를 떠올려 보았다. 압축기 반대편에 서 있던 모습, 먹던 잔을 건네주던 모습, 잔을 건지려고 통 위로 몸을 구부렸다가 상기된 얼굴로 일어나던 모습……. 머리카락과 꽉 끼는 푸른 옷 속의 몸매, 목, 짙은 머리칼로 그늘진 갈색 목덜미, 이 모든 것이 한스의 눈앞에 생생히 떠오르면서 그의 마음을 기쁨과 떨림으로 가득 채웠다. 다만 엠마의 얼굴은 아무리 애를 써도 떠오르지 않았다.

해가 떨어졌는데도 냉기는 느껴지지 않았다. 한스는 짙게 깔리는 황혼이 마치 비밀 가득한 베일처럼 느껴졌다. 물론 이 베일의 정체는 아직 알지 못했다. 자기가 하일브론 처녀를 사랑하게 된 것은 알겠는데, 자신의 젊은 핏속에서 깨어나는 남성성의 뜨거운 열망을 단지 익숙하지 않은, 예민하고 피곤한 상태로만 어렴풋이 이해하고 있었기 때문이다.

저녁 식사를 할 때 한스는 예전 그대로의 환경 속에 완전히 변한 모습으로 앉아 있는 자신이 이상하게 느껴졌다. 아버지와 늙은 하녀, 식탁, 가재도구, 온 방이 갑자기 오래된 그림처럼 다가왔고, 마치 긴 여행에서 막 집으로 돌아온 사람처럼 이 모든 것을 놀라움과 낯섦, 애착의 감정으로 관찰했다. 예전에 나무에 목매달아 죽을 생각을 할 때는 이별을 앞둔 이의 슬픈 우월감으로 주변 사람과 사물들을 바라보았다면 이제는 그것마저 새롭게 바뀌었다. 예전으로 돌아가 익숙한 것에 새삼 놀라워하고 웃음과 애정을 되찾은 것이다.

한스가 식사를 끝내고 일어서려 할 때 아버지가 특유의 간단한 어투로 말했다.

"기계공이 되고 싶니, 한스? 아니면 서기가 되고 싶니?"

"네?"

한스가 놀라서 반문했다.

"다음 주말쯤 기계공 슐러 씨 밑에 들어가 기술을 배울 수도 있고, 다다음 주에 시청 수습생으로 들어갈 수도 있어. 잘 생각해 보고 내일 다시 얘기하자."

한스는 일어나 나갔다. 갑작스러운 질문은 당혹스러우면서도 매혹적으로 다가왔다. 예기치 않은 순간에 현실의 생기 있는 직업적 삶이 눈앞에 우뚝 서 있는 느낌이었다. 몇 달 전부터 완전히 담을 쌓았던 삶이었다. 이 세계에는 두 얼굴이 있었다. 유혹하는 얼굴과 위협하는 얼굴. 미래에 대한 약속도 있고 요구도 있었다. 사실 그전까지는 기계공이건 서기건 되고 싶은 마음이 추호도 없었다. 기술직의 혹독한 육체노동에 대한 두려움도 있었다. 문득 학창 시절 친구 아우구스트가 떠올랐다. 지금은 기계공으로 일하고 있는 이 친구를 만나 이것저것 물어볼 수도 있을 것 같았다.

이 문제에 깊이 빠져 있다 보니 생각이 점점 흐려지고 옅어졌다. 사실 이 문제는 그리 급하지도 중요하지도 않았다. 한스를 더 급하게 몰아붙이고 사로잡은 일은 따로 있었다. 한스는 현관 앞에서 초조하게 서성거렸다. 그러다 갑자기 모자를 집어 들고는 집을 나가 천천히 골목길로 들어섰다. 오늘 중으로 엠마를 한 번 더 봐야겠다는 생각이 퍼뜩 떠오른 것이다.

사위는 벌써 어두워져 있었다. 근처 술집에서 고함과 목쉰 노랫소리가 퍼져 나왔다. 불 켜진 창문이 더러 눈에 띄었다. 하지만 이제 이 집 저 집에 불이 하나둘 본격적으로 켜지면서 붉은 불빛이 어두운 대기 속으로 희미하게 새어 나왔다. 한 무리의 젊은 아가씨들이 팔짱을 낀 채 즐겁게 웃고 떠들며 골목 아래쪽으로 내려가고 있었다. 불안한 불빛 속에서 흔들리는 이 행렬은 젊음과 환희의 따뜻한 물결처럼 잠들어 가는 골목길을 타고 내려갔다. 한스는 이들의 뒷모습을 바라보며 심장 소리가 목까지 차오르는 것을 느꼈다.

커튼을 친 어느 집 창문에서 바이올린 소리가 들렸고, 우물가에서는 한 아낙이 상추를 씻었다. 다리 위에서는 두 청년이 애인들과 함께 산책을 즐기고 있었다. 한 청년은 애인의 손을 느슨하게 잡고 흔들며 담배를 피웠다. 다른 쌍은 거의 껴안다시피 하고 천천히 걸었다. 남자는 여자의 허리를 감았고, 여자는 남자의 가슴에 어깨와 머리를 묻었다. 한스는 이런 광경을 수백 번도 더 봤지만 지금까지는 별 관심을 보이지 않았다. 그런데 이제는 달랐다. 이 행위의 은밀한 의미, 육체적 쾌락과 연결된 막연하면서도 달콤한 의미가 느껴지기 시작했다. 한스의 시선은 이들에게서 떨어지지 않았고, 머릿속에서는 판타지의 세계가 은밀히 펼쳐졌다. 가슴속 깊은 곳이 울렁이고 뜨거워지는 동시에 한스는 커다란 비밀 앞에 다가선 듯한 느낌이 들었다. 물론 이 비밀이 감미로운 것인지 두려운 것인지는 알 수 없었다. 다만 이들에게서 무언가 가슴 떨리는 것을 미리 느낄 수는 있었다.

한스는 플라이크의 집 앞에 멈추어 섰지만 들어갈 용기가 나지 않았다. 들어가면 뭐라고 하고, 무얼 한단 말인가? 문득 열한두 살 때 이 집에 자주 드나들었던 기억이 떠올랐다. 그때 플라이크 아저씨는 성경 이야기를 들려주었고, 지옥이나 악마, 귀신에 대한 한스의 폭풍 같은 호기심을 다 받아 주었다. 이 기억들은 불편했고, 한편으로는 양심의 가책을 느끼게 했다. 한스는 대체 자기가 무엇을 하려고 이러는지 알 수 없었다. 원하는 게 있기나 한 것일까? 그러나 뭔가 비밀스럽고 금지된 일을 앞둔 것 같은 기분은 사실이었다. 만일 자기가 들어가지 않고 이대로 어두운 문 앞에 서 있는 걸 알면 구두장이 아저씨는 무척 섭섭해할 것 같았다. 만일 지금이라도 문을 열고 나와 이렇게 엉거주춤 서 있는 한스를 보면 꾸중보다는 폭소를 터뜨릴 것이다. 한스가 가장 두려워하는 것도 바로 그것이었다.

한스는 살금살금 집 뒤로 돌아가 정원 울타리에서 불 켜진 거실을 살펴보았다. 아저씨는 보이지 않았다. 아주머니는 바느질이나 뜨개질을 하는 듯했고, 큰아들은 아직 자지 않고 책상 앞에 앉아 책을 읽고 있었다. 엠마는 정리할 게 많아 이리저리 바쁘게 돌아다니는지 한곳에 있지 않고 잠깐잠깐 눈앞에 나타났다가 다시 사라졌다. 주변은 골목 저 안쪽에서 들려오는 발소리와 정원 건너편에서 나직이 흘러가는 강물 소리가 또렷이 들릴 정도로 조용했다. 어둠은 성큼 다가왔고, 온도는 급격히 떨어지고 있었다.

거실 창문들 옆에 달린 자그마한 현관 창문은 어두웠다. 한참 뒤, 이 작은 창문 뒤편으로 어렴풋이 형체가 나타나더니 밖으로 고개를 내밀고 어둠 속을 바라보았다. 한스는 누구인지 금방 알아보았다. 엠마였다. 떨리는 기대감에 심장이 멈추어 버릴 것만 같았다. 엠마는 창가에 서서 한참 동안 바깥을 내다보았다. 한스는 엠마가 자신을 보고 있는지, 자신을 알아보았는지 알 수 없었다. 그저 손가락 하나 까딱 않고 소심하게 건너편을 바라보기만 했다. 그녀가 자신을 알아보았으면 하는 기대도 있었지만, 그러면 어떡하나 하는 두려움도 있었다.

희미한 형체가 창가에서 사라지더니 곧이어 작은 정원 문이 딸깍 열리면서 엠마가 밖으로 나왔다. 한스는 가슴이 철렁 내려앉으면서 재빨리 도망치고 싶었지만, 그냥 엉거주춤 울타리에 기댄 채 엠마가 어두운 정원을 지나 천천히 걸어오는 모습을 지켜보았다. 한 발짝 한 발짝 가까워질 때마다 달아나고 싶은 충동도 덩달아 커졌지만, 더 강한 무언가가 한스를 도로 주저앉혔다.

이제 엠마는 한스 바로 앞에 섰다. 둘 사이에는 나지막한 울타리만 있을 뿐, 거리는 반 발짝도 되지 않았다. 엠마가 이상한 눈으로 한스를 유심히 바라보았다. 한동안 말이 없다가 엠마가 나직이 물었다.

"여긴 어쩐 일이야?"

"별일 아냐."

한스가 말했다. 그러나 엠마가 스스럼없이 반말을 던지는 순간 어떤 보이지 않는 손이 자신의 살갗을 부드럽게 어루만지는 기분이 들었다.

엠마가 울타리 너머로 손을 내밀었다. 한스는 수줍은 듯 살며시 그 손을 잡고 약간 힘을 주었다. 그러는데도 엠마는 손을 빼지 않았다. 한스는 용기를 내어 따뜻한 손을 조심조심

사랑스럽게 어루만졌다. 엠마는 여전히 한스가 하는 대로 내 버려 두었다. 그러자 한스는 그녀의 손을 뺨에 갖다 댔다. 쾌 감이 몸속 깊이 파고들면서 야릇한 온기와 행복한 나른함이 밀물처럼 밀려왔다. 주변 공기도 미지근하게 끈적거리는 듯했 다. 한스의 눈에는 이제 골목길도 정원도 보이지 않았다. 눈앞 의 환한 얼굴과 헝클어진 짙은 머리카락만 보일 뿐이었다.

그때 엠마가 나지막이 물었다. 아득히 먼 곳에서 들려오는 속삭임 같았다.

"키스해 줄래?"

하얀 얼굴이 어둠 속에서 조금씩 다가왔다. 엠마 몸의 무 게에 밀려 울타리 판자가 밖으로 약간 휘어졌다. 은은한 향을 풍기는 머리카락이 한스의 이마를 스쳤다. 엠마의 감은 두 눈 이 한스의 눈앞까지 왔다. 넓고 흰 눈꺼풀과 짙은 속눈썹이 보였다. 한스의 떨리는 입술이 엠마의 입술에 닿는 순간, 전 기 충격 같은 전율이 온몸으로 짜릿하게 퍼져 나갔다. 한스는 순간적으로 몸을 부르르 떨며 입술을 살짝 뗐다. 그러나 엠마 는 두 손으로 한스의 머리를 붙잡아 자기 쪽으로 당기더니 한 스의 입술을 놔주지 않았다. 엠마의 입술은 뜨거웠다. 한스의 입술을 내리누른 채 온몸의 생명력을 빨아들이듯 탐욕스럽게 빠는 느낌이었다. 한스는 온몸에서 힘이 쭉 빠졌다. 엠마의 입 술이 떨어져 나가기 직전에는 떨리는 쾌감이 지독한 나른함 과 고통으로 바뀌었다. 엠마가 마침내 놓아주었을 때 한스는 다리 힘이 풀려서, 떨리는 손가락으로 울타리를 꽉 붙잡아야 했다.

"너, 내일 저녁에 다시 와."

엠마는 급히 집으로 들어갔다. 함께한 시간은 5분이 채 되지 않았지만 마치 오랜 시간이 지난 듯했다. 한스는 멍한 눈으로 엠마의 뒷모습을 바라보았다. 여전히 울타리는 꽉 붙든 채였다. 힘이 없어 한 발짝도 내디딜 수 없었다. 머리로 몰린 피가 쿵쾅거리며 망치질을 해 댔다. 피는 불규칙한 고통의 물결처럼 심장에서 머리로 치솟다가 이내 썰물처럼 쏴 하고 빠져나갔다. 숨이 멎을 지경이었다.

방문이 열리더니 구두장이 아저씨가 들어오는 것이 창문으로 보였다. 여태까지 작업장에 있다가 오는 모양이었다. 한스는 이러고 있는 자신이 발각될지도 모른다는 걱정에 얼른 자리를 떴다. 살짝 술에 취한 사람처럼 비틀거리고 내키지 않는 걸음걸이로 천천히 걸어갔다. 한 발씩 뗄 때마다 무릎이 풀썩 꺾일 것 같았다. 졸린 듯한 박공지붕과 붉은빛이 새어 나오는 흐릿한 창문, 그리고 어두운 골목이 빛바랜 무대 배경처럼 느릿느릿 스쳐 지나갔다. 다리와 강, 마당과 정원들까지. 게르버 가세 거리의 분수는 이상하리만치 크고 무슨 악기 소리처럼 물을 내뿜고 있었다.

어느 순간 한스는 몽롱한 기분으로 어떤 대문을 열고 칠흑처럼 어두운 통로를 지나 계단을 올라갔다. 문을 여닫고, 또 다른 문을 여닫더니 가만히 어떤 책상 앞에 앉았다. 그러고는 한참 지난 뒤에야 여기가 자기 방이라는 것을 알아차렸다. 그렇게 다시 얼마가 지나자 옷을 벗어야겠다고 마음먹었다. 아무 정신이 없는 사람처럼 멍하니 옷을 벗고는 그 상태로 창가에 앉았다. 그러다 불현듯 가을밤의 냉기에 몸이 오싹해지는 것을 느끼고 이불 속으로 들어갔다. 이제 자야겠다고 생각했다. 그러나 이불 속에서 몸이 조금 따뜻해지자마자 심장이 다시 고동치기 시작했고, 몸속의 피가 불규칙하게 부글부글 끓어올랐다. 눈을 감자 엠마의 입술이 자기 입술을 누르며 영혼을 남김없이 빨아들이고 내면을 고통스러운 열기로 가득 채우는 듯했다.

밤늦게 잠든 한스는 쫓기듯이 이런저런 꿈을 꾸었다. 한번은 불안한 느낌이 들 정도로 새까만 어둠 속에서 주위를 더듬으며 엠마의 팔을 잡았다. 엠마는 한스를 껴안았고, 둘은 따뜻하고 깊은 물 속으로 천천히 가라앉았다. 그때 갑자기 구두장이가 나타나더니, 왜 자기를 찾아오지 않느냐고 물었다. 한스는 웃음을 터뜨릴 수밖에 없었다. 이렇게 물은 사람이 실은 플라이크가 아니라 마울브론 수도원의 기도실 창턱에 앉아 농담을 던지던 헤르만 하일너였기 때문이다. 이 장면도 곧 사라졌다. 이제 한스는 압착기 옆에 서 있었고, 엠마는 손잡이가 돌아가는 것을 몸으로 막았다. 한스는 전력을 다해 그 힘에 맞서 싸웠다. 어느 순간 엠마가 건너편에서 몸을 구부리더니 한스의 입술을 찾았다. 사방은 조용하고 칠흑 같았다. 이제 한 스는 다시 따뜻하고 검은 물속으로 가라앉았고, 미쳐 버릴 정도로 머리가 어지러웠다. 그와 동시에 신학교 교장선생의 연설이 들렸다. 자신을 두고 하는 연설인지는 모르겠지만.

그 뒤로 한스는 꿈 없이 계속 자다가 아침 늦게야 일어났다. 황금빛 햇살이 내리쬐는 화창한 날이었다. 한스는 한동안 정원을 거닐며 잠에서 깨어나 정신을 차리려고 애썼다. 그러나 여전히 수면의 안개에 짙게 싸인 듯했다. 정원에서는 마지막으로 남은 보라색 과꽃이 마치 8월의 꽃처럼 햇빛을 받으며 환하게 웃고 있었다. 따스하고 사랑스러운 햇살이 바짝 마른 나뭇가지와 앙상한 덩굴 위로 마치 이른 봄날처럼 애교 있게 살랑살랑 쏟아지는 것도 보였다. 그러나 한스는 이 모든 것을 그저 바라만 볼 뿐 가슴으로 함께하지는 못했다. 어차피 자기와는 상관없는 것들이었다.

문득 여기 정원에서 아직 토끼들이 뛰놀고, 한스가 직접 만든 물레방아와 절구가 돌아가던 시절의 선명한 기억들이 강렬하게 몰려왔다. 3년 전 9월의 어느 날이 떠올랐다. 스당 축제* 전날이었다. 그날 아우구스트가 담쟁이덩굴을 갖고 한스 집에 왔다. 둘은 깃대를 반짝반짝 윤이 나게 닦고는 금빛 깃

---

* 보불전쟁(1870~1871년. 독일 프로이센과 프랑스의 전쟁) 당시 독일군이 스당 전투에서 결정적인 승리를 거둔 뒤 프랑스의 나폴레옹 3세로부터 항복을 받아 낸 사건을 기념하는 날(9월 2일). 이 전쟁의 승리로 1871년 독일 제국이 건설되었다.

대 끝에 담쟁이덩굴을 매달았다. 내일에 대한 기대에 들떠 내일 일을 이야기하면서. 그 밖에 다른 일은 없었고 아무 일도 일어나지 않았다. 둘은 축제에 대한 예감과 기쁨으로 한껏 부풀어 있었다. 깃발은 햇빛 속에서 빛났고, 안나는 자두 과자를 구웠다. 밤에는 높직한 바위 위에 스당의 불꽃이 활활 타올랐다.

한스는 왜 하필 오늘 그날 일이 생각나고, 그 기억들이 왜 그리 아름답고 강렬한지, 또 그 기억들로 왜 이렇게 참담하고 슬픈 감정이 드는지 알 수 없었다. 어린 시절과 그 시절의 일들이 기억의 옷을 입고 환하게 웃으며 찾아온 이유가 한스에게 마지막 작별 인사를 건네면서 다시는 누리지 못할 과거의 행복을 마음속에 가시처럼 남겨 놓기 위해서라는 사실을 알지 못했던 것이다. 다만 이 기억들이 어제저녁에 있었던 엠마와의 일과는 어울리지 않으며, 그의 내면에서 당시의 행복과는 하나가 될 수 없는 무언가가 솟구치고 있음은 느낄 수 있었다. 금빛으로 반짝거리는 깃대 끝이 다시 보이고, 친구 아우구스트의 웃음소리가 들리고, 갓 구운 과자의 향긋한 냄새가 났다. 한스는 이것들이 어찌나 밝고 행복하고 아득하고 낯설게 느껴지던지 자기도 모르게 커다란 전나무의 거친 몸통에 기대어 절망적인 흐느낌을 토해 냈다. 순간적으로 위안과 구원의 느낌을 안겨 주는 흐느낌이었다.

점심께 한스는 아우구스트에게로 달려갔다. 벌써 일급 수습

219

공이 된 녀석은 살이 붙고 키도 컸다. 아우구스트는 솔직하게 말해 주었다.

"이게 쉬운 일은 아냐." 녀석은 세상 물정에 밝은 어른 같은 표정을 지었다. "쉽지 않을 거야. 넌 약골이잖아. 처음 1년 동안은 불에 달군 쇠를 일정한 모양으로 만들기 위해 미친 듯이 망치질을 해야 돼. 그렇다고 망치가 수프나 떠먹는 숟가락처럼 가볍지도 않아. 게다가 무거운 쇠도 이리저리 날라야 하고 저녁에는 여길 다 치워야 해. 줄질하는 것도 여간 힘들지 않아. 일이 어느 정도 몸에 배기 전까지는 잘 들지 않는 낡은 줄밖에 안 줘. 원숭이 궁둥이처럼 매끈매끈한 줄로 쇠를 갈려면 얼마나 힘을 줘야 하는지 알아?"

한스는 금세 풀이 죽었다.

"그럼 나는 포기해야 한다는 거야?"

한스가 소심하게 물었다.

"아니. 그런 뜻으로 말한 건 아냐! 기죽지 마! 처음엔 다 힘들다는 걸 말한 것뿐이니까. 그런 것만 빼면 기계공도 꽤 괜찮은 직업이야. 너도 알게 될 거야. 게다가 기계공은 머리도 좋아야 해. 머리가 나쁘면 그냥 저질 대장장이만 되고 말아. 한번 보여 줄까?"

아우구스트가 정교하게 만든 작은 기계 부품들을 가져왔다. 반짝거리는 강철로 만든 것들이었다.

"자, 봐. 이것들은 0.5밀리미터도 틀리면 안 돼. 나사 하나하나까지 전부 손으로 만들어. 그 말은, 눈을 크게 뜨고 정신을 집중해야 한다는 뜻이야. 이 상태가 끝이 아냐. 아직 좀 더 갈고 강도를 높여야 돼."

"멋져 보이네. 그런데 내가 알고 싶은 건……."

아우구스트가 웃었다.

"겁나? 그래, 처음 일을 배울 때는 이래저래 들볶이고 힘들어. 그건 어쩔 수 없어. 견뎌 내야지. 하지만 내가 있잖아. 내가 도와줄게. 네가 다음 주 금요일에 일을 시작하면 마침 그때가 내 수습공 생활이 딱 2년 되는 날이야. 토요일에는 처음으로 주급도 받고. 그래서 일요일에 파티를 열 거야. 케이크도 먹고 맥주도 마시고. 모두 부를 거야. 너도 당연히 와야지. 그래서 우리가 어떻게 지내는지 보라고! 어쨌든 한때 우린 좋은 친구였잖아."

식사를 하면서 한스는 아버지에게 기계공이 되고 싶다면서 일주일 뒤에 일을 시작해도 되는지 물었다.

"그래, 잘 생각했다."

아버지는 오후에 한스와 함께 슐러 씨 작업장으로 가서 수습공 신청을 했다.

그런데 어스름이 깔리기 시작하면서 이 일은 한스의 머릿속에서 까맣게 지워지고 오직 저녁에 엠마를 만날 생각밖에 없었다. 한스는 벌써부터 숨이 가빴다. 어떤 때는 시간이 너무 더디게 가다가도 어떤 때는 너무 빠르게 가는 듯했다. 한스는 마치 사공이 빠른 물살을 기다리듯 애절하게 엠마와의 만남을 기다렸다. 저녁 식사도 전혀 안중에 없었다. 그냥 우유만 한 잔 후딱 마시고는 바로 집을 나섰다.

모든 게 어제와 똑같았다. 어둡고 졸린 듯한 골목, 붉은 창문들, 희미한 가로등 불빛, 천천히 거니는 연인들.

구두장이 집의 정원 울타리에 서는 순간 불안감이 봇물처럼 밀려왔다. 무슨 소리가 들릴 때마다 몸이 움찔움찔했다. 어둠 속에 서서 집 안쪽으로 귀를 기울이는 모습이 영락없이 도둑이었다. 1분도 채 지나지 않아 엠마가 한스 앞에 나타났다. 엠마는 한스의 머리카락을 두 손으로 쓰다듬더니 정원 문을 열어 주었다. 한스는 조심조심 들어섰다. 엠마는 한스를 잡아 끌고 덤불에 둘러싸인 정원 길과 뒷문을 지나 한층 더 어두운 복도로 데려갔다.

둘은 지하실 맨 위 계단에 나란히 앉았다. 시간이 좀 지나자 새까만 어둠 속에서도 서로의 얼굴을 어렴풋이 볼 수 있었다. 엠마는 명랑했고, 귓속말로 계속 수다를 떨었다. 여러 차례 키스 경험이 있고 연애 문제에도 밝아, 여리고 수줍어하는 소년 정도는 손쉽게 요리할 수 있었다. 엠마는 한스의 갸름한 얼굴을 양손으로 쥐고는 이마와 눈, 뺨에다 입을 맞추었다. 입술 차례가 되자 엠마는 다시 오랫동안 빨아들이듯이 키스를 했다. 소년은 금세 머리가 어지러워지고 맥이 풀리면서 힘없이 엠마의 품에 안기고 말았다. 엠마가 나직이 웃으며 한스의 귀를 살짝 잡아당겼다.

엠마는 쉴 새 없이 재잘거렸다. 한스는 듣고는 있었지만 무슨 말을 들었는지 몰랐다. 엠마가 한스의 팔과 머리카락, 목, 손을 차례로 어루만지고 볼을 부볐으며, 한스의 어깨에 고개를 살며시 기댔다. 한스는 조용히 엠마가 하는 대로 내버려 두었다. 달콤한 전율과 두렵고도 깊은 행복감이 가슴 가득 밀려들었다. 이따금 열병 환자처럼 몸을 움찔거리면서.

"넌 참 희한한 애구나." 엠마가 웃었다. "무슨 애가 이렇게 숙맥이니?"

엠마는 한스의 손을 잡아 자신의 목덜미와 머리카락을 쓰다듬게 하더니 가슴 위에 가만히 올려놓고 살짝 눌렀다. 한스는 가슴의 부드러운 굴곡과 낯설고 달콤한 일렁거림을 느꼈다. 저절로 눈이 감기는 것과 동시에 끝없이 밑으로 빠져드는 기분이었다.

"안 돼! 그만!"

엠마가 다시 키스하려고 하자 한스는 얼른 몸을 뺐다. 엠마가 웃었다.

엠마는 갑싸 안듯 한스를 끌어당기며 옆구리를 바짝 밀착시켰다. 한스는 엠마의 몸이 닿는 느낌에 정신이 아득해지면서 아무 말도 할 수 없었다.

"너 나 좋아해?"

엠마가 물었다.

한스는 그렇다고 대답하려 했지만, 말이 나오지 않아서 그냥 고개만 끄덕거렸다. 그것도 한동안 계속.

엠마는 다시 한 번 한스의 손을 잡더니 이번에는 장난삼아 자기 옷 속으로 쑥 밀어 넣었다. 한스는 낯선 몸의 맥박과 숨결이 바로 옆에서 뜨겁게 느껴지자 심장이 멎는 듯했고, 숨이 가빠지면서 금방이라도 죽을 것 같았다. 한스는 손을 빼며 신음했다.

"이제 집에 가야겠어."

한스는 일어서는 순간 휘청하는 바람에 하마터면 지하실 계단 아래로 미끄러질 뻔했다.

"왜 그래?"

엠마가 놀라 물었다.

"모르겠어. 너무 피곤해."

한스는 엠마가 자신을 껴안다시피 부축해서 정원 울타리까지 데려다 준 것을 알지 못했고, 엠마의 작별 인사와 등 뒤로 문이 닫히는 소리도 듣지 못했다. 또한 골목길을 따라 집으로 가면서도 어떻게 가고 있는지 도무지 실감이 나지 않았다. 마치 거센 폭풍에 휩쓸려 가거나, 큰 물결에 두둥실 떠밀려 가는 느낌이었다.

골목길 좌우로 집들이 창백하게 보였다. 그 위로 산등성이와 전나무 우듬지, 밤의 어둠, 고요히 떠 있는 큼직한 별들이 보였다. 살갗을 스쳐 가는 바람이 느껴졌고, 교각을 휘감는 강물 소리가 들렸다. 강물 위에는 뜰과 창백한 집들, 밤의 어둠, 가로등, 별들이 떠 있었다.

다리 위에서 쉬어 가야 했다. 너무 피곤해서 이대로는 집까지 갈 수 없을 것 같았다. 한스는 다리 난간에 걸터앉아 교각에 부딪히는 강물 소리와 둑에서 물 부서지는 소리, 물레방아 돌아가는 소리에 귀를 기울였다. 두 손은 몹시 차가웠다. 가슴과 목구멍에 꽉 막혀 있던 피가 한꺼번에 터져 나오면서 순간적으로 눈을 멀게 했고, 머릿속에 어지러움을 가득 남긴 채 급격한 물살을 타고 다시 심장 속으로 흘러들어 갔다.

한스는 집에 돌아와 침대에 눕자마자 바로 잠이 들었다. 끝이 안 보이는 공간을 지나 계속 밑으로 추락하는 꿈을 꾸었다. 자정쯤 고통과 고단함으로 파김치가 된 채 깨어나 아침까지 비몽사몽의 경지를 헤맸다. 목구멍이 타 버릴 것 같은 그리움에 몸부림치고, 통제할 수 없는 힘들에 이리저리 내몰렸다. 그러다 새벽녘에야 쓰라린 고통과 압박은 긴 울음이 되어 터져 나왔고, 한스는 눈물이 흥건한 베개에 얼굴을 묻고 간신히 잠이 들었다.

7장

기벤라트 씨는 압착기에 붙어 점잖게 과즙을 짰고, 한스는 그 옆에서 일을 거들었다. 구두장이 집 아이들은 두 명만 와서 과일을 만지작거리며 거드는 시늉을 했는데, 손에는 작은 시음 잔과 커다란 검은 빵을 하나씩 들고 있었다. 엠마는 함께 오지 않았다.

아버지가 통을 들고 반 시간쯤 자리를 비운 뒤에야 한스는 용기를 내어 엠마에 대해 물었다.

"엠마는 어디 갔니? 여기 오기 싫대?"

아이들은 입에 먹을 걸 넣고 우적우적 씹느라 대답하는 데 시간이 좀 걸렸다.

"떠났어."

아이들은 이렇게 말하며 고개를 끄덕였다.

"떠났다고? 어디로?"

"집으로."

"자기 집에? 기차 타고?"

아이들은 열심히 고개를 끄덕였다.

"언제?"

"오늘 아침에."

아이들은 사과를 달라고 다시 손을 내밀었다. 한스는 멍하니 과즙 통을 내려다보며 압착기 손잡이를 돌리면서 천천히 아이들의 말을 이해하기 시작했다.

아버지가 돌아왔고, 다들 웃음을 터뜨리며 일을 했다. 아이들은 고맙다고 인사한 뒤 돌아갔다. 저녁이 되자 다른 사람들도 일을 끝냈다.

저녁 식사 뒤 한스는 방에 혼자 앉아 있었다. 10시가 지나고 11시가 되었는데도 불은 켜지 않았다. 이어 오랫동안 깊은 잠을 잤다.

이튿날 평소보다 늦게 일어났을 때 한스는 불행과 상실의 애매한 감정을 느꼈다. 그러다 엠마가 떠올랐다. 간다는 말도, 인사도 없이 떠나 버린 사람이었다. 어젯밤 한스와 함께 있을 때도 자기가 언제 떠날지 분명 알고 있었을 것이다. 엠마의 웃음과 키스가 떠올랐다. 아이를 다루듯 거리낌없는 몸짓도 떠올랐다. 한스를 진지하게 생각하지 않은 게 분명했다.

가슴 저미는 분노가 진정되지 않은 격한 사랑의 힘과 합쳐져 슬픈 고통으로 변했다. 한스는 이 고통을 이기지 못하고 정원과 거리, 숲을 쏘다니다가 다시 집에 돌아왔다.

이렇게 해서 한스는 사랑의 비밀을 너무 일찍 맛보게 되었다. 그 속에는 달콤함보다 쓰라린 맛이 가득 담겨 있었다. 속절없는 한탄과 그리운 추억, 절망적인 번민의 나날이 이어졌다. 밤이면 쿵쾅거리는 심장 소리와 가슴이 찢어질 것 같은 고통으로 잠을 이루지 못했고, 간신히 잠들어도 끔찍한 악몽에 시달렸다. 꿈속에서 격렬히 끓어오른 피는 동화 속의 무시무시한 괴물로 변했다. 몸을 휘감고 죽이려 드는 팔이나 뜨거운 눈을 가진 판타지 속의 짐승이나 아찔한 낭떠러지나 활활 불타오르는 거대한 눈으로 변하기도 했다. 한스는 싸늘한 가을밤의 고독에 휩싸인 채 홀로 깨어나 있었고, 엠마를 향한 사무치는 그리움에 몸부림쳤으며, 눈물범벅이 된 베개에 얼굴을 묻고 신음을 토해 냈다.

수습공으로 들어가기로 한 금요일이 점점 가까워졌다. 아버지는 푸른색 아마천 작업복과 푸른색 반(半)모직 모자를 사 주었다. 한스는 한 번 입어 봤지만, 작업복을 입은 자기 모습이 아주 우스꽝스럽게 여겨졌다. 더구나 학교나 교장선생 관사, 수학 선생의 집을 지나가거나, 플라이크 아저씨의 작업장과 목사 사택을 지나칠 때면 비참한 기분이 드는 건 어쩔 수 없었다. 공부에 바친 그 수많은 땀방울과 노력, 자잘한 즐거움, 자부심과 야망, 희망 넘치는 꿈들, 이 모든 것이 물거품이 되고 말았다. 이렇게 남들의 조롱이나 받으며 다른 친구들보다 늦게 수습공이나 되려고 그렇게 열심히 공부했단 말인가!

하일너가 이걸 보면 뭐라고 할까!

한스는 차츰 푸른 작업복에 익숙해지려고 애썼고, 그와 함께 작업장에 처음 들어갈 금요일이 조금 기다려지기도 했다. 거기 가면 어쨌든 지금까지의 무기력함을 벗고 뭔가 새로운 것을 경험할 수 있을 것 같았기 때문이다.

그러나 이런 생각은 먹구름 속에서 순간적으로 내리쳤다가 사라지는 번개처럼 쉽게 잊혔다. 한스의 가슴을 가득 채운 것은 엠마였다. 엠마가 떠나갔다는 사실은 도저히 잊히지 않았다. 아니, 그보다 더 잊히지 않고 극복되지 않는 것은 엠마와 함께 있었던 흥분된 순간들이었다. 속에서 피가 끓어오르면서 이 그리움을 어찌해 달라고 아우성을 쳤다.

고통스럽고 먹먹한 시간이 천천히 흘러갔다. 올가을은 예년보다 더 아름다웠다. 햇살은 부드러웠고, 은빛 새벽은 청아했으며, 한낮은 색색으로 활짝 웃었고, 저녁은 맑고 투명했다. 또한 먼 산은 깊은 푸른색을 띠어 갔고, 밤나무는 황금빛으로 빛났으며, 담장과 울타리 위에는 보라색 야생 포도 덩굴이 한 가로이 걸려 있었다.

한스는 자신에게서 도망쳐 정처 없이 떠돌았다. 낮에는 시내와 들판을 쏘다녔고, 사람들은 될 수 있으면 피했다. 마음속 사랑의 상처를 들킬까 두려웠기 때문이다. 그러나 저녁 무렵이면 골목으로 나가 하녀들을 힐끔힐끔 훔쳐보았고, 조금 찔리는 마음으로 연인들을 뒤쫓으며 그들의 행동을 지켜보았다. 강렬한 삶의 욕망과 뿌리칠 수 없는 마력이 엠마와 함께 나타났다가 악의적으로 다시 사라져 버린 듯했다. 엠마와 함께 있을 때 느꼈던 고통과 불안은 이제 떠오르지 않았다. 만일 다시 엠마를 만나게 된다면 더는 소심하게 굴지 않고 그녀의 모든 비밀을 파헤치고 사랑이라는 마법의 정원으로 선뜻 들어설 것 같았다. 바로 코앞에서 닫혀 버린 그 정원의 문으로 말이다.

한스는 판타지를 통해 이 자극적이고 위험한 정원의 수풀에 얽매여 있었고, 쭈뼛거리며 그 안을 헤매고 다녔다. 끈질긴 자학 속에서 이 좁은 마법의 공간 밖에 이보다 훨씬 아름답고 넓은 공간이 따뜻하게 존재한다는 사실에는 눈길조차 주지 않으려 했다.

상황이 이렇다 보니 처음에는 내심 불안하게 기다려 온 그 금요일이 반갑게 느껴졌다. 한스는 늦지 않게 일어나 푸른 작업복으로 갈아입고 모자를 쓴 뒤 약간 머뭇거리는 걸음으로 게르버가세 거리를 따라 슐러 아저씨의 작업장으로 내려갔다. 아는 사람들이 더러 한스를 호기심 어린 눈으로 살펴보았고, 어떤 이는 이렇게 묻기도 했다.

"이게 어찌 된 일이니? 네가 기계공이 된 거냐?"

작업장은 바쁘게 돌아가고 있었다. 기능장* 슐러 씨는 막 단조** 작업을 하고 있었다. 기능장이 불에 달군 쇳조각을 모루 위에 올려놓자 기능공 하나가 무거운 해머로 내리쳤다. 기능장은 적당한 모양을 만들려고 집게로 쇳조각을 자유자재로 돌려가며 손 망치로 세심하게 땅땅 때렸다. 박자를 맞춘 망치질 소리가 활짝 열린 문을 통해 아침 공기 속으로 밝고 경쾌하게 퍼져 나갔다.

기름과 줄밥으로 새까매진 기다란 작업대 옆에는 나이 든 기능공과 아우구스트가 나란히 서서 각자의 바이스***에서 열심히 일하고 있었다. 천장에는 선반과 숫돌, 풀무, 천공기를 수력으로 돌리는 벨트가 윙윙 소리를 내며 돌아가고 있었다. 아우구스트는 작업장으로 들어서는 예전의 학교 친구에게 고개를 끄덕이더니 기능장의 일이 끝날 때까지 문가에서 기다리라고 눈치를 주었다.

한스는 화덕과 멈추어 가는 선반, 윙윙 소리를 내는 벨트, 공회전하는 원반형 공구를 어색하게 지켜보았다. 이윽고 쇳조

* 중세 이후 수공업자 조직인 '길드'에는 기능장과 기능공, 수습공이 있었다. 기능장은 최고의 기술직 장인을, 기능공은 일정한 수습공 기간을 거친 뒤 기능사 시험에 합격해 기능장 밑에서 좀 더 전문 기술을 익히고 수습공을 가르치는 기술자를, 수습공은 그 밑에서 일을 처음 배우는 도제를 가리킨다. 특히 기능공이 되면 전국을 떠돌며 여러 기능장 밑에서 수업을 받는 전통이 있었다.
** 금속을 두드리거나 눌러서 필요한 형태로 만드는 일.
*** 기계나 기계 부품을 만들 때 공작물을 사이에 끼워 고정하는 기구.

각 단조 작업을 끝낸 기능장이 한스에게 다가가 큰 손을 내밀었다. 딱딱하면서도 따뜻한 손이었다.

"저기다가 모자를 걸어 두도록 해라."

기능장이 벽의 빈 못을 가리켰다.

"그리고 이리 와 봐. 저기가 네 자리다. 저 바이스가 네 거고."

기능장은 맨 뒤쪽에 있는 바이스로 한스를 데려가더니, 바이스 다루는 법과 작업대와 공구 정리하는 법을 가르쳐 주었다.

"네 아버지가 그러시더구나. 아들이 헤라클레스가 아니라고. 내가 봐도 그런 것 같구나. 그래, 당분간 네 근육이 좀 더 단단해질 때까지는 단조 작업을 시키지 않으마."

기능장이 작업대 밑으로 손을 넣더니 주철 톱니바퀴를 하나 꺼냈다.

"이걸로 시작하는 게 좋겠다. 막 주조한 거라 거칠고 꺼끌꺼끌한 곳이 많다. 말끔히 갈아야 해. 그러지 않으면 정밀한 장비들이 다 망가지고 말아."

기능장은 톱니바퀴를 바이스에 끼우고는 낡은 줄을 하나 가져와 줄질 시범을 보였다.

"자, 이젠 네가 계속해 봐라. 다른 줄을 사용해선 안 돼! 점심때까지는 충분히 할 수 있을 게다. 끝나면 내게 보여 주거라. 일할 때는 오직 일만 생각해야 해. 도제는 딴생각을 해선 안 된다!"

한스는 줄질을 시작했다.

"그만!" 기능장이 소리쳤다. "그렇게 하면 안 돼. 왼손은 줄 위에 이렇게 올려놔야 해. 너 혹시 왼손잡이냐?"

"아닙니다."

"그럼 됐다. 이렇게 계속해 보거라."

기능장은 문에서 가장 가까운 자신의 바이스로 돌아갔고, 한스는 자신이 얼마나 잘할 수 있는지 시험해 보았다.

그런데 몇 번 문지르지 않았는데도, 이상하게 톱니바퀴에 붙은 꺼끌꺼끌한 부분들이 생각보다 부드럽게 잘 벗겨졌다. 하지만 얼마 뒤 이것은 맨 위층의 잘 부서지는 주석 표피에 불과하고, 그 밑에 있는 좁쌀만 한 쇠 알갱이가 진짜라는 사실을 알게 되었다. 신경 써서 벗겨 내야 할 부분도 바로 여기였다. 한스는 한눈팔지 않고 열심히 일했다. 어릴 때 장난삼아 이것저것 만들어 본 뒤로 이렇게 제 손으로 무언가 쓸모 있는 것을 만드는 기쁨을 맛본 것은 처음이었다.

"천천히!" 기능장이 건너편에서 소리쳤다. "줄질할 때는 박자를 맞춰야 해. 하나 둘, 하나 둘, 이렇게. 그리고 지그시 눌러야 줄이 상하지 않아."

가장 나이 많은 선임 기능공은 선반 작업을 하고 있었는데, 한스는 그쪽을 힐끔거리며 작업하는 모습을 지켜보았다. 선임 기능공은 볼트를 원반에 끼우고 벨트를 걸쳤다. 볼트가 반짝거리면서 빠르게 왱 돌아가자 수습공은 볼트에서 머리카락처럼 얇고 반짝거리는 쇳밥을 깎아 냈다.

작업장 곳곳에 쇠와 금속, 놋쇠 조각이 널려 있었다. 반쯤 작업이 끝난 부품과 끌, 드릴, 너트 돌리개, 온갖 종류의 송곳도 눈에 띄었다. 화덕 옆에는 해머와 손 망치, 모루 덮개, 집게, 납땜인두가 걸려 있었고, 벽에는 줄과 절삭기가 일렬로 놓여 있었다. 바닥에는 기름걸레와 작은 빗자루, 사포, 쇠톱, 기름통, 산소통, 못 상자, 나사 상자 따위가 보였다. 숫돌은 쉴 틈도 없이 계속 누군가 사용했다.

한스는 벌써 새까매진 손을 흐뭇하게 내려다보며 작업복도 곧 남들처럼 더러워지길 바랐다. 때에 찌들고 여기저기 기운 흔적이 있는 다른 사람들의 작업복에 견주면 한스의 작업복은 촌스러울 정도로 너무 파랗고 신입티가 났다.

오전 시간이 흐르면서 손님들도 작업장을 찾았다. 인근 기계 편물 공장 노동자들이 와서 기계 부품을 갈거나 수리해 달라고 부탁했다. 한 농부는 수선을 맡긴 세탁물 압착 롤러가 다 됐는지 물었는데, 아직 수선이 끝나지 않았다는 말을 듣고는 욕을 퍼부었다. 그 뒤에는 말쑥하게 차려입은 어느 공장 사장이 와서 옆방에서 기능장과 상담을 했다.

그런 중에도 사람들은 일을 계속했고 톱니바퀴와 벨트는 고른 리듬으로 계속 돌아갔다. 작업장에 울려 퍼지는 이 소리는 노동의 찬가나 다름없었다. 신입 수습공 한스는 난생처음 이 찬가를 들으며 가슴 뭉클한 감동을 받았고, 자신과 자신의

234

작은 삶이 이 커다란 노동의 리듬에 순응해 가는 것을 느꼈다.

9시쯤에 15분 동안 휴식 시간이 주어졌다. 다들 빵과 과일 주스를 받았다. 그제야 아우구스트가 한스에게 다가와 환영 인사를 하며 격려했다. 그러면서 첫 주급을 받은 기념으로 일요일에 동료들과 마음껏 즐기기로 했다고 덧붙였다. 한스는 자기가 지금 줄질을 하는 톱니바퀴가 어디에 쓰이는지 물었다. 아우구스트는 탑시계에 들어갈 톱니바퀴라고 대답하면서 그 작동 원리를 가르쳐 주려고 했다. 하지만 그때 선임 기능공이 다시 줄질을 시작하자 다들 재빨리 자기 자리로 돌아갔다.

10시를 지나 11시로 가면서 한스는 지치기 시작했다. 무릎과 오른팔이 약간 아팠다. 번갈아 가며 발을 떼어 보고 몰래 팔다리를 뻗어 봤지만 별 도움이 되지 않았다. 한스는 잠시 줄을 놓고 바이스에 몸을 기댔다. 그런 한스에게 신경을 쓰는 사람은 없었다. 한스는 그렇게 선 채로 쉬면서 벨트가 윙윙 노래 부르듯 돌아가는 소리를 들으며 몸이 살짝 마비된 것 같은 느낌에 사로잡혔다. 그래서 1분 정도 눈을 감고 있는데, 뒤에서 기능장이 나타났다.

"무슨 일이냐? 벌써 힘들어?"

"네, 조금요."

한스가 솔직하게 털어놓자 다른 도제들이 웃음을 터뜨렸다.

"곧 적응하게 될 게다." 기능장이 조용히 말했다. "이제 납땜하는 법을 가르쳐 주마. 따라오너라!"

한스는 납땜하는 과정을 호기심 어린 눈으로 지켜보았다. 먼저 인두를 불에 달군 뒤 납땜할 자리에 납땜 용액을 발랐다. 곧이어 뜨거운 인두에서 치지직 소리가 나면서 하얀 금속이 방울져 떨어졌다.

"이건 걸레로 잘 닦아 내야 해. 납땜 용액은 금속을 부식시키니까 금속에 조금이라도 묻어 있어선 안 돼."

얼마 뒤 한스는 다시 바이스 앞에 서서 줄로 톱니바퀴를 문지르기 시작했다. 팔이 아파 왔고, 줄을 누르고 있던 왼손까지 발개지면서 아팠다.

점심때 선임 기능공이 줄을 내려놓고 손을 씻으러 가자 한스는 작업한 톱니바퀴를 들고 기능장에게 검사를 받으러 갔다. 기능장은 톱니바퀴를 쓱 훑어보았다.

"그래, 이만하면 됐다. 네 자리 밑의 상자 안을 보면 똑같은 톱니바퀴가 하나 더 있을 게다. 오후에는 그걸 갈도록 해라."

이제 한스도 손을 씻고 밖으로 나갔다. 점심시간은 한 시간이었다.

길에서 예전의 학교 동창이자 지금은 상인 수업을 받고 있는 친구 둘이 한스 뒤를 따라오며 웃음을 터뜨렸다. 그중 한 녀석이 소리쳤다.

"기계공이나 되려고 그렇게 공부를 한 거야?"

한스는 걸음을 빨리했다. 기계공 일이 좋은지 안 좋은지 갈피를 잡을 수 없었다. 작업장이 마음에 들기는 했지만 너무

236

피곤했다. 일이 너무 힘들었다.

편히 앉아 식사할 기대감으로 대문을 들어서는데 갑자기 엠마가 떠올랐다. 오전 내내 엠마를 까맣게 잊고 있었다. 한스는 조용히 자기 방으로 올라가 침대에 몸을 던지고는 가슴을 쥐어뜯으며 괴로워했다. 울고 싶었지만 눈은 메말라 있었다. 절절한 그리움에 가슴이 찢어질 듯했다. 머릿속에서 폭풍이 몰아치고 아픔이 밀려왔다. 목구멍으로 질식할 듯 뜨거운 울먹임도 솟구쳐 올랐다.

이런 상태에서 점심 식사 자리는 고통이었다. 아버지의 질문에 답해야 했고, 작업장에서 있었던 일을 이야기해야 했으며, 무척 기분이 좋아 보이는 아버지의 이런저런 농담을 받아주어야 했다. 한스는 식사가 끝나자마자 정원으로 나가 15분 정도 햇볕을 쬐며 몽롱하게 앉아 있다가 시간이 되자 다시 작업장으로 향했다.

오전에 벌써 양손에 발갛게 못이 박혔는데, 지금은 통증이 심해졌다. 그러다 저녁 무렵에는 아무것도 잡지 못할 정도로 못 박인 부분이 부풀어 올랐다. 퇴근 전에는 아우구스트의 인솔 아래 작업장까지 깨끗이 치워야 했다.

토요일에는 상태가 더 나빠졌다. 손이 화끈거리면서 커다란 물집까지 잡혔다. 기능장은 기분이 안 좋은지 사소한 일에도 욕을 퍼부었다. 아우구스트는 며칠만 참으면 손의 상처가 낫고 굳은살이 박이면서 아프지 않을 거라고 위로했지만 한스는 당장 죽을 노릇이었다. 그래서 종일 시계만 힐끔거리면서 절망적인 심정으로 톱니바퀴에 줄질을 해 댔다.

저녁 청소 시간에 아우구스트는 마치 속삭이듯, 내일은 동료 몇 명과 함께 빌라흐 마을로 가서 한판 멋지게 놀 생각인데 한스도 무조건 같이 가야 한다고 했다. 그러면서 2시에 집으로 데리러 가겠다고 덧붙였다. 한스는 너무 괴롭고 피곤해서 일요일에는 하루 종일 집에 누워 있고 싶은 마음이 굴뚝같았지만 결국 같이 가겠다고 약속했다. 집에 돌아오자 안나 할머니가 상처에 바르라고 연고를 갖다 주었다. 한스는 8시 무렵 잠자리에 들어 이튿날 오전까지 내리 잤고, 그 바람에 교회에 늦지 않으려면 서둘러야 했다.

점심 식사 때 한스는 아우구스트 이야기를 꺼내면서 오늘 야외로 함께 나갈 계획이라고 말했다. 아버지는 흔쾌히 허락했고 용돈으로 50페니히까지 주었다. 단, 저녁 먹을 때까지는 들어와야 한다고 일렀다.

한스는 햇살이 찬란하게 내리쬐는 골목길을 어슬렁거리면서 몇 달 만에 처음으로 일요일의 기쁨을 다시 맛보았다. 원래 평일에 손이 새까매지고 사지가 쑤실 정도로 열심히 일한 사람은 일요일의 거리가 더욱 활기차게 보이거나 햇빛이 더욱 밝고 아름답게 느껴지는 법이다. 이제야 한스는 집 앞에 의자를 내놓고 햇볕을 쬐던 정육점 주인과 제혁공, 제빵사, 대장장이 아저씨들이 그렇게 명랑해 보이던 이유를 이해할 수 있었다. 이제는 그들이 별 볼 일 없는 속물처럼 여겨지지 않았다.

거리에는 노동자와 직공, 도제들이 흰 와이셔츠에다 정성스레 솔질한 외출복을 입고 모자를 약간 삐딱하게 쓴 채 나란히 산책하거나 술집으로 향하는 모습이 보였다. 항상 그런 것은 아니지만, 대개 수공업자는 수공업자들끼리, 목수는 목수들끼리, 미장이는 미장이들끼리 어울리고 결속을 다지며 자기 직업의 명예를 지켰다. 그중에서 가장 고결한 직능 조합이 금속 기술자 조합인데, 그중에서도 기계공이 맨 윗자리를 차지했다. 아무튼 어떤 조합이건 무언가 편안한 것이 깃들어 있었고, 더러 약간 소박하고 우스꽝스러운 면이 있지만 그 뒤에는 각자 자기 기술에 대한 자부심이 숨어 있었다. 이 자부심은 오늘날에도 여전히 즐겁고 성실한 특성으로 발현될 뿐 아니라 일개 재단사 수습생의 얼굴에도 희미하게 어른거렸다.

슐러 씨 작업장 앞에는 젊은 기계공 몇 명이 모여 있었다. 모두 자부심 강한 표정으로 행인들을 향해 차분히 고개를 끄덕이거나 자기들끼리 수다를 떨고 있었다. 남들 없이도 자기들끼리 믿음직한 공동체를 유지하고 있다는 사실을 무언중에 드러내는 듯했다. 일요일에 함께 놀고 즐기는 일에서도 말이다.

한스도 그런 느낌을 받았고 이 무리에 끼게 된 것이 기뻤다. 그러나 다른 한편으로는 계획된 이 일요일의 유흥이 조금 두려웠다. 기계공들이 화끈하게 논다는 이야기는 벌써 들어서 알고 있었다. 어쩌면 춤까지 출 수도 있었다. 한스는 춤을 출 줄 몰랐다. 그래도 오늘만큼은 최대한 빼지 않고 자신의 사내 다움을 드러내고, 필요하다면 나중에 후회할 짓까지 과감히 시도해 볼 생각이었다. 맥주도 많이 못 마시고, 엽궐련도 남의 시선 때문에 한 대를 간신히 끝까지 피우는 수준이었지만 말이다.

아우구스트는 한스에게 반갑게 인사하더니 한껏 들뜬 표정으로 말했다. 선임 기능공이 함께 가지 못하는 바람에 대신 다른 작업장의 동료를 데려왔다, 네 명이면 온 마을을 뒤집어 놓기에 충분하다, 오늘 계산은 자기가 할 테니 마음껏 맥주를 마시라고 했다. 그러고는 한스에게 엽궐련을 권했다. 곧이어 네 청년은 천천히 출발했다. 어깨를 펴고 당당하게 어슬렁거리듯이 걷다가 피나무 광장 근처에 이르자 빌라흐에 늦지 않게 도착하려고 속도를 내기 시작했다.

강의 표면이 푸른빛과 금빛, 흰빛으로 어우러져 반짝거렸다. 길에 늘어선 앙상한 단풍나무와 아까시나무 사이로 10월의 부드러운 햇살이 따스하게 쏟아졌고, 높은 하늘은 구름 한 점 없이 푸르렀다. 고요하고 깨끗하고 정겨운 가을날이었다. 이런 날이면 지난여름의 아름다웠던 풍경들이 즐겁게 활짝 웃는 추억처럼 부드러운 대기를 가득 채웠고, 아이들은 계절을 잊고 꽃을 찾아다닐 생각을 했으며, 늙은이들은 생각에 잠긴 눈으로 창가에 서 있거나 집 앞 의자에 앉아 허공을 물끄러미 올려다보면서 올 한 해뿐 아니라 자신이 살아온 온 세월의 기억이 맑고 푸른 하늘 위로 주마등처럼 스쳐 가는 것을 보았다. 반면에 젊은 친구들은 달랐다. 잔뜩 흥에 취해 아름다운 가을날을 각자 자기 취향이나 기질에 맞게 찬미했다. 어떤 이는 헌주를 올리거나 가축 제물을 바쳤고, 어떤 이는 노래를 부르고 춤을 췄으며, 또 어떤 이는 술판을 벌이거나 요란하게 싸움질을 했다. 그도 그럴 것이, 이맘때면 어디서건 과일 케이크 굽는 냄새가 진동했고, 지하실에서는 사과주나 포도주가 익어 갔고, 술집 앞과 피나무 광장에서는 바이올린이나 하모니카가 남은 아름다운 날들을 축하하면서 사람들을 춤과 노래, 그리고 서로에 대한 사랑의 표현으로 이끌었기 때문이다.

아우구스트 일행은 발걸음을 빨리했다. 한스는 담배를 느긋하게 피우는 척했는데, 이상하게도 담배를 피우니 한결 몸이 좋아지는 느낌이었다. 기능공 녀석 하나가 자신의 유랑 생활 이야기를 했다. 허풍스레 떠벌리는데도 누구 하나 못마땅하게 여기지 않았다. 이런 이야기라는 게 원래 그랬다. 지금 밥벌이가 있고 당시의 일을 알 만한 사람이 없다면 아무리 겸손한 도제라도 자신의 유랑 생활을 멋지고 훌륭하게 포장하거나, 심지어 무슨 전설이라도 되는 것처럼 이야기하곤 했다. 수공업자의 도제 생활을 토대로 나온 문학은 민족의 공동 재산인 데다가 개별 경험을 토대로 전통적인 모험을 새로운 아라

베스크 무늬로 각색한 것이어서, 어떤 유랑 도제라도 일단 이 야기에 한번 빠져들면 어느 정도는 자기가 불멸의 오일렌슈 피겔*이나 전설적인 슈트라우빙거**가 된 듯한 느낌에서 빠져 나오지 못했다.

"내가 프랑크푸르트에 있을 때였어. 빌어먹을 인생이라는 게 참……. 이건 아직 아무한테도 얘기 안 한 건데, 돈만 많고 원숭이 똥자루같이 생긴 상인이 우리 기능장의 딸한테 청혼 했다가 보기 좋게 차였지 뭐야. 그 여자 마음속에는 내가 있 었거든. 우린 넉 달 동안 사귀었어. 만일 그때 내가 그 영감탱 이 기능장과 싸우지만 않았다면 아마 지금도 거기 살고 있을 거야. 그 양반 사위로 말이야."

녀석의 얘기는 계속 이어졌다. 기능장이라는 그 양반은 돈 만 주면 딸이라도 팔아 치울 아주 못된 인간이었다. 그렇다 보니 돈 많은 상인과 혼담이 틀어지자 괜히 자기한테 트집을 잡고 못살게 굴었다. 심지어 한번은 그 인간이 겁도 없이 자 기를 때리려고 손을 뻗었다. 그래서 아주 따끔한 맛을 보여 주었다. 말없이 손 망치를 집어 들고 휘두르며 영감탱이를 뚫

---

* 14세기에 실존한 것으로 전해지는 독일의 전설적인 인물. 기지 넘치는 장난꾸러 기로 각 계층의 편협함을 유쾌하게 우롱하여 15세기 이후 대중 소설의 주인공으로 환영받았다.
** 19세기 초 문학 작품에 등장한 슈트라우빙거 형제를 가리킨다. 이 도시 저 도시를 떠돌며 즐겁게 기술을 연마해 나가는 성실한 기능공의 상징이다.

어지게 노려보자 영감탱이가 겁을 먹고 슬그머니 내빼 버렸다는 것이다. 머리통이 소중하긴 소중한 모양이었다. 어쨌거나 그 뒤 영감탱이는 자신을 직접 대면할 용기가 없었는지 비겁하게 서면으로 해고 통보를 했다고 했다. 이어 녀석은 오펜부르크에서 있었던 무용담도 얘기해 주었다. 자기를 포함해 금속공 셋이 공장 노동자 일곱과 맞붙어 반쯤 죽여 놓은 사건인데, 혹시 오펜하임에 갈 일이 있으면 껑다리 쇼르시를 찾아가 물어보라고 했다. 그때 그 자리에 함께 있었던 쇼르시는 아직도 거기 산다고 했다.

사람들이 이런 이야기를 할 때 보면 대개 냉정하고 잔인한 투로 말하지만 속으로는 커다란 열정과 환희에 차 있다. 듣는 사람도 흐뭇한 심정으로 들으면서 내심 이 이야기를 나중에 다른 데 가서 다른 동료들에게 써먹어야겠다고 마음먹는다. 금속공이라면 누구나 한 번쯤은 기능장의 딸과 연애를 꿈꾸고, 망치를 들고 고약한 기능장에게 달려들고 싶어 하고, 공장 노동자 일곱 명을 반쯤 죽여 놓기를 바라기 때문이다. 그래서 사건이 일어나는 장소도 이야기하는 사람에 따라 바덴 주나 헤센 주, 스위스로 바뀌고, 어떤 때는 망치 대신 줄이나 발갛게 달군 쇳조각이 등장하고, 또 어떤 때는 공장 노동자 대신 제빵사나 재단사가 등장하기도 한다. 모두 뻔한 옛이야기인데도 사람들은 이런 이야기를 좋아한다. 오래되고 멋지고 조합의 명예를 키우는 이야기들이기 때문이다. 물론 이게 다 옛이야기라고 해서, 오늘날에는 그런 일을 실제로 겪거나 그런 이야기를 지어내는 데(이 둘은 결국 같다) 재주가 있는 사람들이 없다는 뜻은 아니다.

누구보다 푹 빠져서 즐겁게 이야기를 들은 사람은 아우구스트였다. 녀석은 줄곧 웃으면서 맞장구를 쳤고, 벌써 기능공이 다 된 듯한 기분으로 도도한 향락주의자의 표정을 지으며 황금빛 대기 속으로 담배 연기를 내뿜었다. 이야기를 꺼낸 기능공도 나름대로 자기 목적을 완수했다. 기능공의 신분으로 여기 함께 있는 것을 마치 윗사람이 선심 쓰듯이 비치게 하는 게 이야기를 꺼낸 의도였기 때문이다. 원래 기능공은 일요일에도 수습공들과는 어울리지 않았다. 더구나 풋내기 수습공에게 술을 얻어 마시는 것은 몹시 창피한 일이었다.

국도를 따라 강 하류 쪽으로 한참을 내려가자 갈림길이 나왔다. 완만하게 굽이굽이 올라가는 찻길과 이 길의 절반 정도 폭밖에 안 되는 가파른 산길 중에서 하나를 선택해야 했다. 일행은 넓고 먼지가 많은데도 찻길을 택했다. 산길은 주로 평일에 점잖은 양반들이 산책을 즐기는 길이었다. 서민들은 찻길을 선호했다. 특히 일요일에는 더욱 그랬다. 찻길에는 아직도 문학적 낭만이 남아 있기 때문이다. 농부와 도시의 자연 애호가들이나 가파른 산길을 택했다. 노동의 일부나 운동의 일환으로 말이다. 서민들에게는 산길을 오르는 것이 즐겁지 않았다. 반면에 완만한 찻길은 별로 힘들이지 않고 오르면서

244

잡담을 나눌 수 있고, 구두와 외출복이 더러워질 염려를 안 해도 되고, 지나가는 차와 말을 구경하고, 어슬렁거리는 다른 산책객을 만나면 앞질러 걸어가고, 곱게 단장한 아가씨들이나 무리 지어 노래 부르는 청년들을 만나고, 뒤에서 농담을 던지면 곧 웃음과 함께 앞에서 화답이 오고, 걸음을 멈추고 수다를 떨고, 미혼인 경우에는 아가씨들을 따라가며 추파를 던지고, 또는 저녁이면 동료들과의 개인적인 불화를 행동으로 표출하거나 풀 수도 있었다.

그래서 일행은 찻길을 따라 걸었다. 찻길은 마치 시간 여유가 있고 땀을 흘리길 원치 않는 사람처럼 산 위로 굽이굽이 완만하고 편안하게 이어졌다. 기능공은 윗옷을 벗어 어깨 위 지팡이에 걸쳤다. 이제는 이야기 대신 휘파람을 불었다. 그것도 한 시간 뒤 빌라흐에 도착할 때까지 매우 힘차고 활달하게 계속 불었다. 가끔 누가 한스에게 빈정거리는 말을 던졌지만 한스는 별로 마음이 상하지 않았고, 그 자신보다 아우구스트가 나서서 열심히 방어해 주었다. 그러다 보니 어느새 빌라흐에 도착했다.

붉은 벽돌 지붕과 은회색 초가지붕이 가을빛 과일나무들 사이에 조용히 자리 잡고, 뒤쪽으로는 짙은 숲이 산처럼 삐죽 솟은 마을이었다.

일행은 어느 술집으로 갈지 의견 일치를 보지 못했다. 주점 〈닻〉은 맥주 맛이 기가 막혔고, 〈백조〉는 케이크 맛이 최고였으며, 〈예리한 모서리〉는 주인 딸이 예뻤다. 아우구스트는 〈닻〉으로 가자고 강력히 주장하면서 눈을 찡긋하며, 다른 데서 몇 잔 마신다고 〈예리한 모서리〉가 어디 없어지는 것도 아니니 나중에 가자고 했다. 결국 모두 찬성했다. 마을에 들어선 일행은 제라늄 화분이 가득 놓인 농가의 낮은 창턱과 마구간을 몇 개 지나 씩씩하게 〈닻〉으로 향했다. 어린 밤나무 두 그루 위로 솟은 〈닻〉의 황금빛 간판이 눈부신 햇살에 반짝이며 어서 오라고 손짓하는 듯했다. 그런데 한사코 안에 들어가 앉으려는 기능공의 바람과는 달리 아쉽게도 가게 안은 벌써 손님으로 가득 차서 결국 뜰에 앉을 수밖에 없었다.

손님들 사이에서 〈닻〉은 세련된 주점으로 정평이 나 있었다. 우선 건물부터 낡고 허름한 시골 농가가 아니라 네모반듯한 신식 벽돌 건물이었다. 거기다 창문도 무척 많았고, 의자도 긴 벤치가 아닌 개인 의자가 비치되어 있었고, 화려한 색깔의 양철 광고판도 곳곳에 걸려 있었다. 뿐만 아니라 도시풍으로 차려입은 여종업원이 시중을 들었으며, 주인도 셔츠만 걸치고 있는 경우는 없고 늘 유행에 맞게 갈색 정장을 완벽하게 갖추어 입고 있었다. 주점 주인은 원래 한 번 쫄딱 망했는데, 큰 맥주 양조장 사장인 주 채권자에게서 자기 집을 임차 형식으로 빌린 뒤 장사가 번창했다고 한다. 주점 뜰에는 아까시나무 한 그루가 서 있었고, 주변에는 그사이 야생 포도 덩굴로 반쯤 덮인 철조망이 쳐져 있었다.

"자, 건배!"

기능공이 소리치더니 나머지 세 사람에게 잔을 맞추고는 남자다움을 과시라도 하듯 단숨에 비워 버렸다.

"어이, 예쁜 아가씨! 여기 잔 비었소. 빨리 한 잔 더!"

그는 여자 종업원을 향해 소리치고는 빈 잔을 높이 치켜들었다.

맥주 맛은 일품이었다. 시원하면서 너무 쓰지 않았다. 한스도 맛있게 한 잔을 비웠다. 아우구스트는 전문가 같은 표정으로 맥주를 마시고는 혀를 딱 차더니, 막힌 연통에서 연기가 뭉실뭉실 새어 나오듯 담배를 피워 댔다. 그런 친구가 한스는 감탄스러웠다.

이렇게 인생을 즐길 자격이 충분한 사람처럼 술집에 앉아 인생을 즐길 줄 아는 다른 이들과 함께 쾌활한 일요일을 보내는 것도 그리 나쁘지 않았다. 함께 웃고, 이따금 자신도 용기를 내어 농담을 던지는 것도 좋았고, 맥주를 비운 뒤 탁 소리가 나게 탁자 위에 잔을 내려놓으며 "아가씨, 여기 한 잔 더!" 하고 외치는 것도 멋지고 남자다워 보였다. 또한 옆 테이블의 아는 사람에게 건배를 청하고, 피우다 만 엽궐련을 왼손에 쥔 채 남들처럼 모자를 목덜미까지 꺾어 쓰는 것도 좋았다.

함께 온 다른 작업장의 기능공도 조금씩 흥이 나는지 이야기를 하기 시작했다. 맛있기로 유명한 울름 맥주를 앉은 자리에서 스무 잔이나 마신다는 울름의 어느 기계공 이야기였는데, 이 사람은 그렇게 다 마시고 나면 입을 쓱 닦고는 "여기 괜찮은 포도주 한 병 더!" 하고 외친다고 했다. 이어 칸슈타트의 한 화부(火夫) 이야기도 했다. 이 남자는 커다란 소시지를 즉석에서 열두 개를 먹을 수 있다고 큰소리쳤고, 실제로 내기에서도 이겼다. 그런데 두 번째 내기에서는 졌다. 작은 음식점의 메뉴판에 있는 음식을 다 먹는 내기였다. 거의 다 먹고 마지막으로 치즈 네 종류만 남았는데, 세 번째 치즈를 먹다가 접시를 쓱 밀치더니 이렇게 말하며 손을 들었다고 한다. "한입 더 먹었다가는 배가 터져 죽고 말겠어!"

이 이야기들도 열렬한 환호를 받았다. 세상 곳곳에는 엄청나게 마셔 대고 먹어 대는 사람들이 있었고, 그들이 세운 기록 이야기도 어딜 가든 있었다. 어떤 곳에서는 '슈투트가르트의 한 남자'가 그런 이야기의 주인공이었고, 다른 데서는 '루트비히스부르크의 경기병'이 주인공이었다. 또 어딜 가면 한 번에 감자를 열일곱 개나 먹은 사람이 있다고 하고, 또 다른 데서는 팬케이크를 샐러드와 함께 열한 개나 먹었다는 얘기가 전해지기도 한다. 이런 이야기를 전하는 사람들은 태도가 퍽 사실적이고 진지하며, 세상에 이렇게 많은 종류의 재능과 신기한 인간들, 심지어 희한한 기인이 있다는 사실에 흐뭇함과 매력을 느낀다. 이런 흐뭇함과 진지함은 술집 단골손님 탁자의 속물성에서 나오는 존경할 만한 옛 유산인데, 젊은이들도 이것을 그대로 흉내 낸다. 술을 마시고, 정치를 이야기하고, 담배를 피우고, 결혼을 하고, 죽는 것을 따라 하듯이.

　다들 석 잔째 마셨을 때 누군가 이 집에 케이크가 있는지 궁금해했다. 여종업원을 불러 물어보니 없다는 대답이 돌아왔다. 그러자 다들 엄청나게 흥분했다. 아우구스트는 케이크가 없으면 다른 집으로 갈 수밖에 없다며 자리에서 벌떡 일어났다. 다른 작업장에서 온 기능공도 형편없는 주점이라며 욕을 해 댔다. 프랑크푸르트에서 온 기능공만 그냥 여기 있자고 했다. 그새 벌써 여종업원에게 야한 농담을 던지고 몸까지 여러 번 쓰다듬었기 때문이다. 한스는 아까 그 장면을 지켜보면서 이상하게 술기운과 함께 몸이 달아올랐었다. 그래서 이제 술집을 떠나게 되자 반가웠다.

　술값을 계산하고 거리로 나오자 한스는 맥주 석 잔의 술기운을 본격적으로 느꼈다. 무언가 편안한 감정이었는데, 온몸이 나른해지는 느낌과 뭐든 할 것 같은 모험심이 뒤섞여 있었다. 또한 눈앞에 얇은 베일이 드리워진 것처럼 사물이 흐릿하고 비현실적으로 보였다. 꿈속에서의 상태와 비슷했다. 한스는 쉴 새 없이 웃음이 터져 나왔고, 모자도 좀 더 삐딱하게 썼다. 또한 갑자기 주체할 수 없이 쾌활한 인간으로 변해 버린 듯했다. 프랑크푸르트에서 온 친구가 휘파람으로 군가를 부르자 한스는 거기에 박자를 맞춰 걸었다.

　〈예리한 모서리〉는 퍽 조용했다. 농부 몇 명만 갓 담근 포도주를 마시고 있었다. 이 집에는 생맥주가 없고 병맥주만 있어서 곧 자리마다 병맥주가 한 병씩 놓였다. 다른 작업장에서 온 기능공은 자신이 통 큰 사람이라는 걸 보여 주려는 듯 모두를 위해 커다란 사과 케이크 하나를 주문했다. 한스는 갑자기 배가 고파지면서 연이어 몇 조각을 허겁지겁 먹었다. 갈색 톤의 낡은 술집은 어둑어둑하고 편안한 분위기였다. 벽 쪽에는 딱딱하고 넓은 벤치가 놓여 있었다. 고풍스러운 가구와 커다란 난로는 어스레한 불빛 속에 잠겨 있었다. 나무 울타리가 쳐진 큰 새장 안에서는 박새 두 마리가 퍼덕거렸는데, 울타리 사이에는 새 먹이로 빨간 마가목 열매가 잔뜩 달린 나뭇가지가 꽂혀 있었다.

주인이 잠시 테이블로 와서 한스 일행에게 반갑게 인사를 건넸다. 그 뒤 술자리의 대화가 다시 이어지기까지는 얼마간 시간이 걸렸다. 한스는 독한 병맥주를 몇 모금 들이켜면서 이 병을 다 비울 수 있을지 스스로도 궁금해했다.

프랑크푸르트에서 온 기능공은 다시 활기차게 떠들어 대기 시작했다. 라인 강 중하류 지방의 포도 축제부터 유랑 생활과 여인숙 생활까지. 일행은 그의 말에 즐겁게 귀를 기울였고, 한스는 쉴 새 없이 웃음을 터뜨렸다.

그러다 문득 자신의 상태가 이상해진 것을 깨달았다. 순간순간 술집 안과 테이블, 맥주병, 맥주잔, 옆자리의 동료들이 부드러운 갈색 구름처럼 뭉쳐 보였다. 머리를 흔들고 정신을 차려야 다시 원래 형체대로 보였다. 이따금 대화와 웃음소리

가 한층 더 활기를 띠면 한스도 크게 따라 웃거나 아무 말이
건 떠들었다. 물론 자기가 무슨 말을 했는지는 금방 잊어버렸
지만. 한스는 남들이 건배할 때마다 같이 잔을 들었다. 그렇게
한 시간이 지나자 놀랍게도 한스의 병도 다 비어 있었다.

"제법 잘 마시는걸! 한 잔 더 하겠어?"

아우구스트가 물었다.

한스는 웃으며 고개를 끄덕였다. 이렇게 술을 많이 마시는
것이 아주 위험한 짓이라는 걸 알면서도. 이제 프랑크푸르트
기능공이 노래를 부르기 시작했다. 다들 따라 불렀고, 한스도
목이 터져라 노래를 불렀다.

그사이 술집은 손님으로 가득 찼다. 주인 딸까지 일손을 거
들려고 나왔다. 키도 크고 늘씬한 아가씨였는데, 차분한 갈색
눈에 건강하고 힘이 넘치는 얼굴이었다.

주인 딸이 한스 앞에 새 병을 갖다 놓자, 옆에 앉아 있던 기
능공이 환심을 살 만한 온갖 말로 수작을 걸었다. 하지만 여
자는 들은 척도 하지 않았다. 대신 이 사내를 무시한다는 걸
분명히 드러내려는지 아니면 아직 소년티를 벗지 못한 귀여
운 얼굴이 좋아서 그러는지 한스 쪽으로 몸을 돌리더니 머리
를 슬쩍 어루만지고는 계산대로 돌아갔다.

벌써 세 병째 마시고 있던 그 기능공은 얼른 아가씨를 쫓아
가 갖은 방법으로 대화를 시도했지만 소용이 없었다. 여자는
심드렁하게 바라보기만 하다가 이내 한마디 말도 없이 그냥

등을 돌려 버렸다. 그러자 기능공은 테이블로 돌아와 빈 병으로 테이블을 쾅쾅 치더니 갑자기 흥분한 사람처럼 소리쳤다.

"자, 오늘 신 나게 한번 마셔 보는 거야. 건배!"

이제 그 기능공은 야한 여자 이야기를 하기 시작했다.

한스의 귀에는 여러 목소리가 뒤섞인 것처럼 혼란스럽게 들렸다. 두 병째를 거의 다 마시자 말하는 것뿐 아니라 웃는 것조차 힘들었다. 그래서 잠시 쉴 겸 새장으로 가서 박새와 놀아 주려고 했다. 그런데 두 발짝을 떼는 순간 머리가 어찔하면서 하마터면 넘어질 뻔했다. 한스는 조심스럽게 되돌아와 자리에 앉았다.

그때부터 이전의 자유분방한 유쾌함은 차츰 잦아들었다. 한스는 자기가 취한 것을 알았고, 이렇게 진탕 술을 마시는 것이 더는 즐겁지 않았다. 동시에 앞으로 벌어질 온갖 좋지 못한 일들이 하나둘 아련히 보이기 시작했다. 이 몸으로 집까지 걸어갈 일도 걱정이고, 아버지와 말다툼할 일도 걱정이고, 내일 아침 일찍 다시 작업장에 나갈 일도 걱정이었다. 서서히 머리가 지끈지끈 아파 왔다.

다른 사람들도 많이 마신 것 같았다. 아우구스트는 아직 멀쩡할 때 계산을 하려고 했고, 얼마나 많이 마셨는지 1탈러*를 냈는데도 잔돈은 거의 받지 못했다. 일행은 떠들고 웃으면서

---

* 3마르크에 해당하는 독일 제국의 은화.

거리로 나왔다. 환한 저녁 햇살에 눈이 부셨다. 제대로 몸을 가누지 못하는 한스는 아우구스트에게 기댄 채 거의 끌려가다시피 비틀거리며 걸었다.

다른 작업장에서 온 기능공은 갑자기 감상적인 기분이 드는지 '내일이면 여길 떠나리'라는 노래를 부르며 눈물을 글썽거렸다.

원래는 이대로 모두 집으로 돌아가려고 했지만, 〈백조〉 주점을 지나는 순간 그 기능공이 여기도 들어가야 한다고 고집을 부렸다. 한스는 주점 앞에서 사람들의 손을 뿌리쳤다.

"난 집에 가야 해."

"혼자 걷지도 못하면서 어딜 간다고 그래."

그 기능공이 웃었다.

"아니, 걸을 수 있어. 나아안 집에 가아야 해애애."

"그러지 말고 딱 한 잔만 더 해! 이럴 때 독주를 한 잔 들이켜면 다리에 힘도 생기고 속도 편안해져. 정말이야. 한번 해보라니까."

어느새 한스의 손에는 작은 잔이 들려 있었다. 술은 이미 많이 흘린 상태였다. 한스는 남은 술을 입안에 탁 털어 넣었다. 목구멍에서 불이 나는 듯했다. 속이 메슥거리면서 구역질이 났다. 한스는 혼자 비척거리며 계단을 내려와 어떻게 걸어갔는지도 모른 채 마을로 들어갔다. 집과 울타리, 정원이 삐딱하게 뒤엉켜 빙글빙글 돌며 지나갔다.

한스는 사과나무 아래 축축한 풀밭에 누웠다. 불쾌한 느낌과 괴로운 걱정, 정리되지 않은 생각들 때문에 잠이 오지 않았다. 몸과 마음이 더러워지고 불결해진 것 같았다. 집에는 어떻게 가야 할까? 아버지한테는 뭐라고 해야 할까? 내일은 어떻게 될까? 너무 부끄러워 이대로 영원히 잠에 빠져들어야 할 것처럼 삶의 의욕이 꺾이고 초라해진 느낌이었다. 머리와 눈이 아팠다. 일어나서 계속 걸어갈 정도의 힘도 남아 있지 않았다.

갑자기 술 마실 때 느꼈던 흥겨운 분위기의 숨결이 살며시 다시 찾아왔다. 뒤늦게 밀려왔다 순식간에 사라지는 파도처럼. 한스는 얼굴을 찡그리며 노래를 흥얼거렸다.

오, 너 사랑하는 아우구스틴,
아우구스틴, 아우구스틴,
오, 너 사랑하는 아우구스틴,
모든 것을 잃었구나.*

* 오스트리아의 민요. 우리나라에는 '동무들아'라는 동요(동무들아 오너라, 서로들 손잡고 노래하며 춤추며 놀아 보자……)로 알려져 있다. 그러나 17세기 거리의 악사 마르크스 아우구스틴이 만든 원곡의 가사 내용은 무척 어둡고 슬프다. 어느 날 술에 취해 전염병으로 죽은 사람들의 시체 구덩이에 빠진 아우구스틴이 자기도 병에 전염되었다고 생각하고는 모든 것을 잃었다며 한탄하는 내용이다.

노래가 채 끝나기도 전에 한스의 가슴속 저 깊은 곳에서 아릿한 아픔이 일면서 어렴풋한 생각과 기억, 부끄러움과 자책감의 흐릿한 물결이 한꺼번에 밀어닥쳤다. 한스는 큰 소리로 신음하면서 풀밭에 얼굴을 묻고 흐느꼈다. 한 시간 뒤 주변은 컴컴해졌고, 한스는 일어나 비틀거리며 간신히 산을 내려갔다.

기벤라트 씨는 저녁 시간이 되었는데도 아들이 나타나지 않자 욕을 퍼부었다. 9시가 되자 오랫동안 묵혀 두었던 튼튼한 등나무 회초리를 꺼내 놓았다. '이 녀석이 이젠 아버지의 회초리가 무섭게 느껴지지 않을 정도로 다 컸다고 생각하는 모양이지? 그래, 어디 한번 해보자. 따끔한 맛을 보여 줄 테니.'

10시가 되자 아버지는 아예 대문을 잠가 버렸다. '그래, 싸돌아다니고 싶은 대로 싸돌아다녀 봐라. 어디 잠잘 데나 있는지.'

아버지는 잠들지 않고 계속 대문 쪽으로 귀를 쫑긋 세운 채, 대문 손잡이가 살며시 돌아가고 초인종 줄이 조심스레 당겨지는 순간을 기다렸다. 속에서 점점 천불이 났다. '밤늦게 쏘다니는 녀석은 혼쭐이 나야 돼! 어린놈이 겁도 없이 어디가서 술이라도 진탕 마셨나 보군. 망할 놈의 자식 같으니! 천하의 불한당 같은 놈! 애비가 네놈의 다리몽둥이를 완전히 부러뜨려 놔야 정신을 차리겠지!'

하늘을 찌를 듯한 분노도 수마의 유혹은 이기지 못하는지,

255

결국 아버지도 잠이 들고 말았다.

그 시각, 아버지가 그렇게 벼르던 한스는 이미 싸늘한 시신이 되어 어두운 강물 속에서 계곡 아래쪽으로 천천히 떠내려가고 있었다. 구역질과 수치심, 고통을 모두 떨쳐 버린 채로. 조용히 떠내려가는 허약한 육신을 푸른빛이 도는 차가운 가을밤이 가만히 내려다보았고, 소년의 손과 머리카락, 창백한 입술을 검은 물살이 부드럽게 어루만지고 있었다. 먼동이 트기 전 먹이를 찾아 나선 겁 많은 수달이 이리저리 눈치를 살피며 소리 없이 한스 곁을 지나간 것 말고는 아무도 한스를 보지 못했다.

한스가 어떻게 물에 빠졌는지는 아무도 모른다. 길을 잘못 들었을 수도 있고, 가파른 곳에서 미끄러졌을 수도 있고, 물을 마시려다 균형을 잃었을 수도 있고, 아름다운 강물의 유혹에 이끌려 그 위로 몸을 숙였을 수도 있다. 물론 어쩌면 깊은 안식처럼 평화롭게 자신을 바라보는 가을밤과 창백한 달 때문에 육신의 고단함과 불안에서 벗어나려고 떠밀리듯 죽음의 그림자 속으로 빠져들어 갔는지도 모른다.

한스의 시신은 다음 날 낮에 발견되어 집으로 옮겨졌다. 놀란 아버지는 준비해 놓은 회초리를 치우고 속에 담아 둔 원망과 분노를 풀어야 했다. 눈물을 흘리지 않고 별로 슬픈 내색도 하지 않았지만, 이튿날 밤에도 잠들지 못하고 이따금 문틈으로 시신이 된 아들을 들여다보았다. 깨끗한 시트 위에 누운 아들은 여전히 반듯한 이마에 얼굴은 희고 영리해 보였다. 마치 자신은 남들과 다른 특별한 얼굴이라는 듯, 남들과는 다른 운명으로 살 천부적인 권리가 있다고 주장하는 듯했다. 이마와 양손에는 푸른빛이 도는 붉은 찰과상이 나 있었고, 귀여운 얼굴은 단잠을 자는 듯했으며, 눈은 하얀 눈꺼풀로 덮였고, 완전히 다물지 않은 입은 살며시 웃고 있다는 느낌이 들 정도로 행복해 보였다. 한창 꽃필 나이에 꺾이고 평탄한 인생 항로에서 이탈해 버린 소년의 겉모습과는 달리 말이다. 그래서 아버지도 외로운 슬픔과 고단함 속에서 아들이 지금 웃고 있다고 믿게 되었다.

장례식에는 한스의 지인과 구경꾼이 무척 많이 모여들었다. 한스는 죽어서 다시 모든 사람의 관심을 받는 유명 인사가 된 것이다. 교사들과 교장선생, 목사도 한스의 운명에 다시 동참했다. 실크해트에 프록코트를 갖춰 입은 이들은 장례 행렬을 따라가다가 묘지 앞에 잠시 멈추어 서서 귓속말을 나누었다. 라틴어 선생은 특히 슬퍼 보였다. 교장선생이 그에게 나직이 말했다.

"모르긴 몰라도 저 아인 나중에 큰 인물이 되었을 텐데 참 안타깝지 않소? 뛰어난 아이들이 저렇게 좋지 않게 끝날 때가 많다는 건 정말 불행한 일이오."

이제 무덤가에는 아버지와 끊임없이 눈물을 흘리는 안나

외에 구두장이 플라이크 씨만 남았다.

구두장이가 동정 가득한 표정으로 말했다.

"정말 가슴 아픈 일입니다, 기벤라트 씨. 나도 저 아이를 참 좋아했는데."

기벤라트 씨가 한숨을 내쉬었다.

"이게 대체 무슨 일인지 모르겠소. 재능도 있고, 학교든 주 시험이든 모든 게 착착 잘 풀려 나갔는데……. 갑자기 이렇게 한꺼번에 불행이 닥치다니!"

구두장이는 공동묘지 문으로 빠져나가는 프록코트 입은 신사들을 가리켰다.

"한스가 이렇게 된 데는 저 양반들 탓도 큽니다."

"네?" 기벤라트 씨가 화들짝 놀라며 무슨 소리냐는 듯 구두장이를 빤히 바라보았다. "원, 세상에. 그런 말이 어디 있소?"

"진정하세요, 기벤라트 씨. 저 학교 선생들이 그렇다는 말이오."

"어째서요? 왜 그렇다는 거죠?"

"긴말은 해서 뭐하겠소. 그만둡시다. 어쨌거나 당신이나 나나 저 아이에게 많은 부분 소홀했던 건 사실이지 않소? 그렇지 않소?"

작은 도시 위로 시리도록 푸른 하늘이 팽팽히 펼쳐져 있고, 골짜기에는 강물이 반짝거리며 흘러갔다. 짙푸른 전나무 숲은 무언가를 그리워하듯 아득히 뻗어 나갔다. 구두장이는 씁쓸하게 웃으며 기벤라트 씨의 팔을 잡았다. 기벤라트 씨는 이 시간의 정적과 이상한 고통의 상념에서 벗어나 머뭇거리듯 어색하게 익숙한 현실 세계로 뚜벅뚜벅 걸어갔다.

♦

이 땅의 모든 한스들에게

100여 년 전, 그것도 지구를 반 바퀴나 돌아야 닿을 수 있는 땅에서 현실의 무게에 눌려 목숨을 잃은 한 소년의 삶을 보며 지금 우리 땅에서 비슷한 운명을 겪는 너희가 떠오른 건 어쩌면 당연한 일이었을 거야. 서양에서는 이미 오래전에 지나가 버린 일이 우리에겐 아직도 현재 진행 중이라는 사실이 더욱 뼈아프게 느껴졌으니까. '옮긴이의 말'을 편지 형식으로 쓰겠다고 마음먹었을 때 자칫 지나친 감상에 빠져 뻔한 위로나 교과서적인 충고로 흐르지 않을까 염려되었지만 진심을 전달하기엔 편지만큼 훌륭한 형식이 없다고 믿기에 나 자신의 청소년기를 떠올리며 솔직하게 이야기하기로 했어.

한스는 누구나 큰 인물이 될 거라고 기대하는 아이였어. 학교에서 한 번도 1등을 놓치지 않았고, 빗나간 행동으로 어른들을 실망시킨 적도 없었지. 한스 자신도 어른들에게 인정받는 것을 즐겼고 다른 친구들보다 훨씬 앞서 있는 것에 자부심을 느꼈어. 그러나 그게 정말 한스가 원하는 일이었을까? 어른들의 욕망을 대신 욕망한 것은 아닐까? 한스가 진짜 하고 싶었던 건 따로 있었어. 친구들과 즐겁게 뛰놀고 토끼를 키우고 낚시를 하고 산책을 하는 일이었지. 그러나 그런 일은 공부와 병행할 수 없었어. 공부하는 시간을 빼앗긴다는 이유에서였지. 생각해 보면 그래. 자신이 진정으로 원하는 걸 찾아 주는 것이 교육이어야 할 텐데 한스의 시대도 우리의 시대도 그러질 못해. 교육은 그저 세상에서 잘사는 법을 가르치고 세상에 잘 스며드는 사람을 키우는 일에 초점이 맞추어져 있어. 한스는 자신이 원하는 일과 원치 않는 일 사이의 갈등 속에서 서서히 마음이 병들기 시작했어. 그게 겉으로 드러난 것이 두통이었지. 너희도 혹시 그 비슷한 증상을 달고 살지 않니? 자신이 원치 않는 일을 억지로 하다 보면 몸은 어떤 식으로든 반응을 하게 되어 있고, 심하면 정신적으로도 이상이 나타날 수 있거든.

한스가 지방의 수재로 뽑혀 마울브론 신학교에 진학했을 때도 기쁨은 잠시였어. 두통은 가시지 않았지. 인생의 수레바퀴에 치이지 않으려면 바퀴가 내모는 대로 부지런히 앞으로 달려갈 수밖에 없었어. 당장 한스에게 시급한 건 휴식과 따뜻한 위로였을 텐데 말이야. 한스처럼 섬세하고 여린 아이에겐 힘들 때 다독거려 줄 어머니 같은 존재가 필요했어. 그러나 주위엔 그런 존재 말고 공부와 성적만을 최고로 여기는 어른들밖에 없었지. 어려울 때 한스의 손을 따뜻하게 잡아 줄 사람이 있었더라면 한스의 길은 한결 순탄하지 않았을까?

다행히 한스는 신학교에서 마음이 맞는 친구를 찾았어. 반항적이고 자의식 강한 소년 시인 하일너였지. 한스에게 이 친구는 지금껏 자신이 모르던 세계를 열어 준 보석 같은 존재였고, 하일너에게 한스는 경탄스런 눈으로 자기를 바라보면서도 외로울 때면 무작정 투정을 부리고 기댈 수 있는 순종적인 친구였어. 둘은 속이야기를 터놓고 서로에게 의지하며 삭막한 기숙사 생활을 이겨 냈어. 둘의 우정은 학교생활에서 거의 유일한 기쁨이라고 할 수 있었지. 그러나 이 기쁨도 오래가지 않았어. 공부에는 관심이 없고 반항기로만 똘똘 뭉친 하일너가 교사들의 눈 밖에 나면서 한스도 하일너와의 교제를 금지 당했어. 동료를 나쁜 길로 빠뜨릴 위험이 있는 친구는 가까이 해서 좋을 게 없다는 게 이유였지. 혹시 너희도 그런 일 겪지 않았니? 공부를 못 한다고 해서, 자라난 환경이 좋지 않다고 해서 그 친구와는 사귀지 말라고 말이야.

결국 하일너는 학교를 떠나고, 유일하게 믿고 의지하던 친구를 잃은 한스는 공부에 흥미를 잃었어. 이제 한스에게 남은 건 차갑게 식은 열정과 쓸쓸한 학교 건물뿐이었어. 거기다 두통과 함께 심각한 신경쇠약 증세까지 찾아왔어. 더는 버틸 힘이 없었어. 결국 한스도 학교를 떠나야 했지. 그러나 고향으로 돌아왔지만 반겨 주는 사람은 없었어. 오히려 사회의 낙오자라는 딱지만 붙었어. 심지어 이 꼴로 돌아오려고 그렇게 열심히 공부했느냐고 빈정거리는 사람들도 있었어. 성적으로만 사람의 가치를 매기는 사회의 전형적인 모습이지. 사실 경쟁에서 낙오하고 탈락한 사람들을 보듬고 그들에게 또 다른 기회를 부여하는 것이 공동체의 임무일 텐데 말이야.

철공소 수습생으로 들어간 한스가 목숨을 잃은 것을 두고 자살인지 사고인지를 따지는 것은 중요하지 않아. 어차피 그 지경으로 몰아간 건 사회와 제도가 분명하니까.

세상은 결국 혼자 살아가는 거야. 누구도 내 삶을 대신 살아 주지 않아. 어떻게 보면 인생은 '사는' 게 아니라 '살아 내는' 거야. '살아 낸다'라는 말 속에는 환경에 끌려가지 않고 내 의지로 참고 결연하게 뚫고 나간다는 뜻이 담겨 있어. 인생이라는 거대한 수레바퀴에 깔리지 않고 나 스스로 벌떡 일어나 그 수레를 직접 끌 수 있다는 말이지.

이름 없는 들꽃처럼 맥없이 꺾인 한스와 이 땅의 너희를 생각하면 가슴이 아려. 미안하다. 그리고 사랑한다.

2014년 4월 17일

박 종 대

수레바퀴 아래서

2014년 4월 30일 1판 1쇄
2024년 1월 15일 1판 3쇄

지은이 헤르만 헤세
옮긴이 박종대

편집 김태희 김태형 이혜재 디자인 권지연
제작 박홍기 마케팅 이병규 이민정 최다은 강효원 홍보 조민희

인쇄 천일문화사 제책 J&D바인텍

펴낸이 강맑실
펴낸곳 (주)사계절출판사 등록 제406-2003-034호
주소 (우)10881 경기도 파주시 회동길 252
전화 031)955-8588, 8558 전송 마케팅부 031)955-8595 편집부 031)955-8596
홈페이지 www.sakyejul.net 전자우편 literature@sakyejul.com
블로그 blog.naver.com/skjmail 페이스북 facebook.com/sakyejul
트위터 twitter.com/sakyejul 인스타그램 instagram.com/sakyejul_teen

값은 뒤표지에 적혀 있습니다. 잘못 만든 책은 구입하신 서점에서 바꾸어 드립니다.
사계절출판사는 성장의 의미를 생각합니다.
사계절출판사는 독자 여러분의 의견에 늘 귀 기울이고 있습니다.
이 책은 저작권법에 따라 보호받는 저작물이므로 무단전재와 복제를 금합니다.

ISBN 978-89-5828-750-6 44850
ISBN 978-89-5828-473-4 (세트)